講談社文庫

謀聖　尼子経久伝

風雲の章

武内 涼

講談社

目次

出雲国之図

文明18年(1486)1月の尼子経久の勢力圏
三沢家の勢力圏
※河川の流路は戦国当時のものです。
美保関
中海
宍道湖
京極家
守護所
宇龍
鰐淵寺
杵築大社
松田家
十神山城
伯太川
塩冶家
斐伊川
出雲
尼子家
月山富田城
山佐
法勝寺
桜井家
三刀屋家
飯梨川
亀嵩城
伯耆
三沢家
三沢城
横田
中
国
山
地
石見
真木家
馬木
比婆山
備中
佐波家
赤穴家
備後
小笠原家

尼子家系図

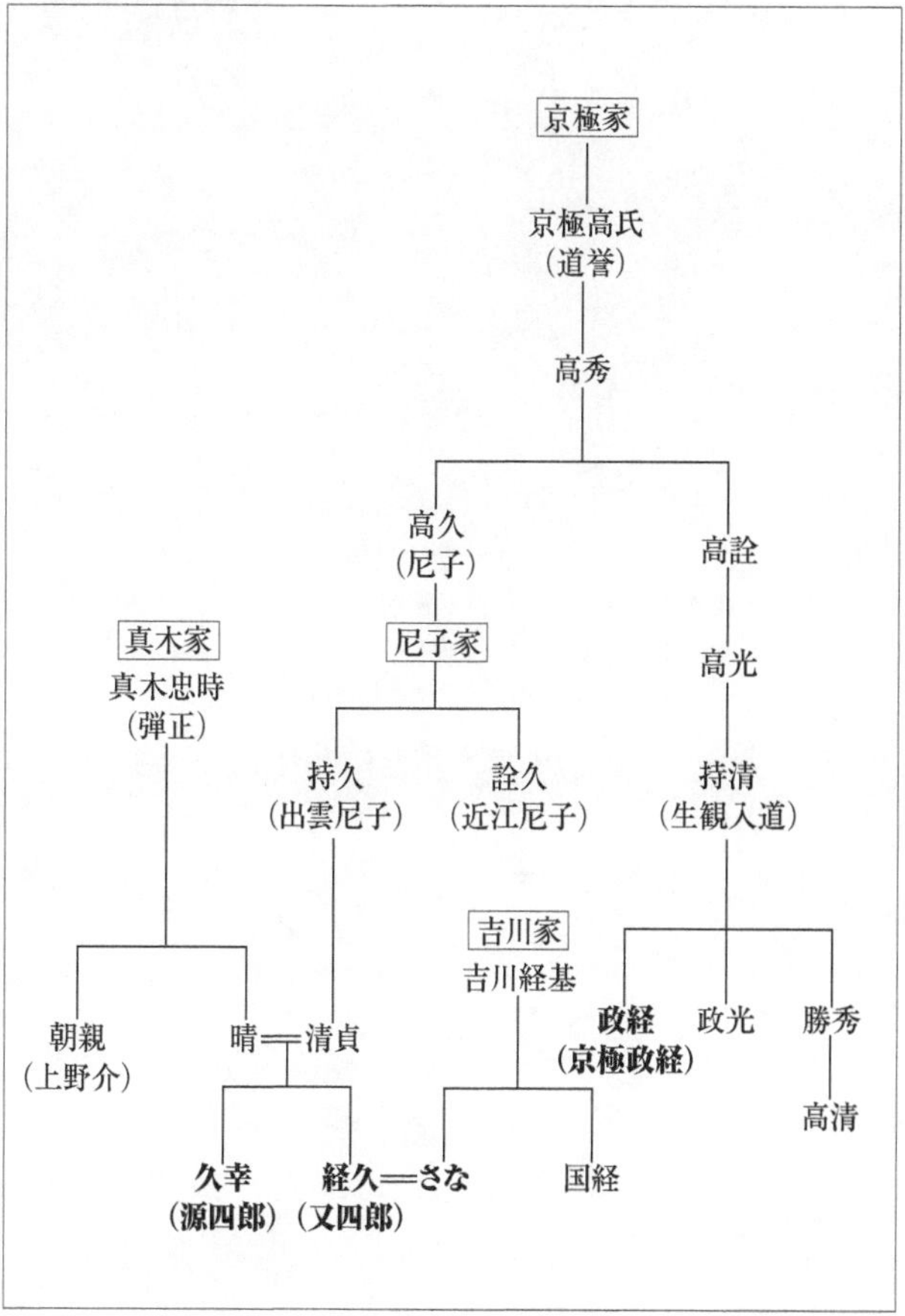
京極家
京極高氏
（道誉）
高秀
高久
（尼子）
高詮
尼子家
高光
真木家
真木忠時
（弾正）
持久
（出雲尼子）
詮久
（近江尼子）
持清
（生観入道）
吉川家
吉川経基
朝親
（上野介）
晴＝清貞
政経
（京極政経）
政光
勝秀
高清
久幸
（源四郎）
経久＝さな
（又四郎）
国経

謀聖　尼子経久伝

風雲の章

序

侍長屋から、転がるように飛び出た影が——憤怒《ふんぬ》の塊となり、久幸《ひさゆき》めがけて太刀を振ってきた。

歯を食いしばった久幸は勢いかかった敵に薙刀《なぎなた》を振る。

久幸は今、雪に凍えた暁闇《ぎょうあん》の城を襲っている。

久幸の薙刀が肉の抵抗を押しやって胴を裂き、寝間着姿の影は冷たい泥に斃《たお》れた。

素早い鋭気が、久幸めがけて、飛ぶ。

矢。

侍長屋の屋上から城兵が射てきた。

久幸は頭《ず》を低めて、かわす。

「あそこに敵がおるぞ！」

二重に大きな目をカッと開き、鋭く吠《ほ》えた久幸は、屋上の敵めがけて馳《は》せ寄らんとした。

刹那——何者かの刺突が脇腹をかする。

さっき、胴斬りしたはずの男だ。

……生きて……？

夥《おびただ》しい血を流した寝間着の男は驚くべき執念で立つや、久幸に飛びかかっている。

男に向き直らんとした草鞋《わらじ》を、雪が氷結した地面が……意地悪くすべらす。

文明《ぶんめい》十八年（一四八六）元旦。

兄、尼子《あまご》経久《つねひさ》と共に塩冶《えんや》掃部介《かもんのすけ》が守る出雲《いずも》国月山《がっさん》富田《とだ》城に朝駆け（早朝の奇襲）した眉目秀麗なる若武者、久幸は、氷の欠片《かけら》を散らして転んだ。

男の凶刃が鉢巻きをしめた久幸に迫る。

――ここまでかっ、兄上、貴方《あなた》が歩まれる道を久幸は……見とうございました！

死の覚悟を呑《の》み込んだ久幸の胸をしたしき人々の笑顔が光の風に吹かれながらかすめた。

今は亡き父、尼子清貞《きよさだ》のあるかないかの微笑。

母、晴《はる》の相対する者、全てを温かくつつみ込む笑み。

久幸より鋭い目、鷹《たか》を思わせる切れ長の双眸《そうぼう》をもつ兄、経久の爽やかな笑顔。

そして――夏虫《なつむし》のふんわりとほころんだ唇。

夏虫とすごした山深き奥出雲、馬木《まき》の情景が、眼裏に浮かぶ。

厳かな比婆山《ひばやま》と幾重にもつらなる青き山々に見下ろされた、金色《こんじき》の稲田。

田の脇の一跨ぎできる細い水路。その傍らに咲いていて、夏虫のために久幸が摘んだ純白の野菊。

晩秋に黄金色に燃える金言寺《きんげんじ》の大銀杏《いちょう》。

二年前、民を守るために都におくる銭をこばんだ尼子経久は主家・京極《きょうごく》家によって、月山富田城を追われた。経久、久幸――尼子兄弟は、父祖伝来の城と全領地をうしない母が生まれた山里、馬木に潜んだ。

金言寺の隣、現《げん》せん上人の草庵《そうあん》が二人の塒《ねぐら》だった。

現せんは医術の心得ある老僧で、しばしば怪我人《けがにん》を出す馬木のたたら場は彼を欲していた。夏虫は可憐《かれん》な顔に火傷《やけど》跡がある乙女で、現せんの手伝いをしていた。

たたら場は――眩《まばゆ》い火の花吹雪が、分厚い熱風によって盛んに吹き荒れる鉄作りの場である。

そんな場所で汗みどろになってはたらく荒くれ者どもの怪我、病の手当てをする時、夏虫はいつも観音の如《ごと》く穏やかな微笑を浮かべていた。

夏虫の健気《けなげ》さに久幸が惹きつけられるのにそう時《ひ》はかからなかった。

夏虫も久幸を慕ってくれた。

夏虫とたった一度だけかわした口づけを、死の瀬戸際に立たされた久幸は思い出している。

あれはたしか……鎌倉《かまくら》の頃からある金言寺の大銀杏が、黄色く色づく前、秋の一日《いちじつ》であった。

久幸と夏虫は青草どもが露《つゆ》に濡《ぬ》れそぼつ斜面に腰かけていた。

里道を見下ろす斜面に座り、右を見れば、厳かな大銀杏がそびえ、銀杏の向こうに所々草が生えた金言寺の茅葺《かやぶき》屋根がある。その隣に現せんの掘っ建て小屋が見えた。

二人が腰かけた斜面の半ばは大銀杏の巨大な影で薄暗くなっている。

小柄な夏虫は、小さな細面を大銀杏の方に向け、下に垂れた柔和で可憐な目を細め、

『黄葉の少し前……今時分の大銀杏が、あたしは好きです』

ふんわりした小声で、言った。

やわらかさを漂わせる美男、久幸はずっと夏虫を見ていたかったけれど、太い眉の下、くりっと大きな目で大銀杏を見、

『どのようなところが？』

訊《き》いてみて愚問と悟る。

秋の澄んだ日差しに照らされた大銀杏は今、青から黄に変わろうとしている。幾筋もの葉漏れ陽に照らされ——数知れぬ空飛ぶ光が大樹の周りを浮遊していた。

豆ほど、あるいはもう少し大きな丸い光たちは、大銀杏を中心に輪を描いて飛びながら、そらお主も飛べるだろう、飛んでみよ、真は飛べるのにそれを忘れて座ってい

るのじゃろう、と、二人に語りかけているように見えた。

鳥肌が立つほど、神々しい光景だった。

『蜂やトンボ……もっと小さい羽虫が葉漏れ陽に照らされて、光の珠《たま》のように眩く見えるのです』

光をまとった羽虫が大銀杏という舞台で興じる歓喜の舞を眺めながら乙女は囁《ささや》いている。

久幸が再び熱い視線を投げかけると、小柄な娘は、強烈な日差しにうなだれた花のようにうつむき、

『大きな敵と……戦われるのですね？』

夏虫は、討ち入りにそなえ、密《ひそ》かに武具の支度などに奔走する久幸の様子がおかしいと、勘づいてしまったのだ。

久幸は夏虫に大事を打ち明ける気はなかったが、こうなってしまっては隠しつづけることはできぬと考え、秋草が茂る斜面につれ出して、「大きなことを、なそうと思っておる。それにしくじれば……もう馬木には、もどれぬ」と話した。

むろん夏虫は、尼子兄弟が命懸けでいどまんとしている敵――出雲の大名・京極家に密告するような人ではない。

久幸がうなずくと全てを察したらしい娘は、

『どんな小さな虫も……あのようにこの世の存在《もの》とも思えぬほど美しく光る一瞬がある。……いいえ、違う、どんな小さな虫でも必ずや輝きを内に秘めている。だけど、この荒《すさ》んだ世で……虫たちが灯《とも》す小さな光に気を留める人は少なくなっているように思います。久幸様と、経久様は、違う。その輝きをちゃんと見つけられるお方。だから……勝ってほしい』

うつむいた夏虫は朝露に濡れた斜面を見詰めて、

『だけど、あたしにできるのは……お祈りすることだけ。久幸様の勝ちとご無事をお祈りすることだけにございます』

夏虫の頬を大銀杏の周りを浮遊する光体よりもかけがえのないものに思える一粒の光が、さーっとこぼれた。

一瞬、久幸の気持ちはぐらつく。この山里で夏虫と静かに暮らしたいという思いが芽生える。が、久幸は——兄をささえねばならぬ。兄、経久と共に戦わねばならなかった。

誘惑的な気持ちを振り払い、

『まっていてくれ』

『毎日、毎日……お祈りしています』

愛おしさが濁流となって胸底でしぶいている。抑え難《がた》い思い、溺れてしまいたいほど強い思いだった。

久幸は――気がつくと夏虫の肩に手を置き唇を奪っていた。

二十五歳の久幸にとって女子《おなご》の唇を吸うのは初めてである。

唇と唇が、はなれる。

夏虫は耳まで赤くなっていた。十九の夏虫にとっても、これは初めてのことであったようだ。

茫然《ぼうぜん》と口を小さく開け、やがて恥じらうようにうつむいた夏虫の仕草があまりに可憐で……久幸は思わず彼女の手を取っている。

『夏虫……』

『………』

久幸は夏虫を起こさんとした。

二人が座っていた草斜面の上は、小さな削平地になっていた。

削平地には稲株がずらりと並び赤トンボが狂おしいほど飛びかっている。

赤トンボにぶつかりながら刈田を横断すれば――昼でも薄暗い杉林が茂っていた。

久幸はふだん、冷静、慎重な、思案の人である。

それらは、いずれも、本能が暴発する時、抑えにまわるもの。だがこの時ばかりは久幸に何ら制動ははたらかぬ。久幸は愛おしさに押し流されるがまま、夏虫を――林に引こうとした。

赤トンボが飛びかう刈田に引き上げられた夏虫は行き先が杉林であると知るや稲妻に打たれたように棒立ちになって、

『いけません』

素早く頭《かぶり》を振っている。

……何をやっているのだ、わたしは。我らは民に範をしめさねばならぬ。民は、祝言の前に平気で夜這《よば》いなどかけるが……これは本来、順が逆である。ものの順というものを世にしめさねばならぬ立場なのに何をしておるのか、久幸！　それに今、夏虫を妻としても半年先に……この久幸、生きているのか……まるでわからぬ……。ならば今、夏虫に溺れてよい理由などないのだ。

己を罵った久幸は夏虫から急いではなれ動悸《どうき》を抑えながら、

『そなたが、あまりに可憐で……何も見えなくなり、何も聞こえなくなっていた。久幸の非礼、どうか許してほしい』

『………』

潤んだ瞳で久幸を見上げる小柄な乙女を引き寄せる。夏虫は久幸の胸に、顔を埋めた。

久幸は己の胸に潜ろうとするように見える夏虫に、

『一度、馬木を出ても……必ず迎えにくる』

久幸に顔を押しつけた夏虫の首が、ふるえ出した。

――泣いておるのか?

夏虫はくぐもった声で、

『……が、違いすぎます』

久幸は夏虫の言葉をよく聞き取れなかった。

金言寺は馬木の里のもっとも南、つまり比婆山など標高一千メートルを超す高峰にほど近い、奥まった所にある。そのもの静かな寺の住持が耕している田んぼで抱き合った二人。秋草が茂る斜面の下、小径《こみち》を里の方から……頭を丸めた人影が二つ、近づいてくる。

住職とこの寺の居候、現せん上人だ。

久幸と夏虫は急いで身をはなす。久幸は夏虫とそれ以上の仲にすすまぬまま、馬木を後にし、月山富田城を取り返すべく戦っている。

今、死を覚悟した久幸は、口づけした後の夏虫の面差し、二人を見下ろしていた大銀杏を思い出していた――。

凶刃が迫る。

と、ビュン、と一陣の突風が吹き、久幸を刺そうとした男の、人、とつづけようとした叫びを切断。物凄《ものすご》い勢いでそ奴《やつ》の首を、根から、吹っ飛ばした。

久幸を助けた武器は刃渡り五尺（約百五十センチ）に達する長大な剣であった。

――大太刀。

大太刀を振るい久幸を救ったその人は、すらりと背が高い。

身の丈六尺（約百八十センチ）。

当時としては、驚くべき長身だ。

逞《たくま》しいが細身、顔が小さいその人は久幸と同じく小袖の下に腹巻鎧《よろい》を着込んでいる。

眉細く、鼻高く、切れ長、一重の双眸をもつ美男だった。

――兄上――。

久幸を助けた兄、尼子経久は大股でこちらに歩み寄り、

「立てるか？　久幸」

低いが、よく通る太声で、言った。

経久が久幸を助け起こそうとした時、久幸は討ち入り前の兄の言葉を思い出していた。

「謀反っ――」

『よいか、戦の時は前だけではない、左右にもよくよく用心せよ。嘆かわしいことであるが――常の戦では後ろにも気をくばらねばならぬ。そなたの後ろの裏切り者が、槍《やり》で突いてくるかもしれぬ。だが此度《こたび》の戦では後ろに用心する必要は微塵《みじん》もない。わしがあつめた百四十人に……一人として、裏切り者はおらぬ。どうだ？　こう聞くと少しは気が楽になったろう？』

そう嘯《うそぶ》くと戦に向かう前の兄は、実《げ》に爽やかに笑った。

左右の用心を怠ったばかりに兄に後ろを気にさせた久幸は、

「立てますっ！」

自力で立つ。

深くうなずいた経久は、腹の底から、

「さあ方々！　もう一押しぞっ。かかれぇ――――！」

大音声《だいおんじょう》で吠えてここを先途《せんど》と戦う敵塊に自ら突っ込み、凄《すさ》まじい武者ぶりで血の嵐を起こす。

歯を食いしばった久幸も敵に突進し、また一人叩《たた》き斬っている。

さっき久幸を射た男が器用に屋上を動き、刀を振り上げ、雪が舞う夜空に跳躍、経久を上から斬ろうとした――。

危ない、と久幸が叫ぶより先に凄まじい槍風が吹き、その敵の心の臓を宙で串刺しにする。

味方一の槍の使い手、長州牢人《ちょうしゅうろうにん》・河副久盛《かわぞえひさもり》だ。

久幸と同じくらい細身だが鬼神の武をもつ若武者、久盛は重い旗を振る兵の如く動き、空中で息絶えた敵を侍長屋の戸に叩きつけた。

すると——破壊された板戸の先、闇から、その家に隠れていた敵が一人、手槍をもって突出するも、

————っ！

経久が先頃召しかかえた大柄な謀臣・山中勘兵衛《やまなかかんべえ》が、筋金入りの棒でそ奴の脳天を打ち、冷たい泥に沈めた。

尼子経久、久幸率いる同志百四十人はこの日、精兵六百が守る月山富田城を元日の油断を突いて奇襲、大勝利した。味方の犠牲はわずかだったがその中には経久にとって大切な家来もふくまれていた。経久は討ち死にした味方一人一人に手を合わせ、丁寧に経を唱え、家来たちに感涙をにじませた後、大手門を潜《くぐ》って外に出、曙光《しょこう》に照らされた根小屋の人々を喜ばせている。

京極の圧政に喘《あえ》いでいた富田の人々は経久の帰還を心底から喜んだ。

雪宴《ゆきうたげ》

翌一月二日。曇天が多い出雲にはめずらしく晴れわたった日である。

たっぷり深い雪野が夏虫の左に広がり、右手で飯梨川《いいなしがわ》が透き通った水音を立てている。

飯梨川の先、そして左手の雪原の向こうで、なだらかな山が雪化粧した顔をこちらに向けていた。

市女笠《いちめがさ》をかぶった夏虫は先をゆく現せんの錫《しやく》杖《じよう》が雪につけた丸形の隣に、己の竹杖《づえ》をつく。

昨日、夏虫が暮らす馬木に――尼子方勝利の報がもたらされた。

経久、久幸、そして尼子兄弟の叔父、真木上野介朝親《まきこうずけのすけともちか》も無事という。

奥出雲の最奥、深い雪に閉ざされた馬木の里では、尼子兄弟の母、晴、そして晴の父、真木弾正忠時《だんじようただとき》らが固唾を呑んでよい知らせをまっていた。

たたら製鉄が盛んな馬木は、吉報を聞くや、熱い火の粉を上げんばかりの喜びに、沸いた。

馬木からは現せん上人が敵味方の死者の供養、怪我人の手当てのため、月山富田城に呼ばれた。

夏虫は今朝未明、現せんと共に馬木を発《た》っている。

怪我人の手当てを手伝ってくれとたのまれたのだ。ただ、もしかしたら現せんは……久幸の無事をこの目でたしかめたい乙女心を看破したのやもしれぬ。

先頭をゆく現せんがはいたカンジキが丸い跡を白くひんやりした道につける。

可憐な面をうつむかせ、顔の火傷跡を隠すように笠を目深にかぶった夏虫の後ろでは、黒地に朱の剣巴《けんどもえ》が躍った大きな太鼓樽《だる》が二つ、太い棒から荒縄で吊《つ》るされ、二人一組、つまり四人の男の肩にかつがれていた。

祝い酒だ。

他にも、行器《ほかい》をはこぶ男衆。さらに、毛皮をまとい、山刀を腰に差し、小ぶりな弓をもち、もう片方の手で棒に吊るした雉《きじ》や兎《うさぎ》を肩にかけながらはこぶ、老いた狩人《かりうど》が三人、同道している。

狩人の一人が鋭い眼差《まなざ》しで辺りを見まわす。

「——ここまでくれば三沢《みざわ》は襲ってこぬ」

低く呟《つぶや》き、他二人と、めくばせした。

馬木の里は若侍のほとんどを、元日の奇襲におくり出している。今のこされている武士はほぼ皆、老兵だった。真木弾正はのこされし老兵の中からよりすぐりの者三名を、現せんの警固につけた。

彼らは侍装束をぬぎ狩人に化けている。

馬木の里と月山富田城の間には、出雲国最強最大の領主が盤踞《ばんきょ》している。

この領主は、尼子、真木両氏の強敵である。

――三沢一門。

武装した真木兵が三沢領をぬけぬけと横切って月山富田城に向かえば三沢を刺激する。

だが――侍をともなわぬ現せん一行なら話は別。

現せんは三沢領のたたら場で出た怪我人、三沢領の病人も治してきた。馬木の里のみならず奥出雲全土で好かれている。

もし現せんに手を出せば――三沢の名声に傷がつく。

……上人様のおかげであたしたちは無事にこられたのか。

今さら気づいた夏虫は、よれよれの墨衣をまとい、破れ笠をかぶり、錫杖片手に先をゆく痩せた老僧を俄《にわ》かに頼もしく感じた。

同時に己らが、虎口を横断したと気づく。

よく、嚙《か》みつかれなかったものだ。久幸に会いたい一心で、一歩間違えば殺されたり、嬲《なぶ》りものにされて他国に売られたりする危険の中を、横切ってきたのだ……。

やがて飯梨川が山佐川《やまさがわ》に合流する辺りで一行は橋をわたる。今度は川を左に見ながらすすんだ。

川と雪野原を左右から山並みが見下ろしており、兵法の心得などない夏虫にも、ここが天険の要害であると知れた。

現せん上人、やや息を切らし、

「そなたは足が丈夫よの」

夏虫は言う。

「幼い頃、ずっと、旅していましたから……」

夏虫の育ての親は備前長船《びぜんおさふね》の刀鍛冶・滝光《たきみつ》である。

長旅の途中、滝光は野武士に襲われ燃える百姓家から赤子の泣き声を聞いた。この子が夏虫で夏虫の目の傍の火傷は生まれた家が焼けた火でついたものである。

……お父《とう》は家の中で、倒れている人を幾人か見たって。あたしの本当のお父とお母《かあ》は、きっとその中に……。

以後、滝光は夏虫の親代わりになり、今は馬木に腰を据えて鍛刀している。

「月山は初めてよの」

現せんが細面をこちらに向ける。

夏虫は白い息を千切れさせて、うなずく。

「あの山じゃよ」

錫杖が、行く手を、指した。

「やっぱり……」

現せんがおしえる前から……夏虫は、そのすっきりした山が尼子と共に歩んできた山ではないかと、感づいていた。

夏虫がいる方、つまり南西から見る月山は、頂近くが平らに見え、飯梨川寄りの斜面がほとんどでこぼこのない美しい斜線になっている。月山の右手、つまり東側は手前の山並みに隠されていた。

「あの山に尼子家は郭《くるわ》をきずき……麓に里御殿をもうけ、城として参った。又四郎《またしろう》と源四郎《げんしろう》にとって守護殿に奪われた月山富田城を取り返すことは、悲願であった。またあの堅城をよりどころとすれば京極公といえどもそうやすやすと手が出せぬ……。又四郎はのう、あ、経久のことな。源四郎というのが久幸のことな」

「存じています」

「又四郎はあの山を丸ごと城につくりかえるという剣呑《けんのん》にして雄大なる考えをいだいておるようじゃ。わしの庵《いおり》で源四郎に明かしておるのを盗み聞きした」

「盗み聞きはよくありませんよ、上人様。上人様の悪い癖」

「……ほ、ほ、ほ」

一行はやがて根小屋に入っている。城に隣り合う町である。家という家の石が置かれた板葺《いたぶき》屋根や茅葺屋根から雪が融解する、ぽた、ぽた、ぽたという音がこぼれている。際限ないほどに。だが水滴が奏でる澄明なる音は人が立てる騒々しさに掻《か》き消されていた。魚やイカを焙《あぶ》る匂いがする。むわっという酒の臭い、嘔吐物《おうとぶつ》の臭いも。

根小屋中で酒盛りがおこなわれていた。

ある者は雪の上に筵《むしろ》をしき、熱く燗《かん》したどぶろくを酌みかわしている。ある者は雪上で焚火《たきび》し、火の中に五徳、鍋を据え、しじみ汁を沸かし、道ゆく者に振る舞っている。ある者は小家《こいえ》の中で酔うた声で歌い、曲舞に興じていた。

突き上げ窓の小蔀《こじとみ》から赤い衣の女の子と父親らしい酔っ払いが夏虫を眺めている。

「もう、酒盛りはやめい！　こうしておる間にも月日は流れてゆくわ」

道端で騒ぐ男どもを叱りながら土間で糸車をまわす姥《うば》がいた。

密集する板屋の間を、酒盛りを縫うようにして薄緑の地に白い九曜模様が染め抜かれた小袖の夏虫と、現せん一行はいく。

鍛冶屋あり。紺屋《こうや》あり。米屋あり。矢矧《やはぎ》（矢の工房）あり。青物や魚などを商うのか、幾人かが商いできる、壁のない屋根だけの小屋あり。

かと思えば家と家の間の空閑地に籬《まがき》でかこんだ大根畑あり。

もちろん大根の青々しい葉や、竹でつくった籬は白い綿帽子をかぶっていた。

酒屋前に人だかりができている。

現せんは店前にしいた筵の上で痛飲し、藍染の衣、灰色の衣を脱ごうとしていた二人に、

「伝八郎《でんぱちろう》、宇之助《うのすけ》、今は脱ぐな！　凍え死ぬ。夏に脱げ」

伝八郎、宇之助というらしい二人が、

「上手《うま》いこと言うと思うたら……」

「現せん上人様ではありませぬか！」

衣を直しありがたそうに両手をすり合わす。

酒屋の隣の空き地で雪合戦していた童らが、

「上人様！」

駆け寄ってくる。

鼻水を垂らし頰を真っ赤にしてやってきたのは兄、真ん中の子、末っ子だろう。

夏虫と同じくらい背が高い少年から夏虫の腹くらいの身の丈しかない童子まで、月山のような綺麗《きれい》な線を描いて並んだ。

「……何処《どこ》の子じゃったか？」

現せんがとぼけると真ん中っ子が、

と、白い大根畑に足跡をつけつつ別の子——坊主頭の小さな子が忍び寄ってきて、後ろから真《まこと》に小さな末っ子の頭にどさっと、雪を、置いた。

張り裂けんばかりの声で末っ子が泣きわめき、

「覚えてないのか!」

「この野郎っ!」

真ん中の子が坊主頭を捕まえようとする。畑に逃げた坊主頭はけらけら笑い、

「妹の仇《かたき》だ!」

「こっちこそ弟の仇っ」

真ん中っ子は怒りの矢となって追いかけてゆく。

夏虫は、泣き叫ぶ童の頭の雪を、そっと払ってやり、

「ねえ、もし泣くのを我慢できたら、あたしが薬草と水飴《みずあめ》でつくった飴をあげる」

「…………」

頭に粉をかぶったようになった童は——しばしきょとんとして泣きやんだ。

「えらい! えらいわね」

夏虫は約束通り薬草飴をあたえる。ニヤリと笑ったのっぽの兄が、

「ねえ、尼子の殿様、こっちにいるよっ」

下駄《げた》をはいた弟を引っ張り、現せんをみちびく。

尼子経久は――珠洲《すず》焼の壺《つぼ》や備前焼の甕《かめ》を商う小家の前で筵に座り、根小屋の人々が献じたらしい、しじみ汁を旨《うま》そうに飲みながら、町人や百姓と愉快気に話していた。経久の傍《そば》には小袖の下に鎧を着こんだたのもし気な男どもが座っている。

……しじみ汁というのが経久様らしい。お強いお方なのに、お酒には敵《かな》わないんだもの。

経久はふっと微笑《ほほえ》んだ夏虫と現せんをみとめるや、

「おお、子供ら。よくぞ上人をここにみちびいてくれた。褒美としてこれを取らす」

甘酒が入った壺を童らにわたして喜ばせるや、真顔になって、老僧に、

「――勝ちました」

今までの笑顔から一転、ギラリと目を光らせた現せんは、

「されど、真の戦いはこれからであろう？」

「……左様。怪我人の手当てをたのみたいと申したのですが其《そ》は当方ですませました。しからば上人には……」

「供養じゃな？」

「いかにも。明日、首実検をおこなった後、供養をおこないますゆえ、是非おたのみしたい」

「心得た」

経久は爽やかな笑みを浮かべ、

「それまでお好きな般若湯《はんにゃとう》をお召しになり、ゆるりとなされよ」

「そうするかの、老いた足腰に雪山はこたえるわい」

現せんがどっかり腰を下ろすと狩人に化けた真木家の老兵二人が、

「弾正様から戦勝祝いの雉と兎、大方様《おおかた》から――」

晴のことだ。

「餅にございます。餅は今日のために真木家の女衆がつきました。大方様が差配しました。そして馬木の里一同からの酒にござる」

経久は大声で、

「真木から――美酒が参った！　餅もある！　鳥も、兎も！　好きなだけ食え！　そして飲め！　わしは飲めぬが……」

場を盛り上げると、夏虫に顔を向け、

「夏虫、近う《ちこ》寄れ」

己の右を叩いている。

夏虫がよいのでしょうかという顔で、現せんを見る。桑門《そうもん》でありながら酒好きな老僧は燗した濁り酒を経久にそそがれながら、いいから座れというふうに首肯する。

夏虫は遠慮しつつ経久の横に座った。

するとこ小袖の下に、腹巻鎧を着込んだ経久は、夏虫の耳に顔を近づけ、

「久幸をさがしておるな?」

「…………」

「今、城の守りをまかせておる」

尼子経久は——根小屋において正月三が日にわたる「大宴を催し、山中、亀井《かめい》、真木、河副等を賞翫あり、執事とさだめ(大きな宴をもよおし、山中勘兵衛、亀井の爺《じい》、真木上野介、河副の爺を褒めたたえ、執事とした)」と雲陽軍実記《うんようぐんじつき》はつたえるが、乱世のことゆえ、当然、全兵を同時に楽しませたわけではない。

味方を三組にわけた経久は常に一組の者を城や街道筋などに配置、敵襲にそなえさせた。経久は百姓町人と親睦を深めるため常に宴席にいたが、他の者は二日は大いに飲み食いするも、のこり一日は弓、槍をもち、鋭い警戒に当たっている。

今日一月二日は久幸が全警戒網の要となっている。

「少しの間なら差し支えない。呼んで参ろうか?」

経久が言うも役目を邪魔してはいけないと考えた夏虫は夢中で頭《かぶり》を振った。

と、経久の左、顔を真っ赤にした根小屋の商人らしき小太りの男が、酒臭い声で、

「尼子様、一つお尋ねしてもよろしゅうございますか？」

「ああ」

酒の勢いもあったろう。男は、ずばりと、

「――何ゆえ、城を盗《と》られた？　塩冶殿は、尼子様の大切な幼馴染《おさななじみ》と聞きました」

「……………」

隣にいた細身の商人に強く袖を引かれながら沈酔した男は、

「そのお人が守るお城をどうして……？」

経久の周りは先刻までの騒々しさから一転――深い静寂に突き落とされている。根小屋の男女の幾人かは、ぎょっとしたような顔になっている。経久の家来の幾人かは斬るような眼差しで質問をした商人を睨《にら》んでいる。

商人の問いは経久にとってふれられたくないところもふくんでいたと、夏虫は感じる。

……どう答えるのだろう？　あたしの知っている尼子様は、たたら場で汗水流してはたらいていた尼子様はこんなことでは怒らない。だけど……。

一瞬、険しい面持ちでうつむいた尼子経久は相好を穏やかにし、根小屋の人々を安《あん》堵《ど》させた。

深く息を吸ってから経久は言った。

「遠い昔、唐土《もろこし》も今の日の本の如く大いに乱れておった。……いくつかの国が血みどろになって争っておった。その時代は、戦国の世と呼ばれる」

「戦国の世……今の本朝もそう呼んでよい気がするな。斯様《かよう》なことを言うと恐れ多いがもはや室町殿《むろまち》の世ではない気がする」

現せんが呟く横で経久は、

「その頃、孟子《もうし》なる知者が唐土におった。わしはある人から……孟子をおしえられその言葉に深い感銘を覚えた。孟子にな……『恒産《こうさん》なければ、恒心《こうしん》なし』という言葉が、ある」

初めに問うた酔漢はむにゃむにゃ言いながら極楽を漂う顔でうつむいてしまったが、その隣にいた痩せた商人が、

「……恒産なければ、恒心なし？」

「如何《いか》なる意味か、わかるか？」

「いいえ。わかりませぬ」

経久は商人、職人、百姓、侍衆をゆっくり見まわす。

「安定した暮らしの土台、暮らしの礎となる確固たる生業がなければ……民は……安らかな心をもてぬという意味だ。暮らしの土台がもろく、ろくな仕事もない、となれば……民の心は殺伐としてくる」

経久は何かを思い出すような顔になる。苦しみが、ととのった顔を走る。

「一気に刺々《とげとげ》しくなる。その刺は……たやすく他者を傷つける。とりわけ弱い者が傷つけられることが多い……」

一握りの強き者しか満悦して生きられぬ世、その強き者も一度でも手傷を負って……弱き者に転落すれば、地獄をさ迷わねばならぬ世について経久は話しているのだ。

静まり返る人々に城取りした男は、

「民が恒産をもたねば左様な世になる……。恒産を民がもてるよう計らわねばならぬ。

この恒産を民がもてるよう計らうことこそ、政人《まつりごとびと》の大切なつとめと……孟子は言っておる」

夏虫は深く温かい淵《ふち》に吞まれるような思いで――経久の話を聞いている。この兄のために久幸が命懸けで戦うのがわかる気がした。

経久は片句も聞きもらすまいという顔で話を聞く民や侍に言った。

「だが、今日《こんにち》、京で政する男や女、出雲をふくむ諸国の守護は……左様な思いで政しておるか……？」

浅黒い百姓女、商人の翁《おきな》が、歯をきつく食いしばる。多くの首が横に振られた。

経久は、言った。

「彼奴《きやつ》らは己の楽しみのため民からいくらしぼり取ってもよいと思うておる。飢え死にするまでしぼり取ってよいし、少しでも逆らえば斬ってよいと……。だがそれは、真、大きな心得違いぞ」

経久は手で、丸をつくり、

「ここに一つの村がある。そなたらは皆、この村の衆だ」

経久の指が宙で山を描く。

「山が一つ、ある。山向こうに敵の村があり、度々攻めてくる。またこの村には大水もあり、昨年は稲田に大害あり、家も流された。あまり豊かとは言えぬ村だ……。さて、お主らは寄り合いを開く。村長《おさ》を一人えらぶ。如何なる者をえらぶ？」

大人たちの後ろで膝をぼりぼり掻きながら話を聞いていた、ぼさぼさ髪の童が、

「戦に強くて敵の村から守ってくれる人」

その童の隣、頭に布を巻いた姉らしき娘が、

「敵の村と上手く話し合い、争いをおさめてくれるお方」

商人らしき翁が、

「しかと治水し、水害をおさめて下さる知恵深きお方」

夏虫が、小さな声で、

「先ほどおっしゃった恒産を村人にもたせて下さる……情け深いお方」

経久はふっと微笑んで、

「全て……その通りだな。そなたらはしかとそなたらの命を守ってくれる、才覚と度量のある者を長としてえらんだ。その者の才覚や心の広さに期待して権力《ちから》をあたえたのだ。ここで、戦に弱く、交渉も下手……愚かだが、村人に残虐。弱い者苛《いじ》めが好き……斯様な男を長としてえらびたいと申す者はなかなかおるまい？」

「そんな奴、誰がえらぶかよっ！」

「誰もえらばねえよっ」

若者たちが叫ぶ。

経久は、楽し気にうなずき、

「そうだな」

面差しを引きしめ、

「さて、初めの水害から百年、二百年がすぎた。この村では最初の村長の家が長者になり代々、長として村を治めた。初代と二代目まではよかった。……三代目、四代目になると雲行きが怪しくなってくる。自らの家の豊かさを笠に着て、驕《おご》り、村人を虐げ、飢え死にする家族が出るほどひどく年貢をしぼり取り、村のことを一切顧みず、ひたすら遊び耽《ふけ》っておる……左様な男が、長になったとする。如何《いかが》する？」

「村長を替えねばなりますまい」

百姓らしき継ぎ当てだらけの衣を着た男から、厳しい声が出た。

「うむ。わしも全く同意する」

現せんが盃《さかずき》を下ろして、口元をゆっくりぬぐってから、

「又四郎の話をも少し広げてみよう」

経久を元服前の名で呼んだ老僧は、

「守護様、その上におられる公方《くぼう》様、こう言うと何やら恐れ多いお方、我らが指もふれてはならぬ、雲の上のお人のように思えるが……考えてみい。出雲国は幾百幾千もの村が合わさってできたものなのじゃ」

「なるほど……」

根小屋の衆はうなずき、

「では守護様は大きな村長のような者なんですな！」

現せんは、手を打ち、

「左様！　での、出雲の国に伯耆《ほうき》や因幡《いなば》などが合わさってできておるのが、天下《てんが》であろう？　天下の主は公方様じゃが……一言で申せば、大きな大きな村長よ。この大きな村長、大きな村長が、役目をなげうち、豪奢《ごうしゃ》な遊びに打ち興じ、起こさぬでもよかった無益な戦を長引かせ、死なぬでもよい……かけがえのない者どもを日々、

殺しておる……。これが今の世じゃ」

一瞬、激しい怒りが現せんの眼《まなこ》をよぎった気がする夏虫だった。

経久は、言った。

「孟子は悪政で民を苦しめるほか能がない王は、役目を果たしていない者ゆえ、放伐するほかないと説く。放とは、追放。伐とは、討伐だ。わしは京極公に政から退いていただくため、兵を興すほかないと思うた」

うおぉとどよめいた人々に経久は、

「掃部介はわしの大切な友であったが彼が京極家を守るなら、わしは……矛をまじえざるを得ぬと思うた。という次第だが……」

初めに何故、城を盗ったか問うた小太りの男をまじまじと眺める。さっきまでうつらうつらしていた男は今、夢に心を盗られている。完全に体を崩し、経久にもたれかかっている。経久はあきれた顔で、

「これだから……酒は嫌いだ」

若き領主が目をくるりとまわすと人々はどっと笑い転げた。

「この者はそなたによって、恒心を得たのじゃろうよ」

現せんが茶化す。経久は、頭《かぶり》を振り、笑みを消し、

「まだ……何もしておりませぬ。この者が得てくれたという恒心を皆が得られるよ

う、わしははたらきたい。そなたらが恒産を得られる手助けをしたいのだ」

経久の言葉はまだ寒い睦月《むつき》の根小屋につどった様々な身分の老若男女を、熱く沸かせる。その心の沸騰おさまらぬうちに、若き城主は、

「だが——敵は強大だ。全く侮れぬ。……何しろ、諸国で本来の役目をなげうってお る大村長、はたまた大きな大きな村長と、その取り巻き、斯様な輩《やから》が、こぞって手を むすび、わしを潰しにくるだろう。わしは……他の大名から……人を、盗ってしまえ ばよいと考えた」

穏やかならざる言葉が、夏虫の頬を強張《こわば》らす。

「——人は宝。何をするにも人が基だからだ。故にわしは、多くの人を出雲に引き寄せたい。出雲の人をもっとふやしたい」

……そういうことか。

「何だ、夏虫。わしが人攫《ひとさら》いの兵でも出すと思うたか？」

「……い、いえ」

破顔一笑した経久は城の方に首をまわす。

「その策を弟に問うたところ、久幸めは面白い意見を申した」

どんと筵を叩き、

「——ここ、富田を天下一の町とすればよいと。北にある中海《なかうみ》の湊《みなと》とこの根小屋を一

つながりの町と、する。中海で船を降りた商人《あきゅうど》が月山富田城を目指す時、一軒たりとも町屋が途切れぬ。……左様な町をつくっては如何かと弟は申すのだ」

尼子兄弟が胸に描く、いや、胸に入りきらぬくらい大きな町が、様々な身分の男女の眼裏にうつし出される。

それはこの山陰の地にかつて存在したこともないほど巨大な町であった……。都、と言ってよい。

経久は、愉快気に、

「とんでもないことを申す弟よ。天下大乱でちぢこまってしまった今の京より、よほど大きい。まさに——山陰の都。この途轍もない町を守るためには……大城が要るぞ。今の月山富田城では到底守り切れぬ。月山を丸ごとつかうくらい大きな城につくりかえて初めて、この山陰の都に住む人々を戦の時に受け入れ、守ることができよう。町作りに、城作り。わし一人の力では……到底叶わぬ。武士だけに非ず。商人、諸職人、百姓、人々を楽しませる遊芸の者……あらゆる生業の者の助太刀がいる。男も、女も、老いも、若きも、童も、皆の力がいる！　わしもそなたらのために力を尽くす。何か悩みがあったらすぐ、相談してほしい。故にそなたらも——このわしに力をかしてくれぬか？」

「はい！」「へいっ」「心得ましたっ」

老若男女、様々な身分の者たちが歓喜で顔を輝かせ、腹の底から応じた。

「──よし」

経久は満悦気にうなずいた。

と、

「よい所にいた！」

女の声がして、夏虫の肩はずいと摑《つか》まれている。

百姓と変わらぬ粗末な衣を着るも武家特有の張り詰めた品がある女が夏虫を引っ張っていた。

すらりと背が高い女で垂髪。歳《とし》は夏虫より一回りほど上か。

そう言えば話の途中で城の方から歩いてきた者が幾人かいた。この女もその一人やもしれぬ。面長。刀で横にすっと切ったような涼しい目をしていた。

襷《たすき》がけした女は夏虫に、

「現せん上人様の手伝いできた娘？」

「……あ、はい」

「上人様、この娘、かりてよいですか？　手が足りぬゆえ、少しの間」

「よかろう！」

濁り酒をぐっとあおりつつ快く応じる現せんだった。

「……上人様っ。何の手伝いですか？」

小柄な夏虫が恐る恐る問うと、上背がある女は、

「くればわかる」

「山路《やまじ》、この娘はな……」

経久から助け船が出ようとするも、

「殿様は、この三が日、尼子の女子《おなご》の指図は山路にまかせると言うて下さいました。故にこの娘、我が料簡《りようけん》で動かしまする」

その船は、山路という女の手でもろくも壊された。

夏虫は、香色の地に濃茶の霞《かすみ》が漂う小袖をまとった山路に引かれ、腰が浮く。あれよ、あれよという間に、町をつれてゆかれる。

「河副常重《つねしげ》が娘、山路。そなたは？」

「夏虫と申します」

夏虫は答えつつ、河副は尼子の重臣の一角をしめる家と思い出す。

「何処へゆきます？」

夏虫が遠慮がちに問うた刹那――視界が白く開けた。

飯梨川の両岸にできた銀世界の眩さが夏虫の眼《まなこ》を射ている。

だが、すぐに恐怖がふくらんだ。

雪原に川を向く形で不気味なものが並んでいた。

首。

この時代……戦に勝った者が負けた者の首を晒《さら》すのは、相手への示威、および味方の勝利の喧伝《けんでん》という意味がある。だからもし、昨日の戦で、経久が敗北したら、経久や久幸の首が同じように晒されたろう。

幾百人もの首が——即製の首棚にかけられていた。

……昨日の戦で討たれた敵の首？

首棚とは、二本の太い杭《くい》を立て、丈夫な棒を物干し竿《ざお》のように横にわたしたものである。首が多い時は途中に×状にくんだ竹や棒を据え、崩れないようにささえる。

頭上から寒々としたカラスの声が降ってきた。

夏虫はできればおぞましい棚から遠ざかりたい。が、襷がけした山路は何の躊躇《ためら》いもなくそっちに夏虫を引っ張る——。

行く手に幾人かの女と槍をもった兵たちが見えた。髪と縄をつかって首棚に吊るされた侍どもは、一人一人、違う表情をしている。両眼をカッと開き今にも叫び出しそうな首、西瓜《すいか》をわったようになっている首、眉間に深い裂傷が走った首、青褪《あおざ》めた首、白目を剝《む》いた首。

荒くれ者がはたらくたたら場で怪我人を治してきた夏虫だが生首は苦手だ。見たくない。

青くなった夏虫と対照的に武家の女である山路は顔色一つ変えぬ。

「一つ一つ丁寧に首棚から吊るした首があるでしょう？　名のある武士の首よ」

正月二日に聞きたい話ではない。根小屋の酒盛りで掻き立てられためでたい気持ち、昂揚《こうよう》する思いが、赤黒い墨をたっぷりつけた巨大な筆で見る見る塗り潰されてゆく。

断じて見たくない。

が、怖いもの見たさなのか、ついつい目が首棚に行く。

名のある武士の首は大体、五つか六つで一つの棚をつかい整然と吊るされていた。

「幾人かの首を髪のところで一まとめにして棚から吊るしているのがあるでしょう？　あれが、名もない男どもの首……」

足軽雑兵の首ということだろう。山路は名もないと言ったが、一人一人名はもっていたのだ、ただその名が広く知られなかっただけだと、夏虫は思う。

足軽雑兵の首は一つの首棚に十五から二十、やや、無造作にかけられていた。夏虫は一つ一つの首に手を合わせたくなる。

立ち止まった山路は番兵が守っている辺りを見やり、佇《たたず》まいをあらため、

「あちらが当国の守護代、いいえ、前《さき》の守護代とお呼びした方がいいわね。塩冶掃部介殿の御首級《みしるし》」

その首だけが——首棚に吊るされていない。たった一つだけ、杭の上に載せた正方形の小さな台に据えられ寒々とした川原に晒されていた。名札らしきものもかかり番兵が五人で守っている。

「あの……あたし、何用で、ここにつれてこられたのでしょう？」

おずおずと問う夏虫に山路は、

「言っていなかった？　明日の首実検の仕度」

「……仕度……」

「化粧するのよ首に」

胸がつんざかれた気がする夏虫だった。山路はぐいぐいすすもうとするも、夏虫は懸命に後退《あとずさ》ろうとしている。夢中で頭《かぶり》を振り、

「心の準備がっ……」

「何を、準備する？　何を、躊躇っているの、夏虫？　何か障りでも？　これは——女子の仕事でしょう？」

たしかに、そうかもしれぬ。だが、尼子や尼子の郎党につらなる家の女のつとめだろう。自分にはかかわりない話だ。そこを、声を大にして言いたい。

夏虫が反論を用意している傍から山路は、

「一度は、当国の守護に、京極様に、潰された家なのよ……」

尼子氏のことだろう。

「わたしと父上も、野良仕事をして生きのびた」

――だから、何なのか。

ふっと寂し気に微笑んだ山路は、

「……他にも、いろいろ苦労したわ……」

山路はぎゅっと唇を嚙んで行く手に佇んでいる幾人かの女の方に、さっと手を向ける。

「首を化粧するといっても……ろくな人数があつまらないのよ！　手が足りないの。現せん上人様の手伝いをしている娘なら、半分、尼子の身内のようなもんでしょう？」

「…………」

と、

「夏虫殿でないかっ！」

敵将の首が盗まれぬよう、警固していた武士の一人が雪をさくさく踏んで近づいてくる。夏虫は雪で乱反射する白光に眼を焼かれそうになりながら、その小柄な若侍を

まじまじと見詰め、

「クロマサ！　無事だったのね？」

黒正甚兵衛《くろまさじんべえ》――経久の郎党で、京極家に逆らい、城を追われて馬木に隠棲《いんせい》した尼子兄弟に扈従《こじゅう》した、二人の家来の一人である。

歳は夏虫より一つ、二つ上か。

小柄で面長、目が丸っこく、おどけた顔をした青年武士でややそそっかしいところがある。経久からは「甚兵衛」ではなく深い愛情をもって「クロマサ」と呼ばれており、たたら場でもそう呼ばれることが多かった。

夏虫はたたら場の乱暴者と喧嘩《けんか》して手ひどく打擲《ちょうちゃく》された黒正を手当てしたことがある。

医術の心得ある経久が、応急的な手当てをほどこした黒正を、現せんの所にかつぎ込んだのだ。

山路は黒正甚兵衛と夏虫、二人を見比べて、わけ知り顔で、

「……夏虫は黒正殿の知り合いか……。黒正殿の武道の心得にはまだ乳臭きところがあると父がよう言うておりますが、その乳の香が夏虫にも染みついたのかしら？　この者、首が怖いらしく化粧をほどこしたがらぬのよ」

いつの間にか山路の服属下とされていることが悔しく、首に化粧することが当然の

義務とされているのが、悲しい。

「山路殿、某《それがし》の武道が乳臭いという河副殿のご指摘、ごもっともに候えども、夏虫殿に乳臭さがうつったというのは承引できん！　妙な言いがかりにござる」

夏虫は夢中で抗議する小柄な侍の目の赤さに気づく。

……ゴンタ殿は……。

黒正の盟友、ゴンタこと今岡権太郎《いまおかごんたろう》の安否をたずねようとした時、

「黒正殿！　交替にござるぞ」

凜《りん》とした一声が放たれている。

歳の頃、二十前後。

細身で色白。何処となく久幸に似ているが、久幸とは別の武士が、敵の首がかけられた雪原にやってきた。

久幸より面長で、目は細く、眉は薄い。浅葱《あさぎ》色の小袖の下に、紺糸縅《こんいとおどし》の腹巻を着込んでいた。

朱槍をもっている。槍の穂は今、緑の鞘《さや》に隠れていたが、左程大きな穂ではなさそうだ。

その侍はつかつかと黒正に歩み寄り、静かだが、威厳を孕《はら》んだ声で、

「馬木から美酒がとどいたそうな。殿は、『酒好きのクロマサを呼べ』と仰せだ。今

日ばかりはとことん飲んで重酔しても仔細《しさい》あるまい」

　黒正は、後ろ頭をポリポリ掻き、

「されど、河副殿……。殿は酒《ささ》の方は一切お召しにならぬ。その殿の前で、クロマサがしこたま飲み、醜態を晒すなど、なかなかいたしかねるのでござる」

　河副という武士は、朗らかな笑みを浮かべ、

「いやいや、今日は遠慮せずともよかろう。我らがゆるりとできるのはこの元三日《がんざんにち》くらいやもしれぬ」

　柔和な面差しを一変、鋭く硬い相貌を見せた青年武士、河副は富田を三方――東、南、西から見下ろす山々や、唯一山のない、海の方角、北を睨む。

「四日をすぎれば、方々の敵が蠢動《しゅんどう》し、大きく羽ばたかんとする我が方の羽根を毟《むし》り取りにくるやもしれぬぞ」

　尼子家は北に松田《まつだ》、北西に守護こと京極政経《まさつね》、南西に三沢など多くの敵をかかえている。

　また穏やかな顔にもどった河副は、

「しからば今は存分に、飲み、食い、楽しむべし！　のう、山路殿。そうは思いませぬか？」

　……山路殿は河副常重殿の娘でこのお方も河副。ならお二人はご一族なのかしら？

と思った夏虫の傍で、山路は、

「……え？　はい、よいと思いまする」

やけに大人しく答えたのである。

――？

山路を眺めた夏虫から……驚きがにじんでいる。

山路は先ほどまで夏虫、黒正に対してかなり大きい態度で接していた。だが今は小さくちぢこまった気がする。

露草は朝日を浴びて花開き、白昼の日差しを浴びるとうち萎《しお》れる。カタバミは陽光の中、明るい黄の花を咲かせるが、夜になると花を閉ざす。その夜の足音を聞きながら花開くのが夕顔だが、朝の訪れと同時に白く儚《はかな》い花を萎《しぼ》ませる。

青年武士、河副は山路に対し、露草における昼の日、カタバミにとっての夜の訪《おとな》い、夕顔における朝日に比肩する、不可思議の働きをもつのだろうか？

「ほら、山路殿もこう仰せだ、黒正殿」

河副にうながされた黒正は、

「ではお言葉に甘えてきまする！　参るぞ、者ども」

足軽どもに呼びかけた黒正が、空元気を出しているような気がする夏虫だった。

結局、夏虫は今岡権太郎について聞きそびれてしまった。夏虫がクロマサの幼馴染だったゴンタの死について知るのは、もう少し後のことである。

黒正率いる五人は酒盛りの方へ立ち去り、河副率いる新手五人が首を守り出す。

夏虫は曲物桶《まげものおけ》をもった女たちに山路と共に歩み寄りながら、

「あのお方も……河副というのですね？」

まだ打ち萎れた花のようになっている山路は、

「……ええ」

「山路様のご一族なのですか？」

山路は急にきっぱり、

「いいえ。わたしの河副家は宇多《うだ》源氏。あのお方、河副久盛様は物部《もののべ》氏の末裔《まつえい》。氏が、違う。ただ名字が同じゆえ……あのお方は我があばら家に逗留《とうりゅう》されておるのじゃ」

深くうなずいた夏虫を、きっと鋭い視線で刺した山路は持ち前の威勢を取りもどし、まっていた女たちに、

「桶は手に入った？」

「はいっ」

「よし。では、手分けして、久幸様がおられる城中へはこぶわよ」

いつの間にか人数に数えられている夏虫に、桶がわたされる。

全く恐ろしい仕事だったが……首の運び先は久幸がいる城中という。その一点を支えにどうにか桶を放り出さずにすんだ。

夏虫は山路に、

「この何百もの首を……あたしたちだけで？」

「誰かこの娘におしえてあげてー」

山路は塩冶掃部介の首の前で槍をもって立っていた河副久盛に恭しく一揖《いちゆう》すると、敵将の首に手を合わせ何やらぶつぶつ唱え出した。

横にいた小太りな女が、夏虫に、

「役付きの武士の首だけ首実検するゆえ、城にはこぶのじゃ。数首ははこばぬ」

――数首というのが、足軽、雑兵の首らしい。

山路が丁重に前の城主の首を桶に入れる。

「数首は……どうするんですか？」

夏虫が問うと、歯がかけた老女が、答えた。

「今、根小屋の男衆に大きな穴を掘ってもらっておる。首実検が終わり、主だった武士の供養が終わったら数首は胴体と共にそこに投げ入れ、まとめて首供養をする。近頃は行儀が悪い武士が多く……数首を打ちすてておく侍大将がおるんじゃよ」

「どうせ時宗聖《じしゆうひじり》がやるからいいだろうと考えてね」

小太りな女が言い添えている。宙でけたたましく叫ぶカラスどもを忌々し気に眺めてから老女は、

「我が殿は……その辺りがきちんとされたお方じゃ。数首もしかと弔われる」

山路が夏虫の傍まできて、

「その供養に現せん上人様が呼ばれたんでしょう?」

その時だった。

百姓の身なりをした男が音もなく駆けてきて——河副久盛に何事か囁いている。

夏虫は知る由もないが、駆けてきた男……昨年暮れ、尼子家に召しかかえられた忍び・苫屋《とまや》鉢屋衆《はちやしゅう》である。

月山富田城攻めで鉢屋衆は萬歳《まんざい》を披露。油断した城方に一気に襲いかかり、大いなる血の旋風を吹かせた。鉢屋衆が立てた手柄は実に大きかった。当然、宴に出ていたが、幾割かは晴れ着、具足を脱ぎすて、百姓、行商などに化け、城の裏手、街道筋などを見張っていたのだ。

ちなみに武士の扶持《ふち》を受けたくないと考える一部の鉢屋衆は笛師《ふえし》銀兵衛《ぎんべえ》なる男に率いられ、恩賞だけもらって、酒盛りには顔を出さず、忍びの里に消えている。

何事か耳打ちされた河副久盛、兵四人のうち二人に手振りする。

久盛らは飯梨川にかかる橋の袂《たもと》へ急ぐ――。久盛の槍から緑の鞘が落ちる。

「どうしたのかしら……?」

山路の呟きから、不安が、漂った。

……そうか……山路殿は……河副久盛殿を……。

納得した夏虫の傍らで山路が橋向こうに顔を向けている。向こう岸――何処《いずこ》かの軍勢が近づいてきていた。

山路が固い面差しで、

「三つ割梶《かじ》の葉……牛尾《うしお》三河守《みかわのかみ》殿の兵ね。何をしに来られたのか?」

寒風吹きすさぶ橋の東詰に根小屋を背負うように立った河副久盛は西を厳しく睨んでいた。後ろに足軽二人。

西から、積雪で白くなった京羅木山《きょうらぎさん》を背負い、三つ割梶の葉の旗を翻した武者どもが、来る。

八十人ほど。

皆々具足をまとっている。

騎馬は、わずか。徒歩《かち》が多いが――ふてぶてしい猛気を孕んだ集団だ。

先頭、もっとも強い猛気をたたえた男が下馬すると集団は止まった。

鬼がもつような金砕棒《かなさいぼう》を引っさげたその髭《ひげ》の男は、橋上をゆったり歩いてくる。

大身槍《おおみやり》をもった従者が一人ついてくる。大身槍も髭男の得物《えもの》なのだろう。主に、金砕棒をつかうが、戦況や地形によっては大身槍を手にもつのであろう。

久盛は眉一つ動かさず、

――あれが牛尾三河守幸家《ゆきいえ》か。

長門《ながと》の生まれであったが、故あって故郷を出、諸国をさすらった河副久盛の耳にも
――金砕棒をつかう雲州《うんしゅう》の豪傑・牛尾三河守の武名はとどいていた。

牛尾三河守、左程大きな男でない。

だが肉厚の体は――恐ろしく鍛え込まれているらしく、黒糸縅の胴丸の下から、猛気の風圧を叩きつけてきた――。

……京極家の家臣だが我が殿としたしくしていたと聞いておる。

「貴殿が牛尾三河守殿か！」

久盛が朗々たる声をぶつけると牛尾は五間（約九メートル）ほどへだてて立ち止まっている。大身槍をもつ郎党も止まる。

――槍がとどかぬ間合いである。

牛尾は金棒を橋板につけるや、髭ぼうぼうの厳《いか》つい顔をぐいと上げ、太く逆立った

眉をうねらせ、

「いかにもそうじゃが、何じゃぁお主は！」

雷の如きガラガラ声をぶつけた。

「尼子経久様が郎党、河副久盛也！」

一歩も退かず、久盛が叫ぶと、牛尾は、目を細め、久盛の素槍を睨む。

そんな槍で——俺を殺《や》れるか！　と目が言っていた。

優男の久盛がもつ素槍は穂がみじかく細い。

平服の敵なら心臓を突けば、命を散らせるが、鎧武者、たとえば今、眼前にいる牛尾相手にそうはいかぬ。甲冑《かっちゅう》の分厚い装甲に阻まれてしまう。

今、久盛が牛尾の心臓を狙えば、討ち損じてまごついたところに、金砕棒が襲いかかり、顔面を赤く圧壊されて——返り討ちにされよう。

逆に牛尾がもつ鉄の突起がずらりと並んだ金砕棒は、鎧武者を馬から打ち落としたり、具足をまとった男を叩き殺したりするための物の具だった。

また、牛尾が従者にもたせた大身槍——恐ろしく長く幅広の剣のような穂をもつ槍——は、当然の如く重く扱いづらいが……膂力《りょりょく》に自信がある者がこれを突けば、鉄の鎧を貫き、その内にある内臓を串刺しにできる凶器であった。

この猛者に睨まれた久盛に怯えは見られぬ。

久盛にはみじかく細い穂しかもたぬ素槍で具足をまとった牛尾を——即死させる自信が、あった。

腕力こそ牛尾に負けるが、槍の狙いの確かさ、精妙さなら決して引けを取らぬ自信がある。

河副久盛——この男、喉輪をつけていない敵なら喉、喉輪をつけた敵なら喉輪の隙間、あるいは顔、特に目、さらには鎧のわずかな間隙などを、鎧武者がぶつかり合う戦場《いくさば》で、正しく狙い——素早く突く鉄の自信があるのだ。

重い大身槍は、……速さ、正確《たしか》さを追いもとめる拙者には、邪魔也。

と、心得ている。

牛尾三河守は圧倒的膂力で立ちふさがる敵を叩き潰し鉄の鎧も腕力にまかせて強引にぶちぬく……猛牛が如き剛の者だった。

一方、河副久盛は針の穴を貫くほど正確な狙いで疾風《はやて》の槍を繰り出す、毒蜂のような勇士だった。

その二人が睨み合っている。

どちらに分があるかは神仏しか知るまい。

「新顔じゃな、お主。何処の末生《うらな》り瓢簞《ひょうたん》か？　わしが月山富田城に出仕していた頃は、お主などおらなんだわ」

牛尾三河守は苦いものでも嚙んだような顔で、放言する。

「いかにも拙者は新顔の他国者にござる。拙者が召しかかえられたのは、昨年にござる。それが何か？」

「……ほぉん──」

牛尾は、鼻を、ほじっている。

挑発的な面差しだ。

久盛は細眉をピクリと動かし、

「牛尾殿。何用でここに参られた！」

叱るように言った。牛尾は、青筋をうねらせ、ガラガラ声で、

「何でお主に申そう！　わしゃ、経久殿に用がある！　お主では話にならぬ。そこを退《の》けっ」

怒りを燃やす牛尾に久盛は静かなる声で、

「退くわけには参らぬ。ここを守り胡乱《うろん》な者を通さぬのが、拙者の役目にて」

牛尾は郎党に、

「今この瓢簞、何と言うた？　よう、瓢簞のくせに……」

「胡乱」

「胡乱じゃと――？　わしはずいぶん寛大な方じゃが」

ちっとも寛大に見えぬ牛尾は、唾を吐き、

「人にはな、時として寛大さをかなぐりすてるべき時がある気がするのじゃ！」

牛尾と郎党が煮《に》え滾《たぎ》りそうになる。牛尾幸家と河副久盛、二人の中点で白熱した殺気が斬りむすぶ。

刹那、

「やぁーい！　牛尾殿ぉ、牛尾殿ぉー」

後ろでにぎやかな声がした。

黒正甚兵衛だ。が、久盛は振り返らぬ。雁股《かりまた》の矢のように鋭い二つの眼《まなこ》で――牛尾を射貫《いぬ》いたまま。

黒正甚兵衛、そして久盛に宿を貸してくれている尼子譜代の老臣、河副の爺こと河副常重がやってきて、久盛と牛尾の間にわり込む。小太りな河副の爺は顔を真っ赤にしていた。

ちなみに河副の爺の娘が――山路だった。

経久が京極家から城を追われた折、河副常重も農人に身分を落とされ逼塞《ひっそく》した。山路はさる出雲武士に嫁いでいたのだが、その時、生家にかえされている。

一方、河副久盛は長州牢人で常重、山路親子とは血縁がなかったが、主家に追われ牢人していた尼子経久の知遇を得た。

その時、経久は久盛に、

『河副姓を名乗り、経久に言われてきたと申せば……同姓の誼《よしみ》もあるし、温かく迎えてくれよう』

出雲の河副なる武士をたよるように言った。

以後、久盛は河副の爺の家に寄寓《きぐう》。月山富田城討ち入りにくわわったわけである。

牛尾はややややわらかき声で、

「ご老体もクロマサも……生きておったんかい。相変わらずしぶといな」

河副の爺は丸々とした自らの尻を撫《な》でまわしながら、

「うむ。何とかな……。野良仕事になれた老体に戦はきつかったようじゃ……。妙な所に力が入ったらしく今朝はの、起き抜けから尻が痛い」

牛尾は興味深そうに、

「……尻？　……穴ではなく、周りの肉が痛むんじゃろ？」

「おう。あと、足の裏も痛くてのう。一歩一歩が妙にしんどい」

「槍で突く時、力みすぎたんじゃろう」

牛尾の機嫌がややもち直したところで黒正が、

「牛尾様。まさか……我が殿と争う気で富田にこられたわけではありませぬな？」

「当たり前じゃ！　当《と》ぉ前《ぜん》。それをこ奴めがっ――」

きっと、久盛を、指す。

「拙者は己の職分を果たしたまで」

「こっ――」

久盛に摑みかからんとした暴れ牛を黒正は何とか押さえて、

「まあ、まあ、あちらで殿がおまちかねでござるぞ」

ほれという顔で牛尾は久盛を見る。

「兵どもはここに置いてゆけよ。戦の直後ゆえ味方に殺気立った者も多い。何か間違いあったら……いかんからのう」

河副の爺が釘《くぎ》を刺すと、

「よかろう。わしとこの者で十分じゃ」

牛尾本人と大身槍をもった郎党だけが尼子経久の許《もと》に案内《あない》された。

＊

「何で、わしに一声かけてくれなかった！　わしが戦働きできぬとでも思うたのかっ！」

開口一番——牛尾は経久に怒鳴りつけ、酒や馳走《ちそう》が並んだ筵を思い切り叩き、根小屋の人々をおののかせた。

「すまなかった」

さっきの場所、桶師の家の前に座った経久は朗らかに詫《わ》びる。

「牛尾殿。それについては、某がお詫びする」

経久の傍に控えていた武士の中から山中勘兵衛がにじり出て、牛尾と向き合うように座している。

経久の軍師、山中勘兵衛勝重《かつしげ》は短髪でギョロ目。四十がらみ。頬がこけた大柄な男であった。

「久幸殿は、月山富田城を抜くには、牛尾殿の力がいるとおっしゃった」

「……やはり久幸殿はよくできた御仁よ。有徳の士とはああいう方を言うんじゃろう」

牛尾は時々、何処かで聞きかじったむずかしい言葉を言って自分がただの武骨者ではないと周りにしめすのだ。

「殿も貴殿に声かけするのに前のめりであった。しかれども……この勘兵衛が止めた」

角で突きかかるような顔を見せた牛尾を大眼で真《ま》っ直《す》ぐ見据えた勘兵衛は、

「――まず貴殿はいかに殿と昵懇《じっこん》とはいえ京極殿の臣下にござった。貴殿が心ある武士ならば、京極と尼子の間でその心身を引き裂かれ、苦しみに陥ってしまうのではないのか……。そこを危惧した」

「……ううむ」

「貴殿は尼子方一筋なのかもしれぬ。だが、縁者はどうか？　家中の者は？　その中に敵にまわる者が出ぬとも限らぬではないか？　我らの計画は何人《なんぴと》の口からも守護方にもれるわけにはゆかなかった。一切のもれ口をふさぎ、もれる疑いある所にも悉《ことごと》く用心せねばならなかった」

勘兵衛は猛獣をなだめるように、

「我らは貴殿の真心を疑ったわけではない。貴殿の周りにある小穴から、守護に話がもれるのを用心したまで。何かわだかまりをかかえておられるなら、殿ではなくこの勘兵衛が引き受けよう」

牛尾三河守から――長い長い息がもれる。やがて、大きな鼻を手でこねた髭の荒武者は、ごつごつした両拳を二、三度弱く叩き合わせる。すねたように、

「……わしゃ……ただ、昨日の戦ではたらけなかったことが悔しいだけよっ。尼子殿の生涯の一大事に呼ばれなかった一事が恨めしいだけ」

経久は萎んでしまった感がある牛尾に穏やかな微笑を浮かべていた。

牛尾は、両拳を筵につき、声をふるわす。

「京極の家来という頸木《くびき》があるゆえ皆に疑われるんじゃろう。わしゃ、その頸木を己で壊す」

経久にすがるような眼を向け、腹の底から叫んだ。

「尼子殿……あんたに仕えたいんじゃっ！　阿呆《あほう》ゆえ上手い言葉が出てこぬわ。だが、どういうわけだか、お傍に仕えてお守りしたい。わしの腕も、足も、歯も、髪も、尼子家に仕えよ、尼子家に仕えよとわしに、囁いて参る！」

「腕や足はもちろん歯や髪までも当家のためにはたらいてくれるのか？」

根小屋の他の所で町人と語らっていたはずの亀井の爺が、いつの間にかこの場にきている。小柄なこの翁、経久の一の重臣である。

「そうじゃ。尼子殿にあだなす者がおったら、わしの歯がそ奴の喉笛を嚙み千切る。尼子殿、どうかこの通りじゃ、我が仕官みとめてくれい！」

経久は厳かな顔で、

「歓迎する」

がばっと平伏《へいふく》した牛尾三河守は、大音声で、

「出雲の住人、牛尾三河守幸家、今日より京極家の臣下に非《あら》ず。尼子経久様の郎党とならせていただく！」

経久は凜々《りり》しい表情で、

「百の城を抜く働きを期待する。――はげめ」

「恐悦！」

こうして出雲屈指の荒武者・牛尾三河守も――尼子経久の臣下にくわわった。

固めの盃にと酒屋がもってきた驚くべき大盃を、一気に飲み干した牛尾は、

「牛尾党はこの酒盛りにはくわわらぬぞ！」

「何ゆえか？」

亀井に問われた牛尾は、

「当ぉ前じゃ。わしらは昨日の戦で何もはたらいておらん。こうしておる間にも、守護方が寄せてくるやもしれん。我らは守りにまわろう」

老臣相手にぞんざいな口をきく髭の牛尾、実は若い。経久と同年代の武士だ。

「そういうことならば――」

山中勘兵衛が膝を打つ。

「実はお主に押さえてほしい箇所がある……。先ほど、鉢屋衆から報告があり、松田三河守が我らが宴を襲おうとしておるとのこと」

百姓町人はどよめくも経久の相好に微塵の変化もない。

むろん、前もって報告を受けていたのである。

鉢屋衆が酒宴に出つつも、幾割かは月山富田城周辺に散り、警戒の網を張っていたことは先にのべた。

だが、苫屋鉢屋衆をたばねる鉢屋弥三郎《やさぶろう》、それでは足らぬと考えている。

もっとも早く兵を動かしそうな周辺領主を見張っておかねばと思案していた。

中国山地を南に擁する出雲国では平野部の北より、南の方が雪深いという逆転が見られる。

故に、尼子から見て南西――奥出雲の山岳地を治める三沢一門は今、雪に閉ざされ、その鉄蹄《てってい》を凍《い》てつかせ、兵を動かせる状況にない、深雪の中で尼子の復活を指をくわえて見ている他ない、と尼子忍びの首領は考えた。

攻めてくるとすれば――北。

尼子家の北、中海の南辺りには十神山《とかみやま》城を拠点とする国人、松田家が、いる。

鉢屋弥三郎は早くも昨日の段階で、下忍を二人、松田領に放ち、動静を探っている。

――この下忍たちが風のように帰参、松田が速攻を目論《もくろ》んでいると告げてきたのだ。

勘兵衛はどよめきかかった根小屋の衆を落ち着かせるように両手を前に出す。

「狼狽《うろた》えるな皆の者！　先ほど、真木上野介殿に松田への備えにいってもらった」

「おお、真木殿が……」

人々の顔に安堵が広がる。

経久の叔父、真木上野介は出雲屈指の弓の名手と名高い。上野介の訓練を受けた真木兵はいずれも弓術に通じている。

「真木殿の兵に牛尾勢がくわわれば千人力。松田を蹴散らせるであろう」

「心得たり！」

牛尾はすぐに腰を浮かす。

兵どもの方に去りかけた牛尾は、ぐっと立ち止まり、経久に、

「あの時も……わしが松田を討ちに行き……」

二年前のことだろう。

「城を出たところ、あんたは……守護方の罠《わな》にはまり、城を追われた。同じ羽目にならんじゃろうな？」

尼子様にその言い方はないでしょうという数多《あまた》の商人、百姓の無言の圧を感じたか、やや萎縮した牛尾は、

「同じ羽目にならんですなっ？　殿！」

経久はどっしりと座ったまま朗らかに、

「わしが同じ愚をくり返す男と思うて、そなたはここに馳せ参じたのか？」

牛尾の太首が、きっぱり横に振られた。

「ならつべこべ言わず行って参れ。――鬼神の武を見せつけ、大いに手柄を立ててこい」

「御意！」

雷のような声が根小屋にひびきわたった。

松田攻め

十神山城主・松田三河守は尼子経久が京極の代官・塩冶掃部介を討ち、月山富田城を奪い返したと知るや、

……こりゃ、尼子を討てば、わしらは……美保関《みほのせき》を恩賞として取りもどせるやもしれぬぞ！

思案した。

日本海屈指の要港で巨万の帆別銭《ほべちせん》を領主にしたたらす美保関は、そもそも松田家の領土だった。

朝鮮半島の文書には「出雲州見尾関処松田備前太守藤原朝臣公順《ふじわらのあそんきみのり》」から使いがきた記録が、のこっている。

松田家が美保関を拠点に海をまたいだ大がかりな交易に乗り出していた証《あかし》である。

だが、応仁《おうにん》の乱で、事情が変わる。

松田家は出雲守護・京極から伯耆守護・山名《やまな》に内通。京極の守護代・尼子清貞に散々打ち破られ、城と全領土、美保関の湊を、没収された。

身から出た錆《さび》とはいえ松田にも……経久と同じような牢人経験があるのだ。

以後、伯耆の隠れ家に潜んだ松田家は、三沢家の密かな支援を受けつつ……尼子領で一揆《いっき》を起こすなど様々な攪乱《かくらん》工作に従事してきた。

そんな松田に春がきたきっかけは尼子家と京極家の対立である。

松田は三沢為信《ためのぶ》を仲立ちに京極政経に接近。

尼子兄弟を月山富田城から追った二年前の政変に力を貸す見返りに旧領を一部回復したのだった。

だが松田三河守が喉から手が出るほど渇望した美保関、この豊かな湊は……かえってこなかった。京極家の手に据え置かれたままだった。

……尼子経久こそお屋形様こと京極政経の最大の脅威であろう。

松田三河守はお屋形様こと京極政経の頼りなげな細面を、何かにおびえたような丸く力ない目を思い出す。

……お屋形様に義理立てする気は、毛頭ないが……尼子を討てば、こりゃ、古今稀《まれ》に見る大手柄じゃ！　あのけち臭いお屋形様も今度こそ美保関を渋るまいて。「松田、よくぞ尼子を討ち取ってくれたの。美保関は、今日よりそなたのものぞ。それがあるべき姿だったのじゃ……。京極政経、気づくのがおそすぎたぞよ」細《ほ》っそい声でこう申す、いやこう仰せになるはずじゃ！

美保関が松田一族にかえってくる輝かしい未来に、目が眩《くら》みそうになる。

城を取り返した経久が根小屋で酒宴を開いていると聞きつけた松田三河守は飛びはねるように立ち、

「——尼子を退治する!」

搔きあつめた兵は百。

物見によると百数十名の尼子方は酒盛りに打ち興じ、酔い潰れている者もいるとか。

見張りはいるらしいが敵の油断を考えれば物の数ではあるまい。勝機が瞬《またた》いている気がする。

——彼奴らが酒宴に興じておるうちに討つ!　他の国人が手を出す前に。急がねば。

功名心と焦燥の火の玉となった松田三河守は、愛馬に跨《また》がり、

「留守をたのんだぞ!　満重《みつしげ》」

甥《おい》、松田満重に声をかけている。

胸板が厚く角張った顔をした満重は二十代。少し下に垂れた目からは、穏やかさ、思慮深さがにじんでいた。

甥は躊躇いがちに首を縦に振る。舌打ちした松田三河守が馬をすすめんとした時、満重は尼子討伐に向かわんとする叔父の馬に取りついた。

「叔父上、やはり思い直して下され」

ずんぐりした松田三河守は、赤ら顔をさらに赤くして、

「何じゃ、お主はぁ！　まだわしを止めるのかっ！」

「尼子殿は知恵深きお方。酒宴に打ち興じておるように見せかけて……我らに備えておるやもしれぬ。もはや尼子を攻めるなとは言いませぬ。されど、ここは近隣の国人と緊密に連携し、もそっと慎重に――」

「――愚か者めがっ！」

松田三河守は大喝した。

家来の中から、甥に賛同する者が出るのを、彼は危ぶんでいる。だからここは厳しく面罵せねばならぬと思った。

「よいか満重。敵は居城を取りもどし浮かれに浮かれておる。我らも二年前、十神山城に帰還した折は三日三晩宴に興じたではないか。さるによって、わしはあの者どもの気持ちがようわかるのじゃ。彼奴らは……油断しきっておる！　まさか敵襲があると思っておらん。今積年の鬱憤を散じずしていつ散ずるというのか！」

鼻息荒い馬どもに跨った幾人もの鎧武者が首肯する。

「もそっと兵法を学べい！　それに近隣の国人と手をくんで共に攻め、そ奴に手柄を盗られたら何とする？　美保関はそ奴のものになってしまうかもしれぬぞ！　お主

は、それでよいのか？」

　満重は歯を食いしばっていた。

　松田三河守は眦《まなじり》を決し、

「美保関回復こそ松田一党の悲願である。今のそなたの言葉を、尼子に全ての所領を盗られ、伯耆で失意のうちに儚くなられた我が父、そして……尼子相手の戦で討ち死にした、我が弟、すなわちそなたの父は草葉の陰で聞き、何と思うことか。松田の武道も衰えたものよのう」

「……もはやお止めしませぬ。留守は、しかと守ります。尼子の伏兵にお気をつけ下され。勝ちを祈っております」

「初めからそう申せばよいのじゃ、たわけめ！　さあ者ども、急ぐぞ。敵が備えを構える前に討つ！　遅れをとるなよっ」

　雪煙上げて南にすすみはじめた叔父と兵百を見送る満重の面《おもて》には不安がこびりついている。

　松田領から月山富田城に行くには——道が、二つある。

　一つは飯梨川沿いに南下する道。この道を通れば、富田城下の根小屋にいたる。尼子の酒盛りを正面から刺し通せる。

いま一つは、吉田《よしだ》川沿いに南下する道。吉田の里から独松山《どくしょうざん》の細く薄暗い山道を西に走り、新宮谷《しんぐうだに》から月山富田城の搦手《からめて》、あるいは富田の根小屋に抜ける道だ。

この道を通って松田勢が奇襲すれば、月山富田城は後ろから襲われた心地になる。町人と酒盛りする尼子経久は山間《やまあい》から突如現れた兵に襲われる。

松田三河守は吉田川沿いに南下し新宮谷を衝《つ》く道をえらんだ。

塩を噴いたように顎、胸、足を白くした馬どもが、歯を食いしばり白い息を吐いて雪原を疾駆する——。騎馬武者どもの後ろをカンジキをはいた徒歩武者、雑兵が槍、薙刀をもってすすむ。

——腕が鳴るわ。尼子を滅ぼせると思うと。

眉庇《まびさし》の下でほくそ笑む松田三河守だった。

父、松田備前守は経久の父、尼子清貞相手に、百戦百敗したと言っていい。

……父上。清貞めの皺首《しわくび》でなく、その倅《せがれ》ども、経久、久幸の首で堪忍してくれい。

偵騎がもどる。

「吉田の里に人影はありませぬ。恐らく富田の根小屋に、村人総出で祝い酒をもっていったと思われまする」

ふっと冷笑した松田三河守は、

「愚かな奴らめ。乱吹不善の輩を真の領主と勘違いし祝い酒などもってゆくとは……」

乱吹不善の輩――その資格、実力もないのに、立派な地位にある、よくない連中、というほどの意味である。

「吉田の百姓どもには尼子を成敗した後、よくよく思い知らせる必要があるようじゃ。評定通り、新宮谷に抜け、城には目もくれず、根小屋を急襲。余の者などすておき、ただただ経久の首を狙う」

「――御意」

左右に馬を寄せた側近どもの双眸で殺意の冷光が瞬いた。

――人気がなくやけにひんやりした気が立ち込める吉田の里を抜ける。

松田勢は進路を南から西に変えた。雪化粧した独松山の南を、白い息を吐いてひた走る。

雪の登り坂を疾駆する松田勢。

すぐ左で幅が狭い急流が水音を立てている。急流の向こう、そして松田勢の右は、棚田になっているらしいが、今は一面の雪野原となっていた。

雪原の向こうは双方、一段高くなっており、右手が独松山の頂につながる山林で、左の小高くなった所でもモミ、ツガの林が雪をかぶっている。凍てついたモミの群生は黒い円錐《えんすい》形の体をした百鬼夜行の者どもが、体中から白く重たい髭を垂らしている有り様に見えた。

夕暮れ近いようだが日輪は見えぬ。松田が城を出たあたりから、鉛色の雲が雲州の空をおおいはじめていた。

「満重めは伏兵にご用心などと言っておったが……。それ見たことか」

松田三河守が呟いた時、

——！

左方、針葉樹の木立から恐ろしい速度の鋭気が放たれ、やや前方で馬を歩ませていた側近の左首が破裂。物凄い勢いで右首まで突き抜けた矢は——そのまま突風となって飛び、並行して馬をすすめていたいま一人の側近の首を左から右まで赤く貫き、白煙散らして、右手の雪野原に立った。

——恐るべき矢勢である。

左の林との距離を見れば、並の射手なら斜め上に射て、幾分勢いの弱い、弧を描く矢にしなければ、的を射られぬ。

この射手は、違う。

己と同じ高さの的に、直線の矢を、物凄い勢いで射、首二つを軽々とぶちぬいている。

凄まじい腕力、狙いのたしかさをもつ精兵だった。

「待ち伏せぞっ！　卑怯《ひきょう》なっ。盾を構えい」

下知する傍から幾本もの矢が同じ林から飛来。いずれも直線を引いて猛速で飛ぶその矢どもは、鉄の鎧をものともせず――松田の騎馬武者の胴を軽々と貫いたり、薙刀をもった雑兵の顔面を破壊しながら後頭部に突き抜け、勢いそのまま、槍をもった次の兵の目に飛び込んだりする。

味方が幾人も血を流して雪上に転がった。

一人ではない。

幾人もの弓の天才を揃《そろ》えた敵だった。

……そこまでの射手を揃えた家は、この出雲に一つか、二つ。

「――真木か！　ならば、兵は少ないっ！」

真木家は出雲で最も古い家の一つで国人に名をつらねている。

だが、地侍に毛が生えたような小さな家で、三沢、松田など他の国人と兵力、富力の上で隔絶たる差がある。

「ほれ見ろ！　恐るべき矢だが……矢数は少ない！　盾を構え、森に詰め寄り、槍、薙刀で突き殺せ！　斬り殺せぇ。落ち着いてかかれば真木など我が松田の敵でないわ」

松田が吠える。

勇気づけられた松田勢は持盾を構えた兵を先頭に真木勢が潜む森へ押し寄せた。

松田三河守以下、騎馬武者どもは下馬して戦列にくわわる。

味方が次々射殺されたが、森はもうすぐだ――。松田は針葉樹を盾にして射かけてくる敵をみとめつつ、自らを狙った矢を身を低めてかわした。

と、後ろで怪しい法螺貝《ほらがい》の音《ね》が轟《とどろ》いている。

「殿！ 後ろからも敵がっ」

見れば、さっき右手に見ていた独松山方向の山林から、矢が十本ばかり降ってきた。

だが、この新手が射た矢は……弱い。

後ろの林から、直線ではなくて虹のような形の弧を描いて飛んできたこれらの矢は、ひょろひょろ矢と呼ぶのがふさわしい。松田兵の鎧に当たればたやすくはね返された。だが運悪く鎧に守られていないところに当たると、着実に浅手を負わせた。

真木の矢が鎧武者を貫通する人殺しの突風ならば、新手の矢は人を傷つける嫌らしい雨だった。

「後ろは……こけおどしの小勢じゃろう！ 恐るるに足らぬ。まず、真木を血祭りに上げよ！」

松田が下知したとたん後ろの林でまた法螺貝が轟いた――。

……今度は、何じゃ？

何と独松山方向の山林から松田の想像を超える数の槍足軽が出てきた。七十人ほどの一隊だ。その後ろに十人ほどの弓兵が見える。

……馬鹿な。尼子は百数十人と聞いた。宴を打ち切り、ほぼ全軍で？

真木兵と逆の山林から出てきた槍隊は厳重な槍衾《やりぶすま》をくみ、ざ、ざ、ざと雪を踏み、無言で行進してくる。針鼠《はりねずみ》がゆっくり歩み寄ってくるように見えた。

「兵を二手にわける！　半分は真木に、半分は新手に当たれい。あの中に尼子がおる！　尼子を討って手柄と――」

言いかぶせるように、家来が、

「殿！　ありゃ、尼子の四つ目結《よめゆい》じゃありませぬ。……三つ割梶の葉……牛尾三河守の旗のようにござるぞっ！」

歯ぎしりした松田三河守は、

「あ奴を三河守と呼ぶなと何度申せばわかる！　おのれ牛尾！　長きにわたって京極公の禄《ろく》をはみながら……尼子に寝返るとは！」

自らもろくな忠誠心をもっていなかったが……歯ぎしりした。

整然たる槍波が松田勢にぶつかっている。牛尾は経久の与力としてつけられていた頃、その薫陶を受け、集団戦法を叩き込まれている。

だから牛尾の号令一下、全員が、同じ動きをする。

が、松田勢は、違う。松田三河守はざっくりした下知を飛ばすだけで、配下の侍どもが思い思いに末端の雑兵どもに指図するのだ。

整然と押し寄せてくる槍衾にばらばらの意思で戦う松田勢が戦いをいどみ、次々に掃討されてゆく――。

「ええい！　相手は、野伏《のぶせり》や、流れ者、百姓などを寄せあつめ数槍もたせた烏合《うごう》の衆ぞ。真の武士の戦いを見せてやれ！」

松田三河守の叱咤《しった》の下、松田方で一、二を争う猛者どもが押し寄せる槍波に飛び込み、薙刀や鉞《まさかり》で槍の穂を払い、叩き落とし、槍衾の一角を崩す。

「そうじゃ！　あそこから、崩せ！　それ、潰せぇっ」

松田が吠えた瞬間、血の爆発が、起きた。

槍衾を崩しかけた勇士たちの体が爆風のような衝撃に飛ばされ、腥血《せいけつ》や臓物をこぼす赤い肉塊となり、白い雪上に転がった――。

「な……」

その鬼武者は返り血ででかい髭面を真っ赤にしながら凄まじい咆哮《ほうこう》を上げて槍衾の後ろから現れ――あっという間に槍列より前に飛び出、黒い金砕棒を振りまわし、布でつくった人形を引き千切るように、鉄の鎧をまとった松田の武者どもを潰してゆく。

鉄の猛牛が突っ込んできて角で人を突き殺しているような、おぞましい光景だった。血の嵐を起こすその男こそ、誰あろう牛尾三河守だ。狼狽えた雑兵の一部が、

「か、勝ち目がねえ！　逃げろぉっ」

逃げようとして——今度は死の疾風《はやて》に、横首や、鉢巻きをしめただけの頭を貫かれ、斃れてゆく。

真木家の矢だ。

その真木兵は松田の槍兵《そうへい》が森に入るや、さっと退き、樹《き》を盾に、射てくる。松田方が少しでもひるむとまた前に出てきて恐るべき矢を間断なく射てくる。

こんにゃくを指で押す時に感じる……弾力、あの弾力に近い嫌らしい戦い方をするのだ。

本能が、牛尾は危うい、真木と戦えと、松田に、告げた。

「まず真木を討て——！」

真木兵が潜む森に向かわんとする松田に後ろから太声が浴びせられる。

「お、松田！　敵に背を見せて逃げるか！　出雲に二人、三河守は要らぬ。決着をつける気はないか！　……ないようじゃな。卑怯者の癖は何処までも直らんな」

松田三河守の血が煮え滾っている。

これは松田三河守にとって、許されざる侮辱であった。

出雲でもっとも身分の高い武士は守護大名・京極政経。その下に守護代・尼子家がおり、尼子の下に国人と呼ばれる大領主がつづく。ここまでが武家貴族だ。

この武家貴族の下に、京極の家来・牛尾、尼子の家来・亀井、いくつかの村をたばねる小領主、小さな土豪がつづく。

これら小領主の下が一つの村をたばねる地侍で、これが最下級の武士であり、地侍の下に足軽、雑兵がいる。

松田三河守は流浪の折、人々から白い目で見られた経験から、身分の差異、武家の血の序列に極めてうるさい。格下からの嘲罵に、青筋立てて歯ぎしりし、

「荒言、吐けぬようにしてくれるわ！」

雪をざっと踏んで立ち止まり、異形片鎌槍を牛尾に向けている。

「牛尾！　うぬは武家の塵芥《じんかい》の如き男よなっ」

「……ほう？」

厳つい髭武者は愉快げに笑った。牛尾はのしのし近づいてくる。松田は、槍を鋭く構え、

「京極様の禄を代々はみながら大逆臣の尼子に寝返るとは……君臣の道をわきまえぬ

下郎め」

「……お主に裏切りのこと、言われたくない」

松田は吐きすてるように、

「誰がそなたら一族を牛と呼んだのか？　そなたに、牛などもったいないわ」

六間ほどへだてて雪上に立ち止まった牛尾は、

「牛でない？　……では、何じゃ？」

「うぬはな、人が吐いたものを喜んで啜《すす》る、もっとも卑しい野良犬よっ！」

牛尾の口から高らかな一笑がこぼれる。

「野良犬か！　大いに結構。わしが犬ならな……」

冷たい殺意が凍った目で松田を睨み、

「お主は野良犬に啜られる反吐《へど》よ！」

熱流となって上ってきた怒りが叫びとなって――松田の口から迸《ほとばし》った。

松田三河守は槍で牛尾を突かんとする。

金砕棒が、槍を軽々とはたき落とした。

はっとした松田三河守の兜《かぶと》に物凄い衝撃が上から襲いかかり、頭骨が砕ける。

松田三河守は目と鼻と口から血を流し、雪上に斃れている。

「松田三河守は牛尾三河守幸家が討ち取った！　大身槍を」

黒く太い金砕棒を雪野原に転がした牛尾は郎党から大身槍を受け取るや、仇を討たんと飛びかかってきた松田の郎党に大身槍をくり出す——。

恐ろしく長大な穂が鉄の鎧を突き破り、腸を貫き、背から飛び出す。

牛尾三河守はそうやって串刺しにした敵兵を、松田の雑兵に投げ飛ばし、敵に恐慌を起こした。

咆哮を上げた牛尾が次なる敵に襲いかかろうとした時、

「そりゃ、大将を討ち取ったぞ！　もう勝ち目はない。明日を見たい者は槍をすて、降《くだ》るべし！　我が甥、いや……我が殿はな、降参した者にまで無体な真似《まね》はせぬぞ」

太いが何処かのどかな声が林からひびいた。

松田方がすてた槍や刀が、雪上につみあげられてゆく。

降伏をうながした真木上野介朝親が弓兵を引きつれて林から出てきた。

どうしてもっと暴れさせてくれなかったと睨む牛尾に大弓をもった真木上野介は歩み寄る。真木兵が捕虜に弓を構え、牛尾兵が槍を降人に突きつける中、丸顔に無精髭を生やした上野介は、穏やかに、

「牛尾殿。我が殿はのう、敵を多く殺すよりも……味方を多くすることをお望みなの

じゃ。さ、捕虜をつれてゆくぞ」

＊

二日後――。

近隣の地侍が次々に臣従を申し出てきたため、経久の兵は四百数十人にふくらんでいる。

真木上野介と真木兵を三沢への備えのため、馬木にもどした経久。四百となった残りの兵の半ばを、久幸、河副常重、河副久盛につけ、月山富田城の守りとする。自らは二百の兵を率い、北上をはじめた。つきしたがうは亀井の爺こと亀井永綱《ながつな》、山中勘兵衛勝重、牛尾三河守、黒正甚兵衛。久幸をのこしたのは夏虫とすごす時をつくってやろうという兄心であった。

北上する経久、十神山城を取る気だ。

松田家の十神山城――中海の南、安来《やすぎ》湊を東から見下ろす小さな丘を要塞化したものである。

安来の湊は今、固唾を呑んで尼子勢を出迎えた。経久はあらゆる略奪を禁じたが、湊の衆は乱暴狼藉《ろうぜき》を恐れてきつく戸を閉じ家の中に潜むか、城中に逃げ込んだようである。霙《みぞれ》状に溶けかけた雪にきざまれた轍《わだち》、その傍に打ちすてられた羽子板が人々の狼狽えを物語る。

冷たい曇り空の下、尼子勢は商人漁師が住む辺りから――侍の集住地に、入る。

不意打ちの凶刃、忽然《こつぜん》とそそぐ矢が警戒されるが、抵抗は、ない。

下層の侍が住む棟割り長屋の軒先には小さな門松が点々と据えられていたが、戸口は閉ざされ、声一つせぬ。刺々しい柊《ひいらぎ》の垣根、あるいは矢竹の垣にかこまれた板葺屋根の武家屋敷《やしき》は門を固く閉ざしていた。庶人の家より大きな門松の青さが目を射た。

雪を踏んですすむ尼子勢は警戒しながら武家屋敷と武家屋敷にはさまれた細道に入る。

正面奥に木戸が見えた。

丘城を背負った木戸は――開け放たれている。人影は、ない。

木戸の左右には土塀があった。

城方の真意は曇り空の如く見えにくいため経久は手振りして全軍を止めている。

若い黒駒に跨った経久は先頭に出る。前に跨っていた黒駒は……経久が追放された後、亀井が引き取ったが、主と引きはなされたことで気を落としたか秣《まぐさ》を一切食べなくなり、病死した。この黒駒は別の黒駒だった。

経久以下、山中勘兵衛ら部将たち、そして尼子の精兵が開け放たれた木戸を鋭く睨む。

すると中から白装束、素足の若い男が、打刀をもって、雪泥をものともせず、しずしずと歩いてきた。供を二人つれている。一人は四十がらみの逞しい郎党で太刀をもっていた。いま一人は老いた小者で、筵をかかえている。

白装束の武士は経久から十間ほどはなれた所で小者に筵をしかせその上に座すと、堂々たる態度で、

「尼子殿！　松田三河守が甥、満重にござる！　みどもの首を進上いたすゆえどうか我らが願いを聞きとどけていただきたいのでござる！」

郎党と小者の膝も、雪泥を潰している。

「聞こう。そなたの望みは？」

経久は馬上から威厳をもって問う。その問いが白い息に変わって流れてゆく。

「尼子殿の寛大さは山陰の諸州に鳴りひびいておりまする！　その寛大さにおすがりすること」

しんと冷えた城下に満重の切なる声がひびく。

「今、城内におる領民と兵どもの命を助けていただきたい！」

経久は腹の底から、

「許す！」

同時に、黒駒から飛び降りる。そして松田の城の方にゆっくり歩み出した。荒々しい猛気の嵐を漂わせた牛尾、慌てふためいた黒正甚兵衛がさっと下馬し、同道せんとするも、

「――無用」

手で制す。

で、惚《ほ》れ惚《ぼ》れするような爽やかな笑みを松田に向けた経久は、白装束で端座する武士のすぐ傍までゆくと雪泥をものともせず、満重と向き合う形でどっかり胡坐《あぐら》をかいた。

「首を差し出せるなら、命を差し出す覚悟があるということよな？」

満重は経久を正面から見据え、

「言うまでもないこと」

経久、穏やかに、

「ならばそなたはわしが所望するものを差し出せるはず」

「……何でござろう？」

覚悟を固めた松田満重の目の奥で鋭い警戒が瞬いた気がした。

流血が一歩誤った先にある状況だが……経久に、微塵の恐れも、ない。

経久は言った。

「そなたというすぐれた男の生涯を――この尼子経久にくれい。そなたの一切をわしにあずけてほしいのだ」

「…………」

満重も家来どもも茫然としている。

満重が、「経久はすぐれた武将なので、無闇《むやみ》に戦をいどむのはよくない、経久が近隣をしたがわせるようなら、これと手をむすぶのも一案」、と、故・松田三河守を説き伏せんとしていた事実を、経久は鉢屋衆によって掴んでいる。

松田満重は騙《だま》し討ちを仕掛けるような男ではないが、家来は違うかもしれぬ。斬りかかってくるやもしれぬ。だが、経久には、そうなった時、即座に斬り伏せる盤石の自信がある。

経久は、悲し気に、

「松田と尼子は長きにわたって争って参った。我が父はそなたの父御を討ち、わしはそなたの伯父御を討った。多くの尼子の侍が松田との戦で死んだ。……互いに血を流しすぎた」

「…………」

「松田殿。……もう我らの代でやめにせぬか？　わしは貴殿と共に栄えたい。都に上る前のわしなら父の言いつけにしたがい、お主らと血みどろの戦いをつづけていたやもしれぬ。されどわしは京で、この世のもっとも上に居座り、天下を牛耳る男たち女たちの醜さを嫌というほど見て参った。今、天下は麻の如く乱れ、多くの村が焼かれ、数知れぬ百姓が、斬られておる。武士も大勢死んでおる。

だが、この世の頂では……朝家と柳営（幕府）が、重酔のうちにある。

上つ方は、民を、見ておらぬ。全くだ。百姓や商人、浦人に樵《きこり》、番匠、遊芸の者、諸職人、たたら場ではたらく者、馬方に船頭、この世を縁の下でささえるかけがえのない者どもの声が……聞こえていない。

何故、誰かが、他の者の上に立ち、治めるのか？　でき得る限り多くの者の命を、救うためであろう？

その大切な役目を武門の棟梁《とうりょう》が忘れておられる。

これが——現実だ。

本来、室町家をお諫《いさ》めせねばならぬ諸大名はどうか？」

小鳥の声に恍惚《こうこつ》とする主君が経久の胸に活写される。政経が米や粟《あわ》、果物をあたえていた、都の北御所の、色とりどりの鳥たちが、空飛ぶ花々のように胸中を飛びかっている。

松田満重は、眉をうねらせ唇を強く噛んでいた。

経久は、言った。

「わしは――この世を変えたい。この出雲から、変えて参ろう。尼子の力だけでは到底足りぬ。松田の力もそこに合わせて下さらぬか？　この通りだ、松田殿」

経久が頭を下げると、

「……何故、頭を下げられますか？」

松田満重の声はふるえていた。

松田の当主となった青年の額が筵すれすれまで下がる。家来どもも、平伏している。

「暗雲が如き世を生きておると思い途方に暮れることしばしばでしたっ……。今日はまたとない吉日にござる！　何故なら暗雲の中に一筋の光を見たゆえ。その光明ならば……乱れた世を立て直せる、そう思えるほど眩き光にござった！

鎮守府将軍・俵藤太《たわらとうた》が末葉、出雲の住人、松田満重。その光をお守りすべく、もてる力の全てをそそぎ、粉骨砕身、立ちはたらく所存！　今日より尼子経久様の家臣とならせていただく！」

「歓迎し、感佩《かんぱい》する！」

経久は厳かに告げて立ち上がった。

体の芯まで凍てつきそうな固く冷たい風が中海の方から吹いてくる山陰の初春であ

ったが、降伏した若き城主の頬は火照っていた。

経久の胸底の炉で燃える炎が、満重に当たったようである。

「我が家人どもも受け入れて下さいましょうや？」

満重の問いに、

「当然だ」

かくして、尼子経久は——松田家を、吸い込んだ。

その日、十神山城に入城した経久は、鎧を脱ぐと、家来一同、そして満重や松田の家臣と夕餉《ゆうげ》を共にしている。

山中勘兵衛や亀井の爺からは止められるも、経久は満重を隣に座らせ、したしく語らった。

経久はその席上、満重に直垂《ひたたれ》を褒められるや、さっとそれを脱ぎ、春の風のような穏やかな笑顔で、

「——左程いとしく称美の上は貴方へつかわす」

恐縮する満重にあたえてしまった。薄い小袖姿になっても何ら寒そうな様子を見せなかった。

塵塚物語《ちりづかものがたり》は、そんな経久について、

此《この》つね久親族の大みやうにてもあれ又出入拝趨《はいすう》のさぶらひにてもあれ常にとぶらひくる人ごとに四方山《よもやま》の雑談にして後所持の物をほむれば則其身《すなわちそのみ》もよろこびてさほどいとしく称美のうへは貴方へつかはすなど云《いい》て墨跡衣ふく太刀刀馬鞍《くら》等にいたるまで即時に其人におくられける……。

（この経久は親族の大名であれ、出入りの侍であっても、常におとずれてくる者と四方山話をした後、客が持ち物を褒めると、喜んで、そんなに気に入ってくれたなら、貴方に差し上げようなどと言って、書、衣服、太刀、刀、馬、鞍など何でも即座にその人に贈ってしまう）

と、語っている。

塵塚物語は経久の気前のよさについてこう評している。

かやうのふるまひまことに古今いまだきかず。武士たる者のよきてほん也《なり》。

（このような振る舞いはいまだかつて聞いたことがない。武士たる者のよき手本である）

経久の破格の気前のよさは……何処から来たのであろう？

まず、経久は昔から、物への執着があまりなかった。出雲を、山陰を、いや……天下を立て直すためには、めずらしい宝でも、刀でも、美服でもなくて、人をこそあつめねばならぬと心得ていたのである。

——人をあつめるためならば室町家が貴んでおる唐土の書画、茶碗《ちゃわん》など要らぬ。お屋形様が愛《め》でておる鳥も壺も要らん。どんな美服、名刀、駿馬《しゅんめ》も……戦ではほとんど役に立たぬ。人……人こそが、かけがえのない宝なのだ。わしはその真の宝をこそあつめてゆきたい。

松田家を傘下にくわえた翌日には、経久は水軍の法に長ずる老臣、亀井を大将に、山中勘兵衛を軍師につけ、松田水軍も差し添えて、さる湊を取るため中海の上を行かせている。

——美保関。

日本海屈指の湊で巨万の帆別銭が期待できる湊だ。

新生尼子の水軍はわずか半刻《はんとき》で美保関の守護方を蹴散らし、この要港を奪い取っている。

挙兵からたった五日で——経久は東出雲の過半をもぎ取った。

特に呼びかけたわけでもないのに、旧領をほぼ回復した経久の許に……どんどん人があつまってきた。近隣の弱小国人、土豪、地侍、さらには牢人、悪事をやめると誓った野盗どもなどである。

雲陽軍実記はこの頃の経久について、

其武威国中隣国迄《まで》も英々として、招かざるに幕下に属する者多く成にける。

と、しるしている。

ぼてぼて茶

藁沓《わらぐつ》の下に装着したカンジキが楕円《だえん》形の跡を、深雪にきざんでゆく。

一月下旬のその日、笠、蓑《みの》に藁沓、カンジキ、雪支度した経久は、粉雪が舞う中、さる場所へ向かっていた。

一月下旬――当代の暦では三月初めだが、出雲国にはまだ雪がのこる。

暦の上では春だが出雲の人や獣、草木はその温かい息吹を感じていない。

経久に同道するのは同じように雪支度した久幸、そして山中勘兵衛他数名の侍である。

経久は重装備で雪中を歩くうち大いに火照り、かすかに汗ばんだ久幸の頬を見て、ふっと苦笑する。

実は昨夜、経久は京の酒が手に入ったと言って、久幸を呼び出し、自らは茶を、弟には燗した酒を、振る舞った。経久は酒嫌いの尼子の血を引き、下戸であったが、久幸は酒好きの真木の血を引いたらしく、人並みに飲める。

経久は昨夜、酒の力をかりて――実際のところ夏虫とはどうなったかを訊き出そうとした。

弟の卵形の小さな顔が赤らみ、大きく麗しい眼がやや潤みはじめた頃、経久は、

『夏虫を、かえしてしまったとか……』

『………』

現せんと夏虫は怪我人の手当て、討ち死にした敵味方の供養が終わった後、しばし富田にいた。富田の人々が現せんをなかなか放さなかったからだ。だが怪我人が続出する馬木のたたら場も、現せんを強く引っ張っている。

故に現せんは夏虫をつれて富田から馬木にもどった。つい先頃のことである。

弟の心の扉がなかなか開かぬため、経久は、踏み込む。

『夏虫は、馬木でなく……富田におっても、何であろうな、輝ける娘である気がするな』

経久より小柄な美青年、久幸は面差しを固くして、

『兄上が今宵《こよい》、何を聞き出そうとしてわたしを呼んだかわかりました』

『ならば、話が早い。久幸、わしは身分の違いなど気にするにおよばぬと、かつてそなたに申した。そなたも己の屋敷を構えた。誰に気兼ねすることがあろう？　そなたが好いておるなら夏虫を迎えればよいではないか？』

『今はまだ……その時ではありません。切り取った領土を固めるのに、専心せねばなりませぬ』

経久に比べ武勇に劣る久幸だが決して戦働きを期待できないわけではない。経久と同じく孫子《そんし》、六韜《りくとう》などの兵書を深く読みあさり十分な統率力がある。だから将としても申し分ないが、経久は弟の真価は戦場《いくさば》より、むしろ治国でみずみずしく活《い》きると見ていた。

——久幸は民政、公平にして迅速な裁きを得意とする。

だから今、新生尼子家では、軍事、調略を主に兄がにない、内政を主に弟が受けもち、その才を存分に羽ばたかせている。

弟は経久が守護代をしていた頃もよくささえてくれたが、今、めきめきと頭角をあらわしていた。

久幸は言う。

『さらに、まだ……富田は危うい。我らに味方する武士は出てきましたが、三沢に三刀屋《みとや》、赤穴《あかな》、そして塩冶の本家。敵対する国人は数多おりまする。また……守護殿も侮ってはなりませぬ』

『富田にまねくより、馬木に置いておく方が、夏虫は危うくないか？　馬木は今、味方の飛び地となっておりいつ三沢に攻められてもおかしくない』

経久は馬木の方が安全と知っていたが……あえて、かまをかけてみる。

久幸はきっぱりと、

『いいえ。兄上。馬木の方が安全です。三沢の身に、なってみて下され。三沢にとって兄上と真木家、どちらが大きく厄介な敵か』

『わしだな』

『兄上はこの出雲でもっとも先に討たねばならぬ敵は誰と思いますか？　三沢ですか？　守護殿ですか？』

『三沢だ』

経久は断言した。

『――三沢は出雲でもっとも大きく強い国人。三沢をのこし、守護殿を討ってみよ。三沢は、守護を討った謀反人とわしを罵り、他の国人と反尼子の連合をくみ、我が足元の者まで切り崩す。――尼子家は滅ぶであろう。わしが三沢なら、そうやって戦う。

だが、三沢を真っ先に討てば、勝ち目がないと判断した多くの国人が雪崩を打って我が傘下にくわわる。さすれば……守護殿は自壊する』

京極政経は月山富田城と塩冶掃部介、美保関をうしなった。牙をうしなった犬、爪のない猫にひとしい。己の手で経久を叩けず、国人を頼らねばならぬ状況に追い込まれていた。

『兄上にとっての守護殿が、三沢にとっての真木。尼子という幹を倒せば、真木なる梢《こずえ》は枯れると三沢は見ている。それに祖父《おおじ》殿も叔父御も山に潜んでの小戦を得意とします。真木氏の兵は彼《か》の地の山を知り尽くしている。天険の要害に誘い込めば、三沢相手に、善戦するはず。真っ先に真木を攻めれば、三沢にとっては苦しい戦になるやもしれず、その背後を尼子に急襲されれば……三沢家は崩れる。そのような愚を、三沢為信は決しておかしませぬ』

ぬばたまの実を思わせる二重に大きい目を光らせて分析する久幸だった。

『また馬木の近くには富田より深き山々が広がり、敵が押し寄せてもすぐに逃げられる』

だから、三沢討伐が終わるまで夏虫を富田には呼べぬと、久幸は、話した。

……それだけではあるまい？

と、経久は考える。

――そなたは三沢という脅威がなくなるまで、全力でわしをささえたいのだろ？

純朴な弟のことだから……不器用な形で夏虫をかえしたのではないか、一線は厳然とこえていないのではないか、もっと女心を汲《く》み取ってやれ、と経久はもどかしがっている。

が、あまりしつこく言うと、「兄上の方こそそろそろ身を固めて下さいませ」と言われそうだったから、昨日は大人しく久幸をかえしている。

小さな溜息《ためいき》をこぼした経久は堅物の弟から雪道に眼差しをうつす。

粉雪は一度止むもまた降り出していた。

経久、久幸は今、月山富田城の南東、伯太川《はくたがわ》の傍にきている。ここは出雲の東端。山を一つまたげば——西伯耆の鉄産地・法勝寺《ほっしょうじ》だった。

ちなみに伯耆を治めるのは山名家。

山陰の王、山名は但馬《たじま》の本家を伯耆山名家、因幡山名家などの分家がささえていた。

まるで大和絵から抜け出したようななだらかな小山——椀《わん》を逆さにしたような形の山々が、雪化粧してつらなっている。

「あの家にござる」

山中勘兵衛の言葉が、白い息と共に吐き出される。

その家は伯耆に向かう道筋に雪の小山を背負って建っていた。経久一行との間には、清冽《せいれつ》な小川が流れていた。

経久らは冷たい小川に落ちぬよう用心して板橋をわたる。

経久は今、勘兵衛の案内《あない》で——地侍・中井秀直《なかいひでなお》をたずねようとしていた。

秀直は十年前に起きた能義《のぎ》郡土一揆の指導者だった。その一揆では、秀直の采配の下、いくつもの尼子領の村が年貢や段銭軽減をもとめて立ち上がり、松田牢人や三沢と連携、経久の父、尼子清貞を攻め立て、散々苦しめた。

清貞は――中井秀直ら一揆を起こした地侍を攻め滅ぼそうとしたが、妻、晴の取りなしで思いとどまった。

八年前、清貞の跡を継ぎ、守護代となった経久は――民百姓を圧《お》し潰すくらい重かった、年貢段銭を大幅に軽くしている。出雲の民百姓に熱狂の渦を巻き起こし、京極家から追放されるきっかけともなった経久のこの施策、能義郡土一揆の要求を丸呑みしたものと言える。

経久は軍師・山中勘兵衛を味方にする時に、中井秀直ら一揆の指導者たちを召しかかえるという条件を呑んだ。

が、その約束がなくとも――経久は秀直に興味をもっていた。

……城を追われる前は、父上もまだ存生であったし、一揆に縁者を討たれた侍衆の思いも無視できなかった。だが今、父上はすでになく我らは一人でも多くの人材をもとめておる。

――中井らを召しかかえるには絶好の好機であった。

ウコギらしき生垣――今はすっかり葉を落としていた――にかこまれた白き庭に入る。経久らはうずたかい雪を左右に見ながら、雪掻きによって生まれた小道を通り、中井家に近づく。左手、つみ上げられた雪の向こうに枯れ木が見える。栗《くり》だ。栗はもちろん、ウコギは春に吹く芽が食用になる。この庭は、美々しき花を愛でるためではなく、食うための庭、食える庭だった。

分厚い雪をかぶった茅葺の、軒から櫛《くし》の歯に似た氷柱を盛んに垂らした家に向かって、勘兵衛が、厚い胸を張り、

「中井殿！　おられるか、山中勘兵衛じゃ！」

ややあってから、

「おお山中殿……。ちょうど縄ないしておっての。雪に閉ざされとる間に一年分の縄や俵、草鞋をつくらねば……」

身を縮めるように出てきた小男は粉雪越しに経久を見てはたと立ち止まった。

「こちらのお方は……」

「うむ。尼子の殿じゃ」

呆然《ぼうぜん》とする中井を見ながら経久は、

――これが、中井秀直か。境目の村々を率い、あの親父《おやじ》殿を散々困らせたというから、もそっと骨太で眼光鋭い男を思い描いておったが。

中井秀直は面長で小柄な四十がらみの男だった。頭と耳が大きく、手足はか細い。下に垂れた目は穏やかな人柄を物語っている。

「そなたと話したくて参った」

粉雪で白くなった笠をはずしながら経久は快活な様子で言った。

「突然のご来訪……ただただ、驚いております。むさくるしいあばら家にて、お恥ずかしい限り……」

困惑が、秀直の面貌から、にじむ。

「いや、わしは城を追われた後、牢人し、草を枕にして旅した覚えがある。石見《いわみ》では人に食を請い、どうにか露の命をつないだ。社寺の床下で寝たこともある。屋根があるだけで立派な家。入ってよいか？」

「ははっ」

秀直は家に入ると、土間にいた家人を下がらせた。

暗い土間から一段上がった所に炉が切ってあり、囲炉裏の周りには筵がしき詰めてある。筵の上にはさっきまで皆でなっていたのだろう、できかけの縄が転がっている。秀直は慌ててそれを片付けようとするも、経久は、

「よい、そのままで。俄かに押しかけたこちらが悪い」

さっと、止めている。板敷きに上げた経久を、竈《かまど》前をのぞけばこの家でもっとも暖かい所に座らせた秀直は、土間に降りりんとした。

白く小さな顔を火に照らされた経久は切れ長の双眸を柔和に細める。

「そなたの住まいにこちらが参ったのだ。どうか、そこに座ってくれ」

中井秀直は火をはさんだ反対側に腰を下ろすと深く頭《ず》を下げている。

「――月山富田城、奪還、祝着至極にございます」

「そなたからの祝い酒、および茶を受け取った。酒は飲めぬので兵たちにあたえた。大層喜んでおった。茶は、実に美味であったぞ。礼を申す」

「それは、ようございました。みどもが製した茶です」

「……ほう」

身をのり出し、

「京の栂尾《とがのお》の茶かと思うたぞ」

この世の最高の茶である。

「ご冗談を……」

勘兵衛が、秀直に、

「まあ……我が殿は……腹いっぱいの玄米飯と熱い味噌汁《みそしる》があればもう十分というお方でな。中井殿の茶が悪いわけではないが、殿のお言葉は当てにされん方がよい。栂尾茶と、鄙《ひな》の地の粗茶の区別も、とんとつかぬお方ゆえ……」

「これ勘兵衛。わしの舌が愚か、という話になっておるではないか」

山中勘兵衛はぎょろりとした大眼をさらに広げ、

「……違いましたか？」

経久は愉快気に打ち笑み、久幸と秀直はぷっと吹き出し、顔を見合わせる。

秀直は奥出雲や法勝寺、あるいは伯耆日野《ひの》のように、ここにはたたら場がないため、たたら場ではたらく人々に喜ばれるものをつくろうと考えたという。

「それが茶、だった？」

経久が問うと、

「いかにも。法勝寺に参った京の商人《あきゆうど》に無理を言い栂尾茶の種をもらったのです。それを裏山に植えました」

今は自家と親戚だけでつくっているが、ゆくゆくは村の他の衆や他の村にも茶作りを広め、この地を豊かにしたいという抱負が、秀直から語られる。

秀直が言う。

「そうだ、ぼてぼて茶を飲んでいただこう！」

「ぼてぼて茶？」

「飲めばわかりまする」

家人にぼてぼて茶をもってくるようつたえる秀直だった。

体だけではない、他のところも温まってきた気がした経久は、

「父には一揆を起こしたが、わしのことはみとめてくれるのだな？」

伯太川沿いの数ヵ村に秀直が祝い酒をとどけるようはたらきかけたという事実が、鉢屋衆からつたえられている。

「……はい。みどもは、尼子様が憎うて一揆を起こしたのではありませぬ。清貞様のなされ様が腹にすえかねて一揆を起こしたまで。貴方様には……わしも、村の衆も、周りの村も、敬服しておりますゆえ、何で一揆など起こしましょう？」

澄んだ目で経久を見詰めて語った。

――この男は、信頼できる。

ぼてぼて茶がはこばれてきた。

「陰干しした番茶に茶の花を入れて煮出しまする。塩をつけた茶筅《ちゃせん》で泡立つまで、掻きまぜます。ぼてぼてと泡立つまでまぜるゆえ、我が家ではこう呼んでおります」

経久は茶碗と、その隣に置かれた土器《かわらけ》を見比べる。土器にはよくきざんだ漬物、高野豆腐、黒豆、わずかばかりの飯が、のっている。

「こいつを、茶に？」

「はい。箸をつかわず、そのままごくんと」

一摑みの飯、高野豆腐、黒豆、漬物が、碗《わん》いっぱいに泡立った丸い水面に入れられた。

碗が経久の唇にふれている。久幸も隣で、口にはこぶ。

——飲んだ。

ほどよい塩気が口腔《こうこう》に広がり、なごやかな温《ぬく》もりが胃《い》の腑《ふ》に満ちる。

「……旨い。わしは山海の珍味などよりも、斯様な飾り気のない飯が好きだ。いや、実《げ》に美味！」

久幸が隣から、

「兄上。これはたたら場の男たちが食うのに向いておりませぬか？」

「そうだな。たしかにこれなら……立ったまま、箸もつかわず、喉に入れられ、茶に米、豆腐に豆、塩気の効いた青物、滋養を一気に取ることができる！」

炉の火ばかりでない、内からこみ上げてくる思いで頰を上気させた経久は、中井に、

「ぼてぼて茶をそなたの家に秘蔵しておくのはもったいない。もっと、これを、広げぬか？　茶をつくる村をもっとふやしてゆきたいものだな」

秀直の長く大きい顔を喜びの波が走る。

「おお、ありがたいお言葉。それこそ、みどもの望むところにござる！」

経久は、すかさず、

「されば——月山富田城に入ってくれぬか？　我が家来にくわわり、そなたがずっと溜《た》めてきた農への思い、その知見、存分にそそぎ込み、この出雲をもっと豊かに、住

みやすき地に、してゆかぬか？」

しばし呆然としていた中井は、

「某……土一揆を起こし、貴方様の父御に抗《あらが》った張本にござるぞ」

「松田家もまた我らと敵対していたが我が旗の許にあつまった。何を躊躇うことがあろう？」

小柄な地侍は、それでも、

「一揆の者に身内を討たれた侍衆が、ご家来におりましょう？　某が出仕してもよけいな波風を立てるだけでは？　残念ですが……仕官しても、尼子様のご迷惑になるだけでしょう。ご期待に添えそうにありませぬ……」

存分な戦働きが期待できる牛尾三河守や河副久盛が、手ならば、民百姓の豊かさ、幸せこそ、出雲を守る足腰と経久は心得ている。その大切な足腰を強く逞しくするために必要な人材こそ、中井秀直と見ている。

経久は中井に、

「いいや。それは、違う。出雲をよくしよう、住みやすくしよう、多くの命を救いたい……左様な存念でそなたは我が父相手に立ち上がり命懸けで、戦ったのだろう？わしも京極家にはこの出雲は治められぬと思い、兵を挙げた。我らの志は、合致しておる」

「貴方と共に一揆を起こし、斃れていった百姓、一揆の者に殺《あや》められた当方の侍……いずれも貴方がここに逼塞しておっては、浮かばれませぬ。どうか、我らに力をお貸し下され」

強く説き伏せる経久の横でやわらかく言い添える久幸だった。

尼子兄弟、口々に、

「たのむ!」「たのみます」

長いこと瞑目《めいもく》していたかつての一揆の指導者はやがて、声をふるわして、

「天下に食をもたらす田畑と、命をささえておる百姓を……蔑む武士が、この秀直、許せませぬ。お二人が左様なお人ではないと確信しました。……今よりずっと高みに登られ遥《はる》かに広い領土を治められるようになっても、そのままでいていただきたい……。ここをお約束いただきたい」

地の底を見てきた男が懸命にしぼり出すような声音であった。

経久は、微笑んで、

「年貢を軽くする。裁きを公平にする。これは、約束できる。だがな秀直、今そなたが申したのはこの二つより……ずっと重い約束。故にこの尼子経久、安直に、約束する、とは言いたくない。だが、こうは申せる。わしは——わしの政道で苦しんでおる民がおらぬか常に気にしたい、民を守るわしの策に何か傷はないか、行きとどかぬと

ころがないか……日夜、心をくばって参りたい」

土と共に生きてきた男の頬を一粒の涙がこぼれてゆく。

その秀直に、久幸が、謙虚な態度で、

「兄上と同じ気持ちです。まずその言をおこない、而《しか》して後にこれにしたがう……まず、言葉にする前に実行してみせ、その後で初めて言の葉にする。口約束よりも一つ一つの行動のつみ重ねで貴方に応えて参りたい」

秀直の額が深く下がり、痩せた肩が震動する。

「……心得ました。槍働きもろくにできぬ者なれど、出雲能義郡の住人、中井秀直、今日より尼子経久様の御《おん》ために、御奉公させていただくっ」

粗衣を着た地侍の痩せた肩に経久の手が力強く置かれた。

「天下大乱以降、出雲は、深く傷ついた。その傷につける最良の薬が中井秀直よ、そなただ。今こそそなたの出番だ。——出雲を、甦《よみがえ》らせよ。そのために……」

一拍、置いて、

「はげめ」

「——御意っ！」

かつての土一揆の頭目は腹の底から応じた。

中井秀直の臣従は能義郡土一揆の震源地たる伯太川沿いの村々が全て、経久に心服することにつながった。

かくして経久は父に抗った土一揆の村々を、一つも武威をもちいず——吸い込んでいる。

一揆を起こした百姓衆のエネルギーを、争いに消耗させるのではなく……丸ごと引き受け、穏やかに吸収して出雲を豊かにするための大事業に発散させている。

乱世を生きる以上、武力の発動は避けて通れぬ。

だが、経久は武の発動を……極力抑えようとしていた。

敵や、因縁のある相手でも、武で滅ぼすのではなく、まずは言葉の力で、吸い込もうとした。

……領土を広げる際、流される血を最少に抑えたい。

恐怖で脅し、拉《ひし》ぐのではなく、愛和と寛容で手懐《てなず》けようとした。

……恐怖で脅し、無理にしたがわせても、それは強さを恐れて、媚《こ》びておるにすぎぬ。左様な絆《きずな》はもろく、弱い。何かことあって、こちらが弱いと見れば——そ奴は必ずや牙を剝く。あるいは敵に寝返る。屈服では駄目だ。そうではなくて愛和と寛容で心服させねばならぬ。

その絆は、強い。ちょっとやそっとのことではびくともせぬ。

経久の考えだ。

主君と国人の連合に追われる前の経久なら、民には寛大でも、敵対する武士には厳しかったかもしれぬ。

だが、城を追われるという挫折、貧窮に沈み、たたら場ではたらいたり、物乞いの真似をして生きのびたりした辛《つら》い日々——ほとんどの大名が経験することのない艱難《かんなん》辛苦《しんく》が、経久の度量をさらに広げていた。

尼子経久はもっと大きな男になって出雲にもどってきたのである。

雲陽軍実記に、云《い》う。

経久公は若年より所々に流浪偏歴して、世の憂さ難面《なんめん》を身に沁《し》み、艱難辛苦を重玉《かさねたま》ふ故に、仁心篤《あつ》く……。

(経久公は若い頃から諸国を流浪して、世の生きづらさ、むずかしさを身に沁みてわかり、苦労に苦労を重ねられたため仁の心が厚かった)

尼子領の年貢を京極時代の半分に下げ、歪《ゆが》んだ贔屓《ひいき》を一掃し民を喜ばせた経久。次はあらたに召しかかえた中井秀直を奉行に任じ、伯太川沿いの村々で茶作りを奨励している。

出雲における茶作りはよく江戸時代の領主、松平不昧《まつだいらふまい》に関連づけられることが多いが、戦国の領主の屋敷の傍にしばしば茶師が住んでいたこと、尼子家は尼子天目、三刀屋家は三刀屋弾正釜《だんじょうがま》など、出雲の領主は名高き茶器を有し、しばしば茶会を開いていたらしいことを考えれば、茶作りの種は戦国の頃に蒔《ま》かれ、見事な枝葉を茂らせたのが不昧の頃、と見てよさそうである。

そして、戦国の出雲で茶作りを誰が奨励したか……という話だが、喫茶が盛んな京に若き日に上り、民の暮らしの向上に大いに配慮した領主、経久をはずすわけにはゆくまい——。

陰暦の二月は今の三月くらい。

暦の上だけだった春が明るい喜びと共に長く重い山陰の冬を大地から押しやる頃、雪が融《と》け、ふきのとうが一斉に顔を出し、梅が白や紅に咲き乱れ、菜の花が黄色く咲き出す頃である。

二月のその日、経久は苫屋鉢屋衆頭目・鉢屋弥三郎を呼び、

「中井の話によると東出雲でつくりはじめた茶を他国に出荷するには、数年かかる。故に、その前に西伯耆や出雲各地のたたら場で、美保関で仕入れた他国茶を商い……ぼてぼて茶を飲む習慣を根づけておきたい」

経久は火打ち石の如き尖《とが》った顎をもつ小柄な忍び頭をまねき寄せる。

士分として召しかかえられた弥三郎ら苫屋鉢屋衆は月山富田城に鉢屋ヶ成《なり》なる一角をあたえられ、敵国の諜報《ちようほう》、敵を弱めるための流言飛語の拡散、敵の忍びの摘発などをおこなっていた。また経久は鉢屋衆が火薬の扱いに長《た》けるのに目をつけ、彼らならばあたらしい火器をつくれるのでないかと踏み、美保関の商人に大陸の硝石の手配を命じていた。

経久は鋭い刃のように目を細め、

「ぼてぼて茶がたたら場で飲まれるようになれば――茶筅が売れる」

苫屋鉢屋衆は茶筅作りを表稼業の一つとする。

「そなたらがその茶筅を売りにゆけ」

暗事《くらごと》の世界で生きる小男は窪《くぼ》んだ眼窩《がんか》の底で妖しい光を瞬かせ、

「――心得ました」

影の如く経久の傍に控えていた山中勘兵衛が、

「我が方の商人は、茶で潤い、鉢屋衆は、茶筅で潤う。そして殿は鉢屋衆を通じ敵地の内情を知れる。一挙三得ですな」

亀井の爺、河副の爺、真木、山中――尼子四執事の一人、山中勘兵衛は調略をになっている。内政を久幸と中井にまかせた経久は今、三沢、三刀屋ら出雲の国人をいかに平らげるかを勘兵衛と練っている。

……三沢らと正面から組打ちする時、伯耆の山名に後ろを突かれると厄介。また、西伯《さいはく》のたたら場は、いずれ我が手で押さえたい。故に、伯耆を探っておく必要がある。

思慮する経久に、弥三郎が、

「殿。三刀屋領や赤穴領のたたら場、さらに伯耆のたたら場に茶筅を売りにゆくことはできまする。されど……横田《よこた》のたたら場には……」

横田のたたら場――三沢の重要な資金源で経久がもっとも内情を知りたいたたら場だ。

忍び頭はゆっくり頭を振り、低い声で、

「茶筅商いに参れませぬ。……仁多《にた》郡鉢屋がおりますれば」

――雲陽軍実記に、こうある。

富田の苫屋は雲州一国の茶筅仲間の小屋頭也。……又仁多郡鉢屋の中、十阿弥《じゅうあみ》と近比《ちかごろ》言ふも、苫屋の分れにて、仁多一郡の小屋頭也。

(富田の苫屋鉢屋衆は出雲一国の鉢屋衆の元締めであった。……また仁多郡鉢屋の中、十阿弥と近頃言う者たちも、鉢屋衆の分流であり、仁多一郡の鉢屋者をたばねている)

弥三郎によれば仁多郡鉢屋は応仁の乱の頃から富田鉢屋の下知にしたがわなくなっており、

「仁多一郡の茶筅商いの都の方の許し状をもち、十人のすぐれた術者、十阿弥にたばねられておりまする。十阿弥には鉢屋者のみならず、伊賀《いが》、甲賀《こうが》を抜けた者、外聞《とぎき》と申す周防《すおう》長門の乱破の流れを汲む者などがふくまれまする……」

「十阿弥の実力は？」

「忍び働きの腕はもちろん、勇万人に秀でたる者でなければ十阿弥になれぬという仕来りがござる。天下をおおいし修羅闘争の矢叫びに乗じ、三沢は京極家、尼子家から静かにはなれ、独立独歩の構えを見せました」

かつて京極に歯向かった三沢は今――「京極公を助け、尼子経久を討つ」と号していたが、これはあくまでも権力争いの見てくれを飾るために、政経を押しいただいているだけだった。

飾りの人形の声に、本気で耳をかたむける気など、三沢には毛頭ない。

弥三郎は、冷えた声で、

「これに歩調を合わせ仁多郡鉢屋も富田鉢屋からはなれました。この手切れの折、十阿弥の中で富田鉢屋と昵懇の者は、全て――消されました。今の十阿弥のうち、この弥三郎が知るのは……松阿弥《まつあみ》、林阿弥《りんあみ》、杉阿弥《すぎあみ》くらい」

乱破の世界の血の臭いがしそうな暗闘の一端を、淡々と語った忍び頭は、

「松阿弥と林阿弥の忍格は某に、匹敵します」

……それほどか。

経久は瞑目した。

「他七人が如何なる者か……いまだ、摑み切れておりませぬ。殿、三沢領へ潜らせた下忍の半ばがもどりませぬ。恐らく十阿弥に斬られております。やはりこの弥三郎自ら三沢領へ潜らぬことには……三沢の詳《つまび》らかな動きを摑めぬと思います」

「いや、そなたにはここで、各国人に放った下忍をたばねてほしい。男を一人やといたい」

「――笛師銀兵衛にございましょう？」

経久は、弥三郎に、

「そうだ。奴はわしの扶持米を受けるのは嫌うが、臨時雇いなら引き受けるのであろう？　銀兵衛が望む銀を出すゆえ、三沢内偵にあの者の力をかりたい。どうせ、正月からろくな仕事もせず、体を鈍《なま》らせておろう。銀兵衛のためにもよかろう」

「――心得ました。早速手配します」

あるかないかの薄い笑みが弥三郎の唇に刷《は》かれている。

勘兵衛が、

「弥三郎、今の笑いは、何じゃ？　気になるぞ」

つるりと顔を撫でた弥三郎はもういつもの無表情にもどり、

「……へえ。笑ったように見えたのなら、申し訳ありませぬ。銀兵衛めはずいぶんなる荒言をば殿に申しました。されど、あの男……存外、殿のことが好きなようにござる。お声がかかり嬉《うれ》しがるのでないかと愚考し、ついつい笑みがもれたようにござる。では、これにて」

小柄な忍び頭は土壁の傍まで音もなく下がる。壁の下部を、手で押す。すると――隠し戸が口を開け、弥三郎の小さな体を呑み込んだ。

この通り道は弥三郎にだけ許されていた。

二人きりになると経久は、大柄な軍師に、

「巨万の富を生み出す鉄山《かなやま》。その富でやとった、七手《ななて》組《ぐみ》と仁多郡鉢屋が、三沢の強みだな？」

七手組――三沢が誇る最精鋭部隊だ。

「殿の足軽衆には、侍はもちろんおりますが百姓、あぶれ者、商人の倅などが多くふくまれまする。元、盗人《ぬすびと》、乞食をしておったという者も」

経久の足軽軍団はお味方したいという者を、身分にかかわらず――どんどん吸い込んでいた。

「斯様な者は、七手組にはおりませぬ。――全て、武士なのです。武芸に秀でた出雲の地侍、あるいは諸国から銭の力であつめた腕自慢の牢人。その数……七百。七人の驍将《ぎょうしょう》に百人ずつ率いられております。一対一の戦いなれば七手組と尼子兵、当然、七手組の方が強い。されどこの勘兵衛、五十人の尼子兵と七手組五十人、尼子兵百と七手組百とでは尼子兵の方が強い、古い戦い方にこだわる七手組をきっと切り崩せると確信しておりまする」

「確信というのは、よくない。戦に、確実はない」

経久は、言った。勘兵衛は眉根を寄せ、

「まさに……。三沢の兵力は二千。他の国人の援軍もありもっとふえるやもしれませぬ。殿の兵力は千六百。衆の多さで三沢が押した場合……百姓、あぶれ者から兵になった者どもは浮き足立ち、槍衾を乱す恐れが」

「さすれば七手組にいともたやすく切り崩されよう？」

「……御意。七手組をたばねる野沢大学《のざわだいがく》は……智謀《ちぼう》の士。一度《ひとたび》、こちらが崩れれば、尼子の全軍を突き崩す妙手を打ってくるはず」

左手を、すっきりと尖った顎に添えた経久は、袴《はかま》に置かれた右拳に視線を落としている。力が入った右拳で血管が、青草の茎のように盛り上がっていた。経久が口を開く。

「――一撃だ。一撃で七手組を滅ぼす策が要る。大がかりな罠になるが、その罠を一切――仁多郡鉢屋にも大学めにも気取られてはならぬ」

小さく口を開けた勘兵衛に、

「わしも考えるが、そなたも考えよ」

「御意！」

固い顔で応じる勘兵衛だった。

と、

「経久、よいか」

雪の山村が描かれた襖《ふすま》が開き――青い頭巾をかぶった母、晴が山路といま一人の侍女をともない入ってきた。

清貞亡き後、落飾した晴。

頭巾の下は、肩の辺りが青鈍色《あおにび》、裾の辺りは灰色の鱗《うろこ》模様が霞の形で白地に漂う、打掛をまとっていた。経久は都で多くの権門の尼君を見てきたが……墨衣を着た人は少なく、彼女らの多くは頭巾の下で、橙《だいだい》に緑、青に黄、薄紫、様々な色彩をきそわせていた。

だから同じ身分の尼の中で晴の装いはかなり落ち着いた方だった。

晴は目尻に穏やかな皺《しわ》をつくって、

「杵築《きづき》の丹波屋《たんばや》がの」

丹波屋は杵築大社（出雲大社）の門前で御供宿《ごくうやど》をいとなむ大商人である。

「妾《わらわ》に大明《だいみん》の菓子をとどけに参ったのじゃ」

このほど、晴の侍女頭を拝命した山路が、菓子が入っているらしい漆塗りの箱をもったまま、

「殿にではなく大方様にとどける辺りが……丹波屋の上手さに、ございましょう」

「久幸も呼ぼうと思うたが、外に出ておる様子。あの者の分はとっておいたゆえ、茶など喫しながら食そうと思うての」

晴が言うと、経久は、

「ほう、よいですな」

尼子経久……酒は嫌いだが、甘いものは好きだった。

だがもちろん経久は甘いものに溺れぬようにしている。

勘兵衛が腰を浮かせ、

「では某、これにて――」

「おや勘兵衛、何ゆえ下がろうとするのか？　そなたの分もあります。ここもとで共に食せばよかろう」

晴がやわらかく止め、経久も、

「仔細ない。ここにおれ勘兵衛」

が、勘兵衛は、五分刈りほどに剃《そ》った頭を振り、

「いえいえ、親子水入らずの時を邪魔するなど思いもよらぬことにござる。では、これにて」

勘兵衛が退出すると――黒い空に浮かぶ銀の月に向かって、金色の兎が飛ぶ蒔絵《まきえ》の箱が、山路の手で開かれた。

中には丸い菓子がずらりと並んでいる。

「丹波屋は月餅《げっぺい》と申す菓子と話しておりました。月をかたどったお餅だそうです」

月餅を頰張る。

ほろほろと甘みが、口の中で崩れてゆく。――旨かった。苦い茶で口の中の甘みを押し流す。

月餅を食しながら経久と晴は語らった。

話の途中、晴は、

「丹波屋が……杵築の国造家《こくそう》に妙齢の姫がおるとか、申しておりました」

国造家――杵築大社の社家である。

母の話は経久を縁談に引き寄せるものであったが経久はその話に深入りしない。豪

快に茶を啜ると話を別の方向に流している。

半刻後、経久の部屋から出た晴は、小さく溜息をつきながら庭の松を眺めた。

足を止め、

「経久はもう二十九、久幸は二十六。そろそろ身を固めてほしいとも思うが……とんと、左様な話になりませぬ。城は取り返したが、尼子の将来を思うと……」

薄《う》っすらした憂いが晴の穏やかな顔に影を添える。

いま一人の侍女と共に足を止めた山路が、すっと近づき、

「大方様。お耳に入れてよろしいのか分別がつきかねていたのですが殿はともかく、久幸様には思い人がおるようにございまする」

「——え？」

晴の顔から、憂いが吹き散らされる。ぱっと顔を明るくした晴は、

「そうでしたか。久幸にそのような人が……。よかった、よかった……」

松に笑顔を向け呟いたのだった。

もう一人の侍女とめくばせした山路は、

「これを言上するべきか否か散々悩みました。ですが、ええい、もう、存じ切りて言上いたします。久幸様の思い人とは……夏虫なのでございます」

「……夏虫か……存じています。気立てのよい娘ですね。よかった」

「――？」

思ったような一撃にならなかった山路は、はっとして、訝《いぶか》しむように、

「あの大方様……夏虫と久幸様では、ご身分が釣り合わぬように思うのですが……」

晴は山路に笑顔を向け、

「そなたは今昔物語を読まぬか？」

「読んだことも、ふれたことも、ございませぬ」

やけに自信たっぷりに言う山路だった。

「左様か。これは今昔物語に書かれておるのじゃが、小一条《こいちじょう》内大臣の妻となられたお方はの……深い山の中の侘しい家に住まわれておったのじゃ。大きな百姓家のような家に。山城《やましろ》の小さな土豪の娘であったのです。恐れ多い話ですが、このお人なくして……今の帝も、尼子など宇多《うだ》源氏の全ての家もなかったでしょう。何故ならこのお人の娘が、寛平《かんぴょう》法皇の女御となり……」

寛平法皇――宇多天皇のことである。

「延喜《えんぎ》の帝を産んだのですから。またこれは物語になっておらぬが閑院《かんいんの》大臣《おとど》の妻となられたお方も、決して富貴の家の出ではなかった。朝敵とされたお人の孫娘だったのじゃ。ですがこの美都子《みつこ》というお人なくして……後の北の藤波《ふじなみ》（藤原北家）の栄え

はなかったでしょう」

閑院大臣――藤原冬嗣《ふゆつぐ》のことである。

「藤氏《とうし》を他氏の追随を許さぬほど強くした忠仁公《ちゆうじんこう》は、そなたも存じていよう？　忠仁公は、この女性《によしよう》の子です。この世をばと詠まれた御堂関白《みどうかんぱく》殿もこの女性の血をひかれておられるのじゃ」

「お言葉を返すようですが大方様、土豪といわれた方の娘、朝敵とされた方の孫ならば、いくら貧しい家に住まわれていても、それなりの御身分で……」

「やけに身分というものにこだわるのですね山路。よいか……この乱れた世で、身分の高下に何ほどの値打ちがありましょう？　経久はたたら師の真似事をしておりましたし、久幸は炭焼きをしておりました。経久にいたっては……襤褸《ぼろ》をまとい、食を請うて、諸国をさすらったことまであるのです。それでも――今は城主です。逆に、この出雲でもっとも身分が高い武士は守護殿ですが、今、守護殿の命に素直にしたがう武士が……出雲にどれだけおりましょう？」

「……………」

「この世で最も尊い武士は公方様ですが、公方様の御下命に素直にしたがう大名は日本六十余州に一体……幾人おるのか？　法華経《ほけきよう》には身分の高下にかかわらず、あらゆる者が成仏できると、書かれておる。釈尊は身分など、何も気にされぬということじや……」

法華経——カースト制のインドで書かれたこの経典は、身分制が張った幾重もの分厚い壁を打破してゆく思想で貫かれている。

晴は澄み切った眼差しで山路を見据え、

「かのありがたいお経には……男子のみならず女人も成仏できると、たしかに書かれておる……」

晴のそだった馬木の里にある大銀杏の金言寺は、法華宗の寺だった。

「この尊いお経が遠い昔の天竺《てんじく》で生まれたことをわたしは素晴らしいと思うのですよ。ですが、このお経を口では唱えながら、その教えを胸に沁み込ませておらぬ者が、何と多いことでしょう……。人は遠い昔にこのような素晴らしいお経をつくりながら同じような過ちを長い間つづけて参った。これからも……つづけてゆくのかもしれぬ。わたしはそれが悲しい」

深い悲しみ、決して固く冷たくない、やわらかくも温かい叡智《えいち》が、晴の相貌から香った。

「そうは思いませぬか？」

山路といま一人の侍女は、声を揃えて、

「思いまする」

「されば何故、久幸の嫁の身分にこだわる？　如何なる流転が……尼子の家にあるか、わからぬ。久幸はまた城を追われ、炭焼きをするかもしれぬ。下手に身分が高い娘なら、その時点で、小枝の如く心が折れてしまうかもしれぬ。夏虫なら、それはないでしょう。あの娘は久幸がどれほどの苦境に沈んでも……久幸と共にあるでしょう。それだけの強さと誠をもっています。逆に久幸が高みに上っても夏虫ならば百姓商人を蔑んだりしません。……温かくつつみ込む寛容さ、知恵、慈悲深さがあります。贅沢《ぜいたく》にも溺れず、きちんと倹約し弓矢の備えを怠らぬでしょう。この乱れた世で、従二位だとか、出雲の守護だとか、空っぽの名に何の値打ちもない。むしろ……強さ、誠、寛容、知恵、慈悲深さ、倹の方が、遥かに尊い実。晴は左様に思うております。経久、久幸も同じでしょう。この尼の子ですもの……」

耳を赤く燃やしそうになった山路は、がばっと頭を下げて、

「山路が浅はかにございましたっ。お許し下さい。猛省いたします」

晴は微笑んで、

「よいのですよ。おおらかな素直さが、そなたの美点ですね」

「……もったいないお言葉にございます。大方様……上は梵天《ぼんてん》、下は堅牢《けんろう》地神から『もう山路、黙っておれ』とお叱りを受けそうですが……それでも、浅はか者の戯言《たわごと》、いま一つ重ねても？」

「何でしょう？」

「大方様は先ほど高貴の姫なら久幸様、再度流転の暁には心が折れてしまうかもしれぬと、仰せになりました。では何ゆえ、殿に、国造家の姫君のお話をされたのでしょう？　此《こ》は矛盾……しませぬか？」

「…………」

「ご、ご無礼をばいたしました！　山路はしばし、もの言わぬ山の花になりまする！」

「よいのですよ。そなたのそういうところ、好きですよ」

ふわっと視線を漂わせた晴は、松の木を眺める。穏やかな笑顔で、

「そう……ね。たしかに矛盾しますね。ですが……親が子を思う時、子が親を思う時、あるいはかけがえのない連れ合いを思う時、人は誰しも矛盾をするものではないかしら？　…とはいえそなたに気づかされましたよ。……ええ。まちましょう。この家の当主にもよき相手が現れる時を。丹波屋にあった後のわたしはちと焦っていたのかもしれませぬ」

「大方様にお仕えしていると何だか不思議な気がいたしまする」

山路は嚙みしめるように言った。晴に仕えていると、重く凝り固まったものが、あらい流され、軽くなってゆく気がするのだ。

「何と申したらよいのか……冬毛をもこもことさせた一匹の柴犬《しばいぬ》が、おります。この犬めが春野に出ます。春風が吹き……犬の余計な毛が、飛散する。金色《こんじき》に発散する。その時の心地よさ……これに似たものを山路は覚えるのです」

「そなたは面白い女子ですね」

白い袂が笑みを隠している。

その日、山路は、城から少しはなれた村にある河副家から出て、月山富田城里御殿で起居するよう晴に言われた。河副家に居候中の、河副久盛も富田の根小屋に屋敷をあてがわれ近々出てゆくことが決まっていた。山路の父、河副の爺は……何処かしょんぼりした顔をしていた。

山路は晴に重んじられ、ますます傍で仕えられると思うと、気持ちが浮き上がってゆく気がしたが、同じ苗字《みょうじ》の長門からきた青年とはなれてしまうことを思うと、暗い谷に沈み込んでしまうのだった。

だが、山路には、

……わたしは久盛様より六つも上。しかも、婚家からかえされた身。

という思いが、ある。

前の夫は正妻である山路よりも妾《めかけ》に心をうつしていた。山路は子をなさなかったが、妾は子を幾人も産んでいる。

尼子家が追放され、河副家が農人に突き落とされるや前夫は山路と離縁し、妾を正妻とした。

前夫の仕打ちは山路に深い爪痕をのこしている。

だから、自分の中に居候の若侍への好意が芽吹いていても、その芽は……古傷の上に吹いたから、大きくなればなるほど心が痛んだ。

昨年師走、河副久盛と共に大根を天日干ししながら、彼のほっそりした横顔を盗み見て、

……久盛様はまだまだ、お若い。わたしなどよりもずっとふさわしい相手にこの先、めぐりあわれるだろう。その方が久盛様のためでもあるし、わたしのためでも……。

そっと身を引こうと心に決めたのである。

晴への奉公のためこの家を出てゆくと山路が言うと、久盛の箸は止まっていた。

河副久盛はぽつりと、

「拙者が里心つき……ここにもどっても、もう山路殿はいらっしゃらないのですな……」

久盛の視線の先には二人で一緒に軒先に吊るして、その後、塩漬けした大根の切れ

端があった。

うつむいた山路も同じ漬物を見詰めてしまう。

奇妙なほど重い静寂を打ち切るように、

「山路は、久盛様の母でも姉でもありませんよ。父上の身の周りの世話は、五平《ごへい》がおるゆえ大丈夫でしょう。台所のことは富婆《とみばあ》にたのみましょう」

老いた下男と、村の媼《おうな》の名を出すと、老父は、

「お……おう」

春風

その三日後。

安芸吉川家《あききつかわ》の使者が――月山富田城をおとずれている。

筋骨の重圧を、分厚い胸、太腕から感じさせる大男で、

「吉川経基《つねもと》が嫡男、吉川国経《くにつね》に候」

仏頂面で名乗っている。喧嘩を売るような顔付きだ。

「吉川家……何用であろう？」

河副の爺は、眉を顰《ひそ》めた。尼子家は隣国、石見や備後《びんご》の武士とは盛んに交流している。だが、安芸と出雲は隣り合っていない。安芸は石見、備後の隣国だった。

応対したのは老いた二人の執事、外交担当・河副の爺、人事担当・亀井の爺だった。

小柄な老臣、亀井は、

「……お初にお目にかかりまする。尼子家の執事をつとめております亀井と申しまする。あいにく殿は外に出ておられるご様子……」

吉川国経、ぶっきらぼうに、

「領内巡検かと。何処の村へ行かれたかは、とんと把握しておりませぬ」

何で把握していないのだという顔になる吉川国経だった。かなり、短気な男らしい。

「何処へ行かれた？」

亀井は、とぼけた顔で、

「気のおもむくまま、いろいろな里に足をはこばれますゆえ……」

河副がやや慌てて、

「気のおもむくままというより……必要に応じてと言うべきかもしれませぬな！」

国経の角張った顔で青筋がうねっている。国経は、いらいらと、

「――で、いつもどられる？」

「さあ……」

「半日でもどられることもあれば、五日か十日もどらぬ時も。時と場合によるのです」

亀井河副の答は国経の頑丈な腰を一気に浮かせた。

「――帰る！　帰ってありのまま父に報告する」

「お……おまち下さいませっ！　遠路はるばるおこしになられたのにまだご用件もおっしゃっておりませぬ」

「――要件は尼子殿でなければ言えぬわ。その尼子殿が、何処に行き、いつもどられるか定かでないならば致し方なし！　わしは帰るぞっ」

鬼瓦のような顔でいきり立つ相手に、亀井は懸命に、

「山中勘兵衛にたずねて参ります。勘兵衛ならば殿が何処にゆかれたか、存じておるでしょう」

怒気の風を吹かせながら国経は座っている。勘兵衛に訊いてまいれということだろうか。

亀井河副は弾《はじ》き飛ばされたようになって外に出ている。

城内で山中勘兵衛を見つけた、小柄でひょろりとした亀井、小太りの河副はすぐ駆け寄り、

「おお勘兵衛、殿は何処に行かれたのじゃ？」

勘兵衛によると経久は外の気を吸えば三沢攻めの妙策も思いつくはずと告げ、久幸、牛尾をつれて巡検に出たという。行き先を聞いた亀井は、能面の翁のような白い口髭を撫でつつ、

「実は吉川殿の御使者が来られての。皆目わけがわからぬが……かなり、ご機嫌斜めなのじゃ」

勘兵衛は頬がこけた長い顔をかしげ、ギョロリとした大眼に深沈たる光をたたえ

て、

「……ほう。吉川殿の御使者……。たしか吉川殿には妙齢の姫君が、おられた。その姫と我が殿は旅の途次で会われたとか。これは、縁組の申し入れかもしれませぬな」

「縁組の御使者があのように無礼で、凶ぼ――」

出かかった自らの言葉を肉厚の掌《てのひら》で抑え込む河副の爺だった。

「しかし……もし縁談であるならば、河副の、これは当家にとってめでたい話ぞ！　我らがずっとまち望んでいた話ではないか」

亀井が言うと、河副も、

「実《げ》にも、実にも。これぞまさに棚から牡丹餅《ぼたもち》じゃ」

勘兵衛が冷静に、

「御使者たる国経殿が不機嫌ということは、吉川経基殿は縁談に前のめりだが、国経殿はさに非ずということでしょう」

亀井が勘兵衛に、

「なかなかむずかしい話じゃな。勘兵衛、そなた吉川殿を殿の許に案内《あない》し縁談を丸くまとめて参れ」

河副も丸い顔を縦に振り、

「それがよいな。お主の知恵ならまとめられよう」

山中勘兵衛、きっぱりと、

「おことわりいたす。某、ご両人からよく——角がありすぎると言われます。その角めが、まとまる話に穴をあける恐れあり。されば、このお話、年の功でご両人にまとめていただきたい。それに某、殿からさる策を練るよう言われておりますれば、頭がいっぱいにござる。故にお引き受けいたしかねる。——御免」

むずかしい交渉を二老臣に投げ返した勘兵衛はさっと踵《きびす》をかえし、歩み去っている。

亀井河副は吉川国経を伯太川沿いの村に案内している。

「殿はあちらの村で茶の苗木を植えておられます」

山肌をならした畑で幾人かの百姓が、身をかがめてはたらいている。その中に経久がいるらしい。下馬した国経の足元で幾匹もの蜜蜂が舞っていた。畑の脇には白いスミレ、黄金色のキンポウゲが咲き乱れ、幾本もの土筆《つくし》が背比べしている。

「殿！　安芸の吉川国経殿がお見えにございますぞ！」

亀井が声をかけると、直垂ではなく、小袖姿に襷がけして、幼い茶の木を植えていた若い男が顔を上げ、

「おお、よくぞおこし下された。すぐに、終わりまする！」

亀井に、

「あちらの梅の傍でおまちいただけ」

畑の傍に満開に咲いた白梅、紅梅が一本ずつある。梅の甘い匂いの中、幾匹もの蜂が歓喜の舞を見せている。白い蝶《ちよう》も飛んでいる。

河副が氈《かも》をしこうとしたが、国経は、

「よい」

やわらかい草が国経の頑丈な体を受け止める。亀井、河副も国経の傍に座った。長身の経久は百姓の女に気さくに語りかけ、苗木を植える列をはなれると——いま一人の若侍と国経の許にやってきた。

「吉川殿、お久しゅうござる。これなるは弟の久幸です」

経久は爽やかに笑い、頭を下げた。

……こ奴にわしの妹をくれてなるものか。

国経は無愛想に会釈している。

今、北安芸の国人・吉川家はむずかしい立場に立たされていた。そもそも吉川家は備後、北安芸に勢力を振るった山名是豊《これとよ》なる男に仕えていた。

この山名是豊……かなり気性が激しい男で、父、山名宗全《そうぜん》を筆頭にほぼ全ての山名一族と対立していた。武勇だけ取ってみれば、天下でも五本の指に入る剛の者だったが、思慮に乏しく……先を見る目が、なかった。是豊は配下を無謀な戦に駆り出し、消耗させるばかりで、民百姓に対しては武力で恫喝《どうかつ》し、しぼり取るばかりであった。

数年前、備後、北安芸の国人衆の中から、「是豊様では……国を治められんのではないか」という話が、湧き上がっている。

吉川経基は初め「是豊様をささえ、立ち直らせるのが臣下のつとめじゃ」と、周りを説得しようとするも、やがて経基自身も是豊の器の小ささに絶望……反是豊連合にまわった。

備後、北安芸の国人衆は――連合して是豊を追放した。

追放以降の山名是豊が、何処で生き、どう死んだか、まるでわからない……。

恐らく歴史の闇に沈み、山陰山陽の何処かの国で、ひっそり頓死したと思われる。

さて、自立した勢力となって戦国の世を歩みはじめた吉川家だが、南安芸に目を向ければ――安芸分郡守護（一国ではなく、一地域をまかされた守護）武田《たけだ》家があり安芸統一をもくろんでいた。

安芸武田家は若狭《わかさ》武田、さらに高名な甲斐《かい》武田と同族である。

だが、経基は武田の割菱《わりびし》の許に参じる気になれなかった。

というのも、安芸武田の当主も武勇に秀でた荒武者であったが、深い思慮をもっているように思えなかった。山名是豊的な危うい焦げ臭さを、経基は、嗅いでしまったのだ。

西に目を向けると安芸武田などより遥かに大きな力をもつ巨人が安芸を窺《うかが》っていた。

大内《おおうち》家。

西国屈指、いや、日本有数の大大名である。周防、長門、筑前《ちくぜん》、豊前《ぶぜん》、四ヵ国の太守で本州の西端から北九州にかけてを治めている。

大内に臣下の礼をとるべしと説く家来もいたが老当主・吉川経基はその将来を暗いものとして見ている……。

『大内に臣従すればなるほど一時は安泰じゃ。されど、吉川家は——周防長門の侍どもの風下に立たされるじゃろう。顎でつかわれ、彼奴らが高みの見物をしておる前で我らは血みどろになって戦場《いくさば》を駆けずりまわらねばならん。皺寄せは、領民にもゆこう。大内への臣従は——吉川家、郎党ども、領民のためにならぬ』

吉川経基の考えだ。

吉川家は芸北《げいほく》（北安芸）、あるいは備後、さらに東石見の国人と連携、安芸武田や大内に立ち向かおうとした。だが安芸の分郡守護・武田、四ヵ国の守護・大内はこの地の国人たちが力をもちすぎるのを危ぶみ、盛んに手を出してきた。武田は武による威嚇を、大内は国人同士を切りはなす離間の計を仕掛けてきた。

武田の武、大内の謀《はかりごと》を座視すれば、吉川家はますます暗く息苦しい状況に追い込まれる。

……父上は強力な同盟相手をさがしておる。その相手が……。

——守護に毅然《きぜん》として戦いをいどむ若き武将・尼子経久だというのだ。

……みとめぬ！　わしは、断じて、みとめぬ。父上は尼子に誑《たぶら》かされたのじゃ！　妹も……さなも、経久に惚れ込んでおるようじゃが、あれも言葉巧みに惑わされたんじゃろう。

吉川国経は父や妹と違い、尼子経久を理由もなく守護家に抗う大悪党、稀代《きだい》の謀反人と見ていた。大盗賊の張本と同列に見ている。

……我らが守護殿を追っ払ったのは道理があったが、この男の謀反に——ろくな大義などあるまい。元日の宴に酔い潰れた武士を襲い……城を取るなど……卑怯千万、同じ弓取りとしてみとめられぬな。この男、信頼できぬ。妹を、やれぬ。

何かあらを見つけて、大騒ぎして、そのあらを広げ、縁談を力ずくで引き千切る

——その魂胆をもって国経は出雲入りしている。

思考の煮汁で、脳を熱くし、面《おもて》を赤黒くした国経に、経久は涼し気な面差しで、

「せっかく出雲にこられたのだ。ぼてぼて茶を飲んでゆきませぬか？」

「……ぼてぼて……茶？」

経久は近くにいた風采の上がらぬ壮年の家来に、

「中井、吉川殿にもぼてぼて茶を」

「承知しました」

中井と呼ばれた武士はすぐに畑の傍に茶釜を据えて作業していた百姓女たちの方に走ってゆく。

中井は女たちと共にぼてぼて茶なるものをはこんできた。

大ぶりな碗いっぱいに細かく泡が立っていて湯気が上っている。

「米や漬物が入っておりますが、箸などつかわず、そのままごくりといって下され」

経久が言う。

言われた通り豪快に飲んでみた。爽やかな温もりが——体の中で広がる。同時に春の女神、佐保姫《さほひめ》の吐息のような、温かく和やかな風が、出雲の国を、撫でた。

その春の吐息に誘われるように、つい、

「……旨いな」

本音が、もれた。

尼子家の人々は自分のぼてぼて茶を飲むのも忘れて国経の反応を窺っていた。

かぐわしい梅花の香りの中、国経は、もう一杯ゆっくり味わいながら啜り、

「おお——旨い！」

「よかった！　気に入っていただけたぞっ！」

経久は心から嬉し気に膝を打つ。亀井が皺深き顔を、さらに皺くちゃにして、

「さすが、吉川殿！　豪快な飲みっぷりにござった！」

この男たちは……自分がぼてぼて茶を旨そうに飲むことが、心底、嬉しいらしい。何故だろう国経も、伊勢海老《いせえび》やら、鯉《こい》の汁やらで饗応《きょうおう》されるよりも、よほど手厚いもてなしを受けている気になった。

経久の傍らに控えていた、やけに胸板の厚い、髭もじゃの、顔が大きな武士が、

「吉川殿。お代わりを差し上げますぞ」

国経は今、ここにいる武士で——己の武に匹敵する者がいるとすれば、眼前にいる経久と、この侍くらいだろうと見ている。

相手の目を真っすぐ睨みながら、

「では、たのもう」

碗を差し出す。

髭侍は豪快な素振りで碗をおしいただくと竈の方に走ってゆく。国経はいかにも頑丈な後ろ姿を目を細めて見詰め、

「あの者は？」

ぼてぼて茶に口をつけていた経久にかわって久幸が、

「牛尾三河守。当家自慢の剛の者にござる」

……あれが牛尾か。

「その武名、安芸にまで轟いておる。よい家来を沢山おもちだな、尼子殿」

すると経久は次のように答えている。

「……よき家来にささえられておりまする。某一人の力でできることなど——たかが知れております。その家来どもは百姓、商人、諸職人、樵に浦人などにささえられておるのです。そして、その者どもが豊かで幸せでなければ……足腰がしっかりした家来などそだちませぬ。故に、この出雲という国を守れませぬ。わしが守れねば……多くの者が地獄を見る。この経久、戦乱の世が生んだ地獄を都でも、放浪の旅路でも嫌というほど見ました」

国経はしばし考えてから、

「故に……この地で茶を？」

経久は深く首肯し、

「この地の者が生きるたつきになりますし、たたら場の者どもも茶を飲む楽しみがふえましょう」

切れ長の双眸をもつ男は何の気負いもなくさらりと言って、

「吉川殿。大切なご用件があってこちらに参られたのでしょうが、むずかしい話をする前にこの尼子の案内で出雲を見てゆきませぬか？」

……見てゆきたいという思いが、どうしても首を擡《もた》げてしまう。いや、騙されてはならん、父上や妹の如くこの男に誑かされてはならぬという声がする一方で、この男をもっと知りたい、この男が如何なる態度で侍に指図し、どのように百姓とふれ合うのか、もっと見て、もっと聞きたいという思いが、どんなに叩き、引っ込めようとしても、精神のいろいろな所で湧出してしまう――。

吉川国経はつい、

「……うむ。案内してもらおうかの」

凜々しき面差しの美男、経久は晴れやかな笑顔で久幸と目を見合わせ、

「――よかった。ちょうど海沿いの村に行く約束がありましてな」

茶を植えていた村から海沿いの村とやらに北上する経久。国経は大いに驚いていた。国経は当然、馬に乗るものと思っていたが、経久は徒歩でゆくという。馬に乗ってきてもいないという。仕方なく国経も下馬し、馬を家人にまかせ、経久と一緒に歩いた。

道中、経久は道すがらにある村の特性、よく実る作物などを訊かれもせぬのに細やかにおしえてくれた。

……何なのだ、この男は……。これほど百姓の暮らしを知っておる武士を……わしは初めて見た。わしの周りに斯様な男は……。だがよいのか？　敵になるかもしれぬわしに、ここまで細やかに領内のことを話して……。

と、思った刹那、経久は、

「武士の物差しの敵味方など、下らぬと思いませぬか？　わしは、百姓の暮らしを壊し、商人の命を奪う政をする者こそ——真の敵と思うております。そうでない者とは手をたずさえたいし、この尼子以上に民を豊かに幸せにする者が山陰の地におるならば、その者の教えを請いたい。その者に臣従したいとすら思うております」

と、

「尼子様！」「尼子様じゃっ」

黄色い声が街道脇からかかる。土だらけになって野良仕事をしていた男女、あるいは百姓家の中にいた翁や媼、童が次々に経久を見るために出てくる。

「尼子様、どうぞこれをお召し上がり下さいませ！」

明るい春の恵みがたっぷり盛られた笊《ざる》が経久に差し出される。ふきのとうや土筆、菜の花や蕪《かぶら》、うるいがどっさり盛られた笊だった。

経久は畑の恵みを贈ってきた土と共に生きる人々に、

「よいのか？　喜んで頂戴しよう。ありがたい」

経久と百姓をむすぶ太い絆がありありと見えた気がした。

だが、何とか国経は、経久のあらをさがそうとしている。今の村を出た直後、隣を歩む久幸に、そっと、

「尼子殿はあのようにしたしげに民とふれ合われて危うくないか？　出雲に、まだまだ敵も多かろう？」

眉目秀麗なる若武者は朗らかに笑い、

「はい。ですが、あの森をご覧じよ。あの森の中には兄を密かに守る者どもが潜んでおりまする」

久幸は、左右に見える薄暗い稠林《ちゆうりん》に眼差しを流している。

武勇の士である国経はここで初めて、森の中に幾人かの者が隠れているのを感じた。

——忍び。鉢屋衆か。

この世の裏道をゆく忍び衆が見えざる警戒網を張っていると久幸は語っていた。

「兄上は嫌がられますが我らがつけさせました。さらに供回りには……」

牛尾を見、

「必ず剛の者をつけております。さらに兄上自身も……」

相当なる武芸をもつ男だ。忍者、荒武者、己の腕——無防備に領内をめぐっている

ようでいて、経久は三重の鉄壁に守られている。

その頃、安芸国小倉山《おぐらやま》城では十九歳となった吉川さな姫がやや上に吊った、凜とした涼しさをもつ目を細め、逆三角形の小さな顔を悩まし気にかしげて、

「父上……出雲行きを引き受けた折の兄上の満面の笑みが今さらながら引っかかるのでございます。……兄上は、尼子殿との縁談を打ち壊そうとするのではありませぬか?」

「……ふふ」

膝に可愛《かわい》がっている雄の三毛猫を乗せ、付け書院に置いた古今和歌集を障子から差す白い光の中で熱心に読んでいた父は、頑丈な体をさなに向けた。

平たい顔に穏やかな皺を幾重にもきざんだ父が一度《ひとたび》戦場に出れば、鬼神の如く敵に恐れられ、鬼吉川、俎板《まないた》吉川の異名を取った事実が、さなはなかなか信じられぬ。

さなと愛猫に対する経基はいつも穏やかで温かかった。

経基の目尻にきざまれた何本もの横皺が、さらに穏やかな翳《かげ》りをます。

「国経は馬鹿者ではない。いや愚かしいことを度々して参った国経じゃが……真のたわけではない。出雲に行き、己の目で尼子殿の城下、城中を見れば……彼の将器を十分に察するであろうよ。案ずるな。国経めはよも縁談を壊したりなどせぬ。一定《いちじょう》、尼

子殿との縁談、見事にまとめて参る」

小さく首肯したさなだったが、

……では兄上は交渉して下さるとして……尼子殿は……？　尼子殿は、このさなを迎えて下さるのだろうか？

山陽道随一の闘将の家に生まれ、多くの武士を見てきたさなだったが、乙女心を熱く掻き乱した男はただ一人——尼子経久だけだった。

それも牢人となり、艱難辛苦の道を歩いていた頃の経久に、心から惚れ込んでいた。


イカが潮風の当たる軒先にずらりと干されている。

夕日が、砂浜を、そして等間隔で立つ杭に干された漁網に付着する砂粒を、きらきら瞬かせていた。浜辺に幾艘《そう》もの舟が並んでいる。

板葺屋根、板壁の粗末な家々がたっている。

中海の畔《ほとり》にある漁村だった。

「冬の嵐で舟が幾艘か壊れたと聞きましてな。先ほど、茶を植えた畑があったでしょう？　あすこを開く時出た材木をこちらの村におくり舟をつくらせたのです」

経久が、言った。魚を狙う鳶《とび》が夕空を盛んに旋回していた。

「おお、尼子様……あたらしい舟で漁に出たところ、大漁にございました！」

漁民が経久をみとめ、笑みを弾けさせて、近づいてくる。日焼けした顔に鉢巻きをしめた逞しい男、何処か飄々《ひょうひょう》とした翁、裸足《はだし》の童たち。

「今日は大漁のお祝いにございます！」

「どうか一緒に、祝って下さいませっ」

経久は——童たちにも好かれているようだった。

天日干しされたイカが焙られている。中海でとれたというメバルの塩焼きも、饗《きょう》されていた。

砂浜で燃える焚火、火をかこんで乱舞する人々を、星空が見下ろしていた。

男女の漁民や家来、そして吉川兵と共に乱舞する経久を、干された網の傍にどっかり腰を下ろした吉川国経はどぶろくを口にしながら、眺めている。

国経の左右には亀井と河副が張りついていた。亀井、河副、すっかり酔うていた。

漁村の女たちと楽し気に舞う経久と、国経の目が合う。

舞に興じ、誰よりも流麗に動きながらも、尼子経久に——微塵の隙もない。剛勇で知られる国経が斬りかかったとしても即座に返り討ちにされる凄まじさが、ばっと扇を動かす手、砂浜を踏み鳴らす足から漂う。

……不思議な……男よ……。まこと、不思議な男よ……。

国経は惚れ惚れした顔で一回り以上年下の経久を見ている。経久という男がもつ海のような底知れなさに溺れそうになる己を感じている。

その時だった。

「大物が釣れたぞぉ！」

牛尾の野太い声が、夜の浜に轟く。牛尾は久幸と、舟に乗り、夜の中海に釣りに出ていた。国経以下、精強な吉川兵に……主の警固をまかせられると踏んだのだろう。

着岸した牛尾が桶からびくびくとふるえる二尺ばかりの大魚を取り出して見せる。

子供たちが歓声を発し、漁村の古老が、

「チヌじゃ！」

黒鯛《くろだい》のことだ。牛尾は砂浜に広げた菰《こも》の上に時折、しぶとく飛び上がろうとするチヌを据え——なれた手つきで包丁を入れにかかった。

と、経久が、

「わしが、やろう」

「殿が……包丁道までわきまえておられるとは、この牛尾、知りませなんだ」

「いや昔、そなたに武士は包丁の方も心得るべしと諭されたろう？　あの後、真剣に学び、諸国放浪の折は己で獲《と》った魚鳥を手ずからさばいて食っておった。まあ、見てみよ」

「ほほう？　お手並み拝見とゆきましょう」

包丁が、牛尾から、経久に、わたされる。経久の包丁捌《さば》きは豪放にして繊細、なかなか見事なものだった。

「さ、吉川殿」

経久は花びらのように切りわけた魚肉に酢と塩をかけ厳つい使者に振る舞おうとする。

が、国経は、

「もう腹いっぱいじゃ。そこで物欲しげな目で見ておる童どもにあたえてくれい」

深く首肯した経久は裸足の童らにチヌの膾《なます》を取りわけている。次に経久は、さっきまで孫を見るような顔で包丁を振るう若き領主を眺めていた漁村の古老たちを呼ぶ。

老人たちに膾を振る舞いつつ、何か困っていることはないか穏やかに問うた。

古老たちの陳情を経久は真剣にうなずきながら聞いていた。

「あれが……我が殿にござる」

亀井が、しみじみと、言った。

「ああやって、百姓、商人、番匠、鍛冶屋、たたら場ではたらく者、浦人、樵……時には物乞いの中にまでどんどん入ってゆかれ、気さくに語らわれる。その者、その者の苦患《くげん》に心を寄り添わされ……苦しみを取りのぞこうとされる。貧しい百姓や乞食を見られますと、己の衣を脱いで、かけてしまわれるため、ご自身は厳しい真冬でも、薄着一枚でおられたりする。されど……寒いなどとは、一言も言われませぬ。いかにも心地よさげに微笑んでおられる」

経久について語る老臣の皺くちゃの頬を一粒の涙が流れていた。

「我ら出雲武士は……あの殿にお仕えすることが、最大の誇りにござるっ。故に、あのお方が城を追われた時は――」

ふるえながら声を詰まらせた亀井にかわって河副が、

「吉川様。某の早とちりなら無礼千万にござるが縁組のご相談で出雲におこしになったのではありませぬか？　今日ご案内をし、吉川家と当家はよき同盟相手になれるとこの河副常重、確信をばいたしました。これ宇内《うだい》にまたとない良縁のような気がいたしまする。どうか、我が殿を……」

「亀井、河副。もう何も申すな。……十分、わかった」

吉川国経は立ち上がっている。

領民と語り終えた尼子経久につかつかと歩み寄る。

そして、砂浜にひざまずき、両拳を砂に入れ、星々に見下ろされ、焚火に照らされながら、頭を下げ、声の塊を放出した。

「尼子殿！　頼みが、ある」

吉川の兵どもも同じ姿勢になっている。彼らの額は砂すれすれまで下がっている。

経久はすぐに立ち上がり、国経の前まできて、やはり腰を落とす。膝でくった経久の小袴が砂とふれ合う。

国経は得体の知れぬ血潮のうねりを覚えながら吠えた。

「わしには、妹が、おるっ！」

静寂が夜の浜辺をつつんだ。音といえば、火のバチバチと爆《は》ぜる音と、中海の真に静かな波音だけだった。

火の粉が漂う夜の砂浜で、国経は、

「少々、いやかなり生意気じゃが……天下一の妹じゃ！　天下一の妹には、天下一の婿殿こそふさわしいっ。出雲まで参って、それが誰だかわかった。――貴公じゃ！　たのむっ。わしの妹をもらってくれ！」

経久は国経の言葉を聞くや――瞑目して顎をかすかに上げた。

この中海を夕日に照らされて共に見下ろしたさる乙女を思い出していた。

――照葉《てりは》。

経久の手が決してとどかぬ場所へ行ってしまった最愛の女《ひと》だった。

経久は胸の中にいる照葉に、許しを請うたのである。

胸の中の照葉はふっと微笑むと――深くゆっくり、うなずいてくれた。

同時に縁結びの神がおられる杵築大社の方角、西の方から、風が吹いている。

やわらかい春風である。

経久はその風につつまれながら、目を開けている。皆が固唾を呑んで経久の答をまつ中、こう言った。

「過分のお言葉、ありがたきお話、嬉しゅうござる。喜んで、さな殿の良人とならせていただく」

「…………」

天も地も、中海も一瞬、沈黙した。やがて熱狂が――噴出した。

「うおぉぉぉっー！」

歓喜の叫びが人々の口から迸った。漁民は喜びに舞い、尼子の郎党どもは喜悦の面差しで叫んでいる。歯を食いしばった亀井、河副は涙の川を腕で擦るようにして堰《せ》き止め、久幸と牛尾は抱き合って喜んでいた。久幸の目も潤んでいた。

旅の途中、出会ったさなは、荒野の中、その畔にだけ麗しい花が咲き乱れる清らな川のような、清冽で新鮮な印象を経久にのこしていた。あの娘なら是非妻に迎えたいと思っていた。

かくして照葉を喪失してから実に十一年、ただ一人の女子も傍に近づけなかった尼子経久は遂《つい》に妻《めと》を娶ると決めた。

この時、経久、二十九歳。

雲陽軍実記は経久の結婚について、

勇は項羽《こうう》樊噲《はんかい》をも欺き、智《ち》は張良陳平《ちようりようちんぺい》も恥べき程の人なれば芸州《げいしゆう》の吉川駿河守《するがのかみ》経基の請婿《こいむこ》と成玉ふ。

(その勇猛は中国屈指の猛将、項羽、樊噲をしのぎ、その智謀は高祖劉邦《りゆうほう》の軍師、張良も陳平も恥ずかしがるほどの人であったから、安芸の吉川駿河守経基の請婿となられた)

婚儀

尼子経久と吉川さなの婚儀は二月の末におこなわれている。陰暦では、桜の蕾《つぼみ》がいよいよほころび花開かんとする頃である。

富田の根小屋は春爛漫《はるらんまん》の最中におこなわれる婚礼を喜び、打ち水して安芸から嫁いでくる花嫁、まさにこれから花開かんとする家に嫁ぐ姫を迎えた。

この頃の大名国人の婚儀となると――三日三晩つづけられる。

まず初めの夜、花嫁は輿《こし》に乗って、篝火《かがりび》が焚かれた城の大手門を潜り、燭台《しよくだい》が灯された畳敷きの広間に輿入れを果たす。

四つ目結の直垂を着た婿側の家の家来に下り藤の内に三つ引き両、あるいは単に三つ引き両――吉川家の紋である――が刻印された貝桶、黒棚、鏡箱や香炉が入った唐《から》櫃《びつ》、色とりどりの絹衣が入った長持ちなどが粛々と引きわたされる。

そして、待女臈《まちじよろう》と呼ばれる高位の侍女が花嫁の手を取って祝言の間に案内《あない》する。

月山富田城の待女臈は山路で、この夜のさなの装束は幸菱がずらりと織り出された白綾《あや》の表着《うわぎ》の上に、鶴の模様が浮かぶ純白の絹の打掛であった。

祝言の間に入ったさなは白装束の経久と対面する。ここで待女臈・山路が祝いの言葉をのべる。厳粛で重い気を孕んだ祝言の間に――晴や久幸、重臣の姿はない。

花嫁と花婿、山路、そして盃事を手伝う数名の侍女だけである。

祝言の間で式三献の酒杯――婚礼の場合、三献では終わらない。すなわち、初献はさな、二杯目、経久、以下さな、待女臈、さな、と酒をすすめる――をかわした二人は手燭《てしよく》をもった山路に静々と案内されて、寝所に入った。

「不束者《ふつつかもの》ではありますが、よろしくお願いします」

さなが夜衾《よぶすま》の上で頭を下げると経久は襖に端整な顔を向け、

「山路。下がれ」

万一にそなえて襖のすぐ先に待機していた山路は、

「いえ……此は役目にございますれば」

山路は今日より晴付きから、さな付きの侍女の頭に配置替えされていた。吉川家からさなについてきた侍女に指図する役を言いつかっている。

「よいから、下がれ」

「……ははっ」

山路が退出する衣擦《きぬず》れの音を聞きながら経久はおどけた顔で肩をすくめた。

「あの者が傍におると、おちおち話もできまい？」

さなは愛嬌《あいきよう》たっぷりの顔で吹き出す。

「……はいっ、たしかに」

経久はさなの手に己の手を重ね、

「よくぞ、わしに嫁いでくれた。わしが如何なる道を歩んで今にいたるか、そなたに話したい。そなたも安芸の父御や兄君たちのこと、如何なる娘であったかをおしえてくれ」

こうして経久は――長い物語をはじめた。

経久の話は深い森を抜けて高い山に登るかと思えば突如、暗い谷に落とされ、次の瞬間には木花《このはな》が咲き乱れる明るい山をまた登っているような……起伏に富んだ物語であった。

さなは固唾を呑んで聞き入っている。やがて二人は横になり今度はさなが安芸の話をはじめる。

途中――山路は二人がしかと夫婦和合の道を歩んでいるのか、たしかめるべく忍び足で襖の向こうに立つも……笑い声や他愛もない思い出話が聞こえてくるにおよび、はて、と首をひねっている。

これは夫婦和合の法をおしえてくれるという鶺鴒《せきれい》の置物を、祝言の間から、この襖前に、移動させるべきではないかと、散々思い乱れるも、

……いや。殿は昔、遊び人で知られたお方。その道について鶺鴒が伝授できること

はあるまい。それに……。

　あたらしい主人・さな姫に妙な嫌がらせをする女だと思われたら、悲しい。

　山路は何もできぬまま首をひねりながら、再び忍び足で退出していった……。

　やがて朝焼けの光が寝所に差しはじめ、背が高い庭木から雀《すずめ》や鶺鴒の明るい囀《さえず》りがこぼれ落ちる。

「おや……。物語りしておるうちに朝が来てしまったではないか。寝よう」

　経久が言うと傍らに横になっていたさなは唇をすぼめ、

「……わたくしは尼子経久様の妻になるために安芸の国から参りましたのに」

　経久は妻の唇に己の唇で蓋をしてから、耳元に、そっと、

「そなたがここにあきてしまわぬかと思い、いろいろ物語りしたのだ。……婚儀はまだまだつづく。ゆるりと、やすもう」

　ここまでが一夜目であった。

　二日目も白無垢《しろむく》ですごした、さな。まだ経久の一族とは対面しない。

　三日目に「色直し」をし、紅の打掛にあらためたさなは初めて晴や久幸に挨拶をしている。

　三日目の夜には偕老同穴《かいろうどうけつ》の契りをかわした二人にくわえて、晴、久幸、さなの供をしてきた吉川国経、亀井、河副、真木、山中、牛尾ら尼子の重臣が一堂につどい――

大宴がもよおされている。祖父、真木弾正は病で臥《ふ》せっており、真木上野介が名代として顔を出している。

尼子家らしき無礼講の明るい宴で、今まで堅苦しい儀式にギュッと押し込められ、経久の前では笑顔を見せるも、家来の前では蕾のように強張っていたさなは初めて出雲衆の前でかんばせを大いにほころばせた。

花嫁がようやく打ち解け城下の桜が咲きはじめたまさにその日——月山富田城大手門に怪しい小男が現れた……。

この日、経久は富田の酒屋でおびただしい酒を買い上げ、兵どもや町の衆に振る舞っていた。

町全体が浮かれ、酔《よ》い痴《し》れていた。

そんな酒臭い町から現れた小さな男は……城につながる土橋を、悠然と大手門に向かって、歩いてくる。

さすがに番兵は一滴の酒も飲んでおらずすぐ小男に気づき、

「何奴！」「胡乱な奴め、名乗れ！」

きっと槍を向けている。

立ち止まった小男は破れ笠を目深にかぶり、垢《あか》じみたぼろ衣をまとい、腰には竹光《みつ》。下駄をはき、古びた葛籠《つづら》を背負っていた。

およそ婚礼に場違いな小男はにやにや笑いながら、

「尼子殿に目通り願いたい！　都で共に学んだ伊勢《いせ》と申せば、わかる」

追い返そうとする番兵の中に、物分かりのよい老武士がおり、

「もしや殿が在京中にしたしくされていた方やもしれぬ。一応取り次いでみよう」


大手門に出現した小男について聞いた経久はぱっと顔を輝かせ、

「それは――伊勢新九郎《しんくろう》に違いない！　すぐここに呼んでくれ」

「どなたなのでございますか？」

華奢《きやしや》な新妻が問うと、経久は、

「都で知り合った得難い友だ」

経久はさなに顔を近づけ、妻にしか聞こえぬ声で、

「体は小さいが、その身に入り切らぬくらいの大望をいだいておる。淵に潜む龍のような男よ」

目を丸《まろ》げたさなは、

「まあ……それは楽しみです」

現れた新九郎は――あまりに場違いな装いに、尼子の家臣どもが固唾を呑む中、居

流れた武士たちの間、つまり料理の列と料理の列の間を真っすぐ通って経久に接近した。

「久しいな、新九郎」

経久が言うと、京から駆けつけた新九郎は、葛籠を慌ただしく下ろし、新郎新婦と島台を挟む形で、腰を下ろす。

島台とは州浜形の台の上に小さな松、梅などを飾ったもので、めでたい宴に置かれる。

今、経久とさなの前には——松、そしてさっき開花して皆を沸かせた桜、さらに黄色い福寿草で飾られ、小さな尉と姥の人形を据えた、いかにも春めいた島台が置かれていた。

ちなみに島台は夏なら浦島、秋は菊慈童、冬は親のために雪の中、筍《たけのこ》をさがした孟宗《もうそう》、季節ごとに装いを変えたらしい。

新九郎は経久に、

「この度は城取り、嫁取り、誠に祝着至極！　室町殿にお仕えする者としては——」

新九郎の一言が、幾人かの家臣を——殺気立たせる。室町幕府から見れば、ここは反乱軍の巣である。河副久盛などは抜刀しそうな顔様だ。

「お主を叱らねばならぬのだろうが……いや、此度の壮挙」

垢じみた顔から大きな笑みをこぼし、

「実にめでたい！　……西国を……甦らせてくれ。いつかの誓い通りに」

その言葉で尼子の家来たちはこの男が敵ではないことを腹の底からわかった。

「ああ」

——お主は東国を立て直すのだろ？

経久は目で小さき友に語りかけた。さなは旅塵に塗《まみ》れた新九郎を見ても眉一つ顰めず微笑みを浮かべている。この妻とならば、固い絆をきずけると確信する経久だった。

さなに視線をうつした新九郎は、しみじみと、

「よき嫁御を娶られた。西国一の……嫁御であろうな。そして貴女《あなた》は、よき婿をもたれた。この男、いずれ、西国一の器量人と呼ばれましょう。めでたい、めでたい」

と、

「わしの妹は天下一の嫁ぞ！　西国一どころではないわ」

酔うた吉川国経から、声が、飛ぶ。

伊勢新九郎、はてというふうに首をかしげ、葛籠を開けながら国経に、

「実は……某、畿内一の嫁になるのではないかという女子を少々存じておりましてな……。その女子が京畿におる以上、妹君を天下一の嫁とするわけにはゆかぬ気がするのです。両雄並び立つ、左様な様相を呈してくるように思うのでござる」

「ほう……どんな女なのじゃ？」

酒で真っ赤になった国経の顔がかしげられる。

さなが、兄上やめて下さいと手振りするも、全く見えていない。

新九郎はぼろぼろの垢じみ、ささくれだった葛籠から真に見事な金蒔絵の鶴、松がほどこされた眩い箱を取り出し、一同を驚かせる。黄金色の梨地から鶴、松が立体的に浮き上がった高蒔絵の箱だ。

新九郎は言う。

「その娘、菓子屋にござる」

国経は、新九郎に、

「菓子屋とな？　わしの妹は――」

「ただの菓子屋に非ず。室町殿に仕える奉公衆に小笠原《おがさわら》殿がおられまする。この小笠原殿……応仁の大乱で家屋敷、什器《じゅうき》を焼かれ、家人も四散し、路頭に迷いましてな……。この荒海の如き世をどうわたっていけばよいかという話になった」

新九郎は、荒海にいどむ一匹の金色の亀が描かれた蒔絵の箱を葛籠から丁重な手つきで出して、鶴の箱の傍らに据えた。

「この小笠原殿には芸がありました。何だと思われる？」

吉川国経が得意げに、

「弓矢じゃ。決まっておろう！　小笠原殿といえば言わずと知れた弓道の大家」

「残念。この小笠原殿は違いました。——菓子作り。室町殿が食される菓子を、この小笠原殿はつくっておったのですよ……。故に、花の御所で食されていた菓子を製して、洛中《らくちゅう》で売ってみた。これが……当たりましてな。どんどん、人が買う。わしが知る小笠原殿は奉公衆でありながら菓子屋もしておられるのです。で、件《くだん》の娘は、この小笠原殿の娘。菓子屋の娘でありながら奉公衆の娘でもあるわけです」

「何という名なのじゃ？　その女は」

国経が問うと、新九郎は、

「まな子と申しまする」

「まな子とな……」

どんな甘ったるい娘を想像したのか、唾を呑む国経だった。つき合ってられませぬというふうにさなが頭を振る。

経久が言った。

「やけに長い前置きだが、結句《けっく》、そのまな子は誰の嫁になるのか？」

「うむ。わしの嫁に……」

さなが明るい表情で、

「よかった！　それは、めでたい」

「お主も嫁を迎えるか……。祝着至極ではないか」

経久が言うと島台の向こうに座った友は、一瞬、経久にだけ悲壮な感情をにじませ、

「……うむ。今、家を建て直そうとしておってな。恙《つつが》なく建て替えがすめば嫁取りしたい」

その一言で経久だけは――ただの建て替えに非ず、血の雨をともなう建て替えなのだと察している。

明るい面差しにもどった伊勢新九郎は、

「さて、そなたの嫁取りへの祝いということで、まな子がこさえた椿餅《つばきもち》と」

鶴の箱の蓋が開かれるや――椿の葉でつつんだ白い餅がずらりと並んでいた。

「まな子の父御が古書を紐解《ひもと》きながら製した王朝の頃の菓子、粉熟《ふずく》」

亀の箱の蓋が開かれ、赤、黄、白、茶、灰色の、小さな円筒形の菓子が顔を出し、出雲衆をどよめかせる。

さらに、密封した小壺《こつぼ》をどんと置き、惚れ惚れするような笑顔を見せて、

「お主は嗜《たしな》まぬと思うが……家来はいけると思うての。京の柳の酒をもって遥々出雲までやって参った」

「柳の酒とな！」「それは舐《な》めさせていただかぬと！」

牛尾と黒正甚兵衛が同時に膝を叩く。

この瞬間、伊勢新九郎は経久の家来たちの中で人気者になった。

にぎやかな宴の途中、晴が侍女をつれて奥御殿へ下がる。それを見送った経久とさながまた島台の傍に腰を下ろす。瞬間、経久はさなと目が合っている。

さなは恥ずかし気に頬を赤く染め、島台に視線を落とした。

さなの眼差しの先には尉と姥の小さな人形がある。

経久も同じ人形を眺め、微笑を浮かべると、深くゆっくりうなずいた。

経久はこの島台のような安息の地を、さなと共につくってゆきたいと願った。

殺伐たる時代の荒海に、尼子経久と吉川さなの夫婦は幸せにつつまれて船出した。

*

「よいのか？　花嫁を一人にして」

「さなは安芸からの長旅と三日間の宴で、さすがに疲れておる。今はぐっすり、寝ておる」

経久は白息《いき》を吐きながら友に応えた。

新九郎が富田についた翌払暁である。

見せたい所があり、経久は新九郎を誘っている。

二人は里御殿をはなれ、月山を上る。周りは屈強な供が六名、松明《たいまつ》をもって固めていた。

経久は急斜面につくられた細き岨道《そばみち》を登りながら、遠い昔、景清《かげきよ》という武将がつくり、祖父や父が縄張りした城について、

「山頂に本丸があり、いくつかの郭と、切岸《きりぎし》」

切岸——人工断崖だ。

「土塁ももうけられておる。だが、まだ小さい。わしはこの山を丸ごとつかって——もっと大きな城を創る。でなければ」

経久の指が、後ろの下を指す。二人は高六百六尺余（約百八十三メートル）の月山のかなり上にきている。

あたらしい日が産声《うぶごえ》を上げる直前の青く澄んだ揺り籠の中、まだ苗を迎えておらず、土を起こす只中《ただなか》にある田、畑、そして根小屋がまどろんでいる。いや正確には根小屋はもう起き出していた。魚売りは漁村に仕入れに向かおうとしていたし、刀鍛冶は朝餉《あさげ》をとっくに食って白装束に着替えており、童らは寝ぼけ眼を擦りながら、牛馬にあたえる草を刈りに、野に向かっていた。

経久は——草刈りの仕事を紹介した洛西《らくせい》の貧しい村の子らを思い出す。

ミノ、ゴンタ、クロマサ。

経久があの村で特に仲よくなった三人の子のうち、生きているのは一人……。

黒正だけだ。

「……守れぬのだ。とても、守れぬ」

経久は悲壮な面差しで呟いた。

「見ろ、新九郎」

経久の指が北を差す。

「あれが中海、中海の北にぼぉっと見えるのが北つ海よ……。わしは中海の湊から富田の根小屋までを一つながりの巨大な町とする。この地に……西国の都をつくる。弟が考えた」

「久幸殿か……。立派なお人だな。もっと話してみたかった。わしにもあれだけすぐれた弟がおればなぁ……」

二人は頂近くについている。新九郎が経久に、

「そなたがつくる西国の都に住む何万、何十万もの民を守るために、山を丸ごと巨城にするわけか」

冷えた智の光が新九郎の双眼に灯る。

「だが、敵は兵糧攻めを仕掛けてくるやもしれぬぞ」

「幾年《いくとせ》か分の膨大な兵糧を備蓄する。さらに、城中には実のなる木、栗、椎《しい》などを多

く植え、いざという時の糧とする。もう一つ、東を見よ」

「幾重にも山がつらなっておるな」

経久は、低い声で、

「あの山々に隠し道を複数もうけ、補給路とする」

「その補給路が活きるためには堅固な支城が入用だろう？」

経久は楽し気に、

「――十の堅城を月山富田城をかこむように出雲に配置する。これら支城は、いわば外郭となって本城を守る一方、本城が襲われた時、兵糧をおくる役割ももつ。――出雲自体を鉄の城とし西国の都を守るのだ」

経久は胸の中にあるこの雄大な鋼の防衛網を「尼子十旗」と呼んでいた。

新九郎は愉快気に笑い、

「そなたは面白い！　そしてやはり……恐ろしい男だ。わしも東国にお主に負けぬ城をつくる所存。だが、坂東は西国とは地形が違う」

「――途轍《とてつ》もなく広い野がある、と、聞いておる」

「左様。わしも以前、駿河《するが》に下向したついでに見ただけだが……それはそれは、広い野ぞ」

武家の都、鎌倉がある坂東、多くの名高き武士を輩出した東国へのあこがれが、経久にもある。経久は言う。

「坂東に月山富田城はつくれぬな？」

「うむ。都の御構《おんかまえ》は覚えておろう？」

経久が青春時代をすごした上京の城塞都市だ。

伊勢新九郎は底知れぬ野望をたたえた面差しで、

「わしは――御構を何倍にも大きくして、東《あずま》の地にうつす」

経久は、新九郎に、

「城壁にかこまれた巨大な町をつくる気か？」

「左様。もっと分厚く高い壁、もそっと深い堀にかこまれた町をつくり、お主が生み出さんとしておる西国の都に比肩する……東国の都をつくってみせん。そして、その都で暮らす人々を乱世から守る」

この男は明《みん》の国にあるような、町をつつみこむ堅城をつくろうとしているのだ――。

将来の月山富田城と尼子十旗、そして後の小田原城《おだわらじよう》、互いに脳中で細かに練り上げた夢の城を見せ合った二人は清々《すがすが》しい気持ちで笑った。

山頂の本丸についた経久は椎の樹の傍で足を止め、

「お主も実に愉快で、恐ろしい男よ」

経久にならい家来と新九郎が足を止めている。

山気の青みが、先ほどより薄らいでいる。夜明けがいよいよ迫っていた。

経久は新九郎に、真剣な面差しで、

「虎穴に入る思いで——東に行くのだろ？」

瞑目してうなずいた小柄な友は、

「わしの姉が……駿河の太守・今川義忠《いまがわよしただ》殿に嫁いだのは覚えていよう？」

「ああ。今川殿が討ち死にをされ、お主の姉が産んだ幼子を家督にするか否かで今川家は揉《も》めた。お主は甥を家督にすべく駿河に下向した」

十年前、経久がまだ都にいた頃の話だ。

「甥を家督にという者と、いいや幼子では今川を治められぬ、今川一族の小鹿《おしか》殿を当主にという一派が争い……小鹿派が遥かに優勢、姉と甥は……身の危険に晒されておった。あろうことか坂東からは知勇兼備の江戸《えど》城主・太田道灌《おおたどうかん》殿がゆかりのある小鹿を今川の家督にすべく精鋭を引きつれて駿河入りしていた」

「お主は姉と甥を見事守り抜き——道灌との交渉をまとめた」

新九郎は過去を思い出す顔つきで、

「太田道灌、あれほど見事な武将はなかなかおらぬ。わしが今まで見た武士でもっともすぐれていたのは道灌とそなただ。……そう。その時の約束では、甥が元服するまでは名代として小鹿殿が駿州《すんしゅう》を治める。甥が元服後、小鹿殿は執政の座から退き、甥が駿河を治める、こうなっておった」

「――小鹿が退かぬわけだな？」

「甥はもう十四。元服も近い。されど小鹿は一向にその素振りを見せぬ……」

暗い殺意が新九郎からにじむ。

「――一度手に入れた権力《ちから》を手放そうとせぬ」

経久が出雲の守護・京極政経を殺せば主殺しという悪名が生まれ、その悪名は三沢、三刀屋、赤穴らに経久を討つ格好の口実をあたえる。

出雲は泥沼と化し――到底治められなくなる。

……故にわしはお屋形様を血の雨を降らす伐ではなく、放《ヽ》によって倒す。すなわちこの出雲からお引き取りいただくのが望ましい。

が、新九郎の場合は、事情が違う。

経久は切れ味鋭い刀のような声様で、

「正当な当主はそなたの甥。――何を遠慮することがある？　小鹿を討つべきであろう」

「まさに、小鹿討つべし。だが厄介なことに、小鹿は強大、甥は弱小……。東に目を向ければ小鹿の同盟相手、扇谷上杉《おうぎがやつうえすぎ》、太田道灌まで鎮座しておる。姉上から龍王《たつおう》丸《まる》、というのが甥じゃが龍王丸を守り、小鹿を退治すべく仲間をあつめて東下せよとの密使があった。

生国の備中《びっちゅう》に同志をあつめるべく下向するついでに、国を盗り、嫁を迎えたお主、一歩も二歩も先をいっておる貴殿の顔を拝みに立ち寄ったのだ」

「小鹿を討つ術《すべ》は？」

「奇襲しかあるまい。お主がしたように」

「その成算は？」

経久は、重ねて問う。新九郎は頭を振った。

知恵をかりに、友が出雲まできた気がした。

経久が呟いた。

「──忍び」

友に顔を向け、

「東国にも忍びがおろう？　その者どもを家来として召しかかえ、小鹿を奇襲するのだ」

刹那、友が行こうとしている東の天の底、果てしもない山の連なりから、真っ赤な日輪が顔をのぞかせた。朝日の傍らに茜色《あかねいろ》の帯ができ、山の端《は》にかかっている。そのすぐ上に赤紫、そして青紫の綾布のような大気の帳《とばり》が生まれていた。朝日に近い稜線《りょうせん》は赤く燃えていたが、少しはなれると紫色をたたえ、もっとはなれた山肌は暁闇を重く引きずった紺色に沈んでいる。

そんな紅、赤紫、青紫、紺の色々縅となった山々から白い雲気が立っていて竜のように、荘厳なる光にいろどられた天へ上っていた。

経久と新九郎は雲が生じるのと同じ高さに立っている。

「これを……」

経久が言うと新九郎は、

「見せたかった？」

深く首肯した経久は、

「お主への返礼、これだけではないぞ。——弥三郎」

椎の木から一人の小兵が飛び降り音もなく傍らにひざまずいている。

驚く新九郎に、

「わしの忍び頭だ。東国にも名高き乱破が、おるのだったな？」

「——へえ。風魔《ふうま》衆。我ら鉢屋衆と同じ幹からわかれた忍びの一流が駿河と相模《さがみ》の境、足柄《あしがら》の山深くに住みついておりまする」

弥三郎は、答える。経久は言った。

「話は聞いておったな？　風魔を新九郎の味方とすることは？」

「風魔をたばねておる者を代々、小太郎《こたろう》と申しまする。某、当代の風魔小太郎と浅からぬ縁がございますれば、明日までまっていただければ一筆したためまする。小太郎めは大山《だいせん》の牛王宝印の裏に書いた文でないと信じませぬゆえ、取って参ります。某の文あらば、風魔忍軍、必ずやお味方いたしましょう」

朝日に照らされながら経久は後に北条早雲《ほうじょうそううん》と呼ばれる男に、

「これがわしの返礼。風魔を味方につけ、東国で覇業をすすめ、坂東の人々を安らかにしてくれ」

「――かたじけない。何にも勝る返礼じゃ。わしは今日という日を忘れまい」

神々しき東雲《しののめ》に顔を向けながら、新九郎は、

「いつかわしは出家しようと思うが……その折、出雲の雲の字を必ずや法名に入れ、そなたへの感謝を世にしめそう」

経久と新九郎は朝日を浴びながら山頂にある小さな社、勝日《かつひ》高守《たかもり》神社に詣でた。月山富田城の守り神である。鬱蒼《うっそう》とした椎、樫《かし》の樹叢《じゅそう》を背負った社の上では金色に光る雲を背にして犬鷲《いぬわし》が二羽《わ》、ゆったり滑翔していた。若き二人の謀将を祝福しているようだった。

参拝を終えた経久は、新九郎に、

「いつ発つ？」

「明日、風魔への文を受け取り次第」

「ずいぶん急ぐな。も少し逗留できるなら、さなと一緒に出雲の名所を案内したものを」

「小鹿を討ち、嫁取りし、暇ができれば、また出雲に参るよ」

「わしもいつか富士《ふじ》の山《やま》を見に行きたいものよ」

神社を後にしながら語る二人だったが……おのおの戦いに勝っても負けても、そのような日々は来ぬだろうとわかっていた。

新九郎と下山する経久の胸中で——三沢を討つ謀計が一気に固体化している。都で交流していた頃、新九郎は多くの書物を経久におしえてくれた。その中に三沢を討つ手がかりがあった。

経久は胸の中でさる書物をめくり——計をくみ立てた。

新九郎が風魔への文を胸に備中に去るや、山中勘兵衛、久幸、さなを呼び、三沢討伐の謀をあかした。

経久の計略を聞いた勘兵衛は妖しい笑みをもらしてこけた頰をさすっている。

「さすがは殿……。凄まじい謀を立てられたものよ……。この勘兵衛の腕にかかっておるわけですな。心得たり。喜んでやらせていただきましょう」

久幸とさなは、

「守護代ではなく大名としての当家は今、この雲州に立ったばかり。その足元を自ら揺るがしてしまう恐れのあるご計略と思いました。その謀は奏効すれば三沢への毒となる。ですが……当家への毒となる恐れも胚胎《はいたい》している。久幸はそこを危惧します」

「わたしは嫁いで早々……大変損な役目を殿から言いつかるのですね。ですが……わかりました。その策が殿の敵を倒すためにどうしても入用なら、さなは喜んでお力添えします」

経久はいつもの穏やかさと違う冷厳なる面差しで久幸に言う。

「家中に動揺を起こすとそなたは申した。まさにその動揺が――三沢を誘う餌となる」

きりっと唇をむすび経久の話を聞いていた弟は、厳しい声で、

「ですが兄上、その動揺、あまりに大きすぎれば、三沢の手などかかりずとも当家は自壊しますぞ」

久幸はこのように経久に堂々と直言をぶつける貴重な腹心だった。

雲陽軍実記は尼子久幸について――。

専ら和漢の学才、聖賢の道に志深く、軍学は大江匡房《おおえのまさふさ》の余流を汲み奇謀妙算《きぼうみようさん》残る所なく……兄経久へ諫言《かんげん》……比干《ひかん》伍子胥《ごししょ》が胸中を得玉ふ人傑也。

（もっぱら和漢の学問に秀で、聖賢の道に通じ、軍学は大江匡房の流れを汲み、すぐれた計略は無尽蔵で……兄、経久にも諫言をした。……殷《いん》の比干、呉《ご》の伍子胥のような人傑であった）

「久幸殿ならその動揺鎮められると、勘兵衛は思いまする」

勘兵衛の言にうなずいた経久は王佐の才をもつ得難き弟に、

「左様。左ほど大きな動揺を起こさぬよう、家中の手綱を上手くとるのがお主の役目だ」

あまりにも大切な手綱をにぎるよう告げられた久幸は、

「三沢を騙すため……ある程度の揺れを、尼子の家中に起こす。されど大揺れにならぬよう上手く鎮めよと？」

「久幸、お主ならできる」

「……心得ました。条件がござる」

「聞こう」

久幸は言上した。

「わたしの判断でこの者には兄上の謀の全貌をつたえた方がよいと見た者、なおかつ決して口外せぬだろうと思えた者、斯様な者については全て打ち明けまする」

「よかろう。お主の判断にまかす」

「では、鉢屋弥三郎にはつたえておきます」

経久は三人に毅然たる面差しで、

「――三沢為信は知恵者ぞ」

三沢為信の罠で、尼子兄弟、一度はこの城を追われている。父も為信が黒幕と思われる一揆に苦しめられた。

「その軍師・野沢大学もあなどり難し。三沢の精強は大学の功によるものと言われるが……大学が如何なる顔の男で、どのような前歴をたどって出雲に参ったのか……知る者は少ない。わしは大学こそ三沢勢の要と見ておる。為信と大学、二人を騙すには――尋常の一手では叶わぬ。味方から騙さねばならぬ。勘兵衛、近う」

いざり寄った山中勘兵衛に経久は耳打ちする。

「……に参ったら、笛師銀兵衛が……。そなたを頼りにしておるぞ」

「――御意」

勘兵衛は底冷えする固い声で応じ、

「その策に入る前に一つ献策を……。三沢は赤穴、三刀屋、塩冶の本家など西出雲の国人と固く手をたずさえております。故に殿も、西出雲の後ろに手をまわされますように」

「東石見の豪族と手をむすべというのだな？」

勘兵衛は、首肯した。

西出雲衆が経久を攻める時、その背に刃を受けるように味方をつくれというのだ。

「東石見の佐波《さわ》殿とは父上の代から昵懇だ。よし。佐波殿にくわえ、多胡《たご》殿、小笠原殿なども味方に引き入れよう」

石見小笠原家——伊勢新九郎の、恋人の、小笠原家と同族だが、こちらは石州の大豪族だ。

「是非、河副常重殿を石見に差し向かわされますように」

うつむいた経久は額に指を当てる。

「それだけでは……足りぬな」

経久の脳漿《のうしょう》は尼子を、出雲を守るため、高速でまわる。

「三沢も、大学も、同じことを考え我らの後ろ、伯耆に手をまわすだろう」

伯耆山名家と三沢の同盟を予測した経久は、

「山名を揺るがせる家とむすばねばならぬ。その家とは——赤松《あかまつ》ぞ」

播磨《はりま》、備前の大名・赤松家は特に美作《みまさか》の領有権をめぐって山陰の雄、山名と血みどろの戦をつづけていた。経久の視野は——出雲にとどまらぬ。隣国はおろかさらに遠くの国々まで飛翔《ひしょう》している。

「山名と対するため赤松とむすばねばならぬ。さて、弱ったな」

経久がこぼすと勘兵衛は、

「赤松は、播磨、備前の守護。美作の守護であるとも称しておる。そして殿は――守護に歯向かう者。実利を見れば殿とむすぶべきと思うても、守護家としての心情、大義名分に赤松殿が重きを置かれるならば、殿よりも京極公に同情され……同盟は成就しませぬ」

経久はニヤリと笑い、

「――浦上則宗《うらがみのりむね》殿」

浦上則宗――赤松家の家宰であり、備前の国を事実上治めている。

「わしは都におった頃、多賀《たが》殿の供をしてよく浦上殿の屋敷に参り、目をかけていただいた。懐が深く信頼できる御仁じゃ。浦上殿はの……応仁の大乱で焼けた都の寺社の再建を願われて、味方の東軍はもちろん、敵である西軍の陣中にまで剣難を顧みずに出向き、膨大な銭をあつめ、その鳥目をな、私に流用したりせず、きちんと寺社再建につかわれた。……そういう真心のある武士じゃ。京極の家中における尼子と赤松の家中における浦上、立場も近い。わしのこともきっと覚えておるゆえ、ゆめおろそかにはしまい。浦上殿がこうと申したら――赤松殿も首を縦に振るほかない。久幸、そなた赤松領におもむき浦上殿をたずね、尼子と赤松の同盟を成し遂げよ」

「久幸がもどり次第、三沢を討滅する謀に入る」

「御意！」

久幸はすぐに浦上の備前、そして赤松家が鎮座する播磨に飛び——山陽の名門守護・赤松家と……山陰の反逆者・尼子家の、異形の同盟を成し遂げた。むろん、浦上則宗の尽力、奔走が大きい。この交渉で久幸に惚れ込んだ浦上則宗は赤松家庶流に是非、久幸にめ合わせたい姫がいるともちかけるも、久幸は「すでに約束した人がいます」と爽やかに固辞。則宗に一切敵意をもたれずに山陽の地を後にしたのである。

久幸がもどって少し後、月山富田城で虫に這《は》われた痕を見るような……何とも居心地が悪い事件が、起きた。

尼子経久と山中勘兵衛の諍《いさか》いである。

婚儀から一月、経久が若妻をともなう領内巡検、いや、巡検と称した甘ったるい旅に耽り、肝心の軍事、三沢や三刀屋を攻伐する術策の練り込みがおろそかになっているのでないかと勘兵衛が具申したところ、経久と軽い言い争いになったというのだ。

もっと重い対立はその翌日、起きた。

経久の常の居所は月山の下、里御殿であったが経久は、

「月山の中腹に——山中《さんちゅう》御殿なる御殿をつくり、ここをわしの常の居所とする。さす

ればもっと城の守りも堅固になる」

と、言い出した。多くの家臣が一斉にうなずく中、山中勘兵衛だけが、

「恐れながら……今は敵の攻伐にこそ、一切の兵員米銭をそそぎ込む時にござる。あたらしい御殿作りなど今は無用。三沢を討ってからになさいませ」

経久は有益なる家来の進言、尼子のためを心底思うての忠言に、真摯に耳をかたむける男であったが——この時は面貌を赤黒くして苛立《いらだ》ちをあらわにし、席を立っている。

多くの尼子の臣は、股肱《ここう》の臣たる山中殿との仲を考えれば仲直りは近いだろうと考えた。

侍衆の経久への信頼は揺らがず結束は傷つかなかった……。

が、さらに大きな事件が……半月後に起きている。尼子家の威信に傷がつく事態が起きている。

経久の近習《きんじゅう》に沢田《さわだ》なる者がいる。

この男、盗賊、複数人の人殺しの廉《かど》で鉢屋衆に捕まり——尼子領の裁きをあずかる久幸から「打ち首」の宣告を受け牢に入れられていた。斯様な時、泣いて馬謖《ばしょく》を斬るの故事ではないけれど、いくら自分に近しい者でも——法をねじまげず、刑を執行するのが、尼子経久という武将であった。

この場合の法とは昔、北条泰時《やすとき》がさだめた御成敗式目《ごせいばいしきもく》、あるいは式目の精神を汲み取って鎌倉幕府以降の先人たちが下してきた長く厚い裁きの積み重ねである。

だが……この時だけは、事情が違った。

経久は法と久幸の裁きを無視――沢田を夜陰に乗じて牢から出し、他国に逃がそうとした。

これを見咎《みとが》めたのが――山中勘兵衛だった。

それは闇夜であった。

沢田逃亡を知った勘兵衛は城中で彼を見つけるや、一刀の下に斬り殺したのである。

勘兵衛の道理としては一度打ち首と決まり、諸人《しょじん》も納得した者を解き放つには、それなりの理由がいる、理由もなく法を歪曲《わいきょく》し――沢田を逃がすなど経久といえども言語道断、許されぬ、法は経久よりも上位にある、こういう考えだ。

尼子家中の意見は真っ二つにわれている。

殿の御意向に逆らう勘兵衛が誤っておるという考えと、いや、勘兵衛こそ正しい、さな様を娶られてからの殿はどうかしてしまわれた……、今までの殿と違う、何で多くの罪を犯した沢田をお咎《とが》めなく解き放とうとされたのか、という考えに。

「同じ罪でも、己に遠い者は厳罰、近い者はお咎めなし。何とも無念じゃが……斯様な歪んだ裁きをする武士が近年実《げ》に多い」

「私情にかかわらず——厳正な裁きを下す、斯様な武士は数少ない」

血腥《ちなまぐさ》い事件が起きた月山富田城の一室で揺らぐ灯火に照らされながら額を突き合わせているのは亀井河副二老臣だ。

亀井は悲し気に、

「じゃが、たしかにおる。故に、名が轟く。遠く武蔵《むさし》の太田道灌殿然り、我が殿然り。……そういうお方だったはずじゃ」

亀井の額の皺がさらに濃くなり、

「誰の目にも明らかな、公正さをもたらす……。この旗をかかげて殿は民百姓や侍の支持の許、城と領地を取り返された」

「その旗がなければ尼子家の帰還はなかったじゃろう」

河副が筆を噛む。さっきからしたためていた書状は全くすすんでいない。

「沢田を逃がせば殿御自ら……その旗を降ろすことにつながる。勘兵衛は身を挺《てい》して……殿を諫めようとしておる、殿を守ろうとしたのじゃ」

河副は、真剣に、

「亀井の。それがわからぬ殿ではあるまいよ……。勘兵衛には、きっと寛大なお裁きを下されるはず。いつもの殿にもどって下さるはず……」

が……この夜の経久は、違った。

闇夜の底から漂い出た魔の者が憑《つ》いてしまったような……妖美にして凶暴な面差しで、

「何で彼奴はわしが許そうとした者を――斬った！　勘兵衛め……許せぬ」

あまりにも冷えた声に斬殺事件を報告した黒正が身震いした刹那、経久は、

「わしが許すにはそれなりの理由があったものを一切斟酌《しんしゃく》せずに沢田を斬るとは――。山中は城取りで大いにはたらいたゆえ、わしは重用した。そのせいで増上慢を起こしたようだな。もはや、我慢ならぬ！　黒正、山中勘兵衛を捕らえよ！」

黒正は目を白黒させている。

――すまぬな、黒正。

思いつつ、経久は、

「何をおたおたしておる。早く勘兵衛めを捕らえて――我が眼前に引き据えよっ！」

氷の山から吹き下ろす風のような恐ろしく冷たい怒気を、黒正にぶつけた。

……殿は一体……どうされてしまったのか！　国を取り、万事上手くいき、有頂天となって……初心をお忘れになってしまったのかっ――。……こういうお方ではない、わしが、知る尼子経久様はな、こういうお方ではないんじゃぁっ！　もどって下

さい。どうか、おもどり下さいませ！　わしが知る殿に。

黒正は唇をふるわせ首を小刻みに横に振り、泣きそうな目で経久を仰ぎ見ていた。

が、経久は冷厳なる声で、

「どうした？　早く行け！」

「……ははぁっ」

面貌をくしゃくしゃに歪めた黒正甚兵衛はバタバタと足をもつれさせて退出した
——。

暗い廊下で亀井河副二老臣とぶつかりそうになる。

しどろもどろになりながら黒正が事情を話すと——亀井は卒倒しそうになり、河副は歯を食いしばり頭をかかえ込んだ。

黒正は亀井、河副にすがりつき、

「山中様は当家の柱石ですっ。今、こんな形で……山中様をうしなえば……」

……尼子家は滅んで……しまう。滅ぼすわけにはいかん！　あの世で——ミノやゴンタに申し訳が立たねえよっ！　そんなことは許されんのだ。

黒正は泣きそうになりながら、

「お二人しか殿を止められませぬっ！　山中様を追捕する兵はわしがおくらせますっ。故にどうかその間に殿を……」

「あいわかった。わしが殿と談判してみる。河副の、お主、大至急、久幸様の許に参り、久幸様から殿に一言言ってもらうようはからってくれぬか」

亀井の爺は、言った。

地獄に仏を見た気がする黒正だった。

経久の口ぶりでは——一刻も早く勘兵衛を捕らえることがもとめられていると、ひしひしと感じたが、黒正は、経久のために、この下知を放りすて顧みぬことが、もっともよいと信じているから……わざと引き延ばしをはかっている。廊下を何度も行きしたり何も出ないのに厠《かわや》に入ったりする。

四半刻後、厠から出た黒正は、経久と話してきたらしい亀井と、遭遇した。

地蔵菩薩《ぼさつ》を見た亡者のように夢中で小柄な老臣に駆け寄った黒正は、

「亀井殿！　殿を……お諫め下さったのですな？」

亀井は……複雑な表情で、ちょっと首をひねった。

「……うむ。寝所に行かれる殿を捕まえて、話した……」

喜色が、黒正の縦長の顔を走る。

「よかった……。で、殿は、何と？」

「黒正よ。先刻のわしはちと……狼狽えすぎておったようじゃ。つらつらことを案じてみるに、殿の言い分にも理があるような気に、だんだんなって参ってのう」

「…………」

――何を言い出したのだ、この老人は？　経久に憑いた悪いものが亀井にもうつったのか？

「これは……思いもよらざることです。亀井殿、一体――」

「とにかく勘兵衛めを捕らえぬことには事態は進展せぬじゃろう？　のう？」

黒正の腕は勝手に動き――尼子四執事の筆頭、亀井を揺さぶろうとした。

亀井はいきなり激昂《げっこう》して唾を飛ばし、

「――無礼者！　お主は、勘兵衛捕縛を命じられたのであろう？　なら何をまごまごしておる！　とっととゆけ！」

混乱と怒り、不安と絶望、悲しみが、黒正の胸で溢《あふ》れそうになった。

わけもわからぬまま兵をあつめた黒正は勘兵衛を捕らえんとしている。

だが、初動で出遅れた黒正は、勘兵衛を捕縛する熱意も乏しかった、というか全くなかったから、勘兵衛は、黒正が張った捕り物の網の目をやすやすと潜って――行方をくらました。

翌朝、一晩中、勘兵衛をさがしもとめて双眸を充血させた黒正から、逐電した山中勘兵衛はどうも奥出雲・三沢領に逃げたらしいと聞いた経久は、……たのむぞ、勘兵衛。

と、思いつつ無表情で、

「——勘兵衛の老母と妻子を捕らえよ」

——何故、変わられてしまったのだ？　殿は……。一体どうされてしまったのだ！

黒正甚兵衛は混乱している。

彼のみならず多くの郎党は経久の変わり様を深くなげいている。

黒正はこの日、勘兵衛の妻子を捕らえに行く前に何としても会いたい男が、いた。

河副の爺。

久幸を通じて経久を諫止《かんし》する計画はどうなったろう？　一刻も早く、ことの正否を知りたい。なので河副の丸っこい影を見た黒正は勢いよく近づく。

黒正を見た河副は……近江《おうみ》の鮒寿司《ふなずし》でも嗅いだような顔に、なった。

嫌な予感が臭う。が、黒正は、

「河副様。殿はあろうことか……某に山中殿の御母堂、妻子を捕らえよと仰せになったのです」

「………」

「で、どうなりました？」

「うっんぅ。あの件な……」

河副の爺は障子を引いて誰もいない小部屋に黒正を引き込むと、

「久幸様はな、俄かに家来がふえ、いろいろなことを申す輩もおるゆえ……殿は疑心暗鬼になられておるのではないかとおっしゃるのじゃ」

「だから何だというんです？」

黒正は尖った声で丸っこい老臣を刺す。

「だからその……も少し様子を見た上で、具申してみると」

久幸の見解が――生温《なまぬる》すぎる、悠長すぎる気がする。経久にくわえ、久幸、亀井、河副もおかしくなってしまったのか？　己だけがおかしいのか？

「殿は山中殿の御家族を捕らえよと仰せなのですぞっ、あの殿が――」

「だから――何だというのじゃ」

豹変《ひょうへん》した河副は突き放すように激しく言った。昨日とは別人の如き形相で、河副は、

「三沢領に逃げたのだから仕方あるまい。山中が当家の軍法を、敵である三沢に全て明かす恐れがあるのじゃぞ。致し方あるまい！　お主にこんな所で油を売っておる暇はあるまい。さあ、早う行けっ」

黒正は青ざめた顔で、

「河副様は……昔、この黒正甚兵衛に、主に媚びへつらうのが武士ではない、時には直言、苦言を呈するのがよき家来のつとめと仰せになった。同じお人の言葉と思えませぬな！　もう、結構にござる」

小柄な青年武士が踵を返すと河副は、

「……まていっ、黒正」

しかし黒正は聞こえないふりをして障子を荒々しく開け廊下に出た。

……尼子家は一体、どうしてしまった？　このままでは三沢に滅ぼされるぞ！

むろん、経久は亀井の爺に、久幸は河副の爺に、計画の全貌を語って納得させている。またこの日、若き槍の名手、河副久盛は、

「山中殿の御母堂、妻子を捕らえるなどもってのほか。拙者、殿に意見して参る」

と、怒りを噛み殺した顔で経久との談判に向かった。経久は久盛の口の堅さ、思慮深さをよく存じていたから、

「これはそなただから言うが……深く思うところあり、山中を三沢に行かせた」

と、呟いた。

この一言で経久の真意を悟った河副久盛は、

「なるほど……。しからば某は殿のお裁きに納得していない素振りを見せつつも、殿

への非難が高じて暴走せんとする者はしかとおさえる。斯様な役目を演じましょうぞ」

白鷺《しらさぎ》を思わせる細身の勇士は微笑みを浮かべて言った。

この河副久盛と、弟の久幸は、気が合うらしく、かなり仲がよいようであった。

種を明かせば――勘兵衛とわざと対立し、沢田を斬らせ、三沢領に逃げ込ます、経久様は変わってしまったという噂《うわさ》を家中で漂わす、これ全て七手組を滅ぼし、三沢を討つために経久が練った遠大な謀計の……序の部分であった。

経久は伊勢新九郎との再会で昔、彼からかりた三国志を思い出していた。

三国志によれば魏《ぎ》の曹操《そうそう》が百万の大軍で、呉の孫権《そんけん》を攻めた時、呉の軍師・周瑜《しゅうゆ》は配下の老将、黄蓋《こうがい》とわざと対立。黄蓋を百叩きの刑に処し、周瑜を恨んだ黄蓋は魏への降伏を申し出る。

だが、黄蓋の降伏は偽りであり――彼の兵がつけた火により、長江《ちょうこう》に駐屯した曹操の大船団と北国の大軍は……燃え滅ぼされてしまう。

世にいう赤壁《せきへき》の戦い、苦肉の計の故事である。

昔、斎藤妙椿《さいとうみょうちん》に近江の深みにまで誘い込まれ一敗地にまみれた経験のある経久。

あの時の妙椿の計略に三国志の苦肉の計をくわえた謀で三沢を討とうと企《たくら》んでいる。

黒正甚兵衛は心ならずとも山中勘兵衛の老母と妻、子供を捕縛。陰徳太平記《いんとくたいへいき》によれば「詰め牢」に収容した。

民百姓は……京極時代よりもずっと年貢が軽く、自分たちに直接かかわりのある裁きは公平におこなわれていたものだから、経久への不満をつのらせたりしなかった。

むしろ、

「わしらは知らぬが……勘兵衛様に何かいろいろ不始末があり、殿様はお怒りになったのではないか？」

と、噂した。

問題は――侍衆だ。

いつ何時、自分たちが勘兵衛のような理不尽な目に遭うかわからぬ彼らは戦々恐々とし狼狽えた。だが、久幸、久盛が要所要所でよく抑え、見事に言いふくめたため尼子家を内から突き崩すような憤懣《ふんまん》の爆発は起きなかった。

だが、口の軽さや、粗忽《そこつ》さ、思っていることがすぐ顔に出る性格、などを経久、久幸から危ぶまれ……大切な機密にふれさせてもらえなかった家来たち、牛尾三河守、黒正甚兵衛らは経久の変わり様を嘆き、日々苦しんでいたのであった……。

ある時、山路は家中の動揺を見るに見かねて、かつての主人、大方様こと晴に相談している。

するとと晴は、穏やかな顔様で、

「経久が理由もなく功臣たる山中家に非道な真似をするはずがない。また久幸が何の考えもなく兄の暴挙を座視しているとも思えぬ……」

晴がサイコロを振る。「仏」と、出る。

晴は双六《すごろく》盤の上の方——高僧たちが並ぶ列まで登った。山路は浄土双六をするという名目で晴をたずねたのだった。

「……きっと何かある。何だと思いますか?」

青い頭巾をかぶった晴に問われながら山路がサイコロを振る。

山路は双六盤のもっとも下に——転落してしまった。

そこは地獄の炎が燃え盛り金棒をもった牛頭馬頭《ごずめず》の鬼どもが筋骨を誇示する見るからに恐ろし気な辺りだった。

「わかりません。わたしの頭ではっ。答を、おおしえ下さい」

山路はせがんだ。

ほ、ほ、ほ、と笑った晴の袂が唇を隠している。晴のサイコロが、仏と出る。

晴は四角い人生の縮図のもっとも上、御仏が並ぶ列に登って女菩薩の如き穏やかで、知恵深き顔で、

「──策、ではないでしょうか？」

「殿から何かお聞きに？」

「いいえ。何も聞いておりませぬ。……ただ、思うだけよ。ですがわたしの考え違いであればたしかに大変なことです。北の方を呼んでみましょう。北の方なら何か存じているやもしれぬ」


こうして晴はさなを呼んだ。

竹に雀、霞が描かれた大和絵の屏風《びょうぶ》を背負った晴は、脇息《きょうそく》に体をあずけて、

「山中勘兵衛のこと、経久の策ですね？」

「そうでございます」

さなは即答した。固く人払いしてあり、部屋の中には晴、さな、山路しかいない。

「山路はともかく……大方様まで蚊帳の外というのは……殿や久幸様も……」

思わず山路の口が、すべる。その堪《こら》え性《しょう》のない口に自ら手で蓋をする。晴が、山路に、

「山路。今のことでございますよ。そなたはよくわたしの許に、参る。さらにそなたとしたしくしていた……」

幾人か晴付きの侍女の名が、言い添えられた。

「……などは皆、おしゃべりです。経久はその辺りから話がもれるのを案じたのでしょう」

「そうでございます」

さなが、愛づかはしい笑みを見せた。この頃の武家の姫君は古式ゆかしい公家《くげ》風の袿《うちき》より、袖が狭い打掛という絢爛豪華《けんらんごうか》な着物を、小袖の上から着るようになっていた。婚儀の時こそ白打掛をまとったさなだが……ふだんは、袿はもちろん、打掛についても、

『――敵が攻めてきたら邪魔になる』

と、嫌い、袖を通そうとせぬ。小袖姿でいることが多い。

今、さなは緑と白の亀甲模様が肩の辺りでくり返された、白絹の小袖をまとい裾近くでは青い流水が辻《つじ》が花染《はなぞめ》されており、その川の畔には黄緑のオモダカ、灰色のオモダカが描絵されていた。オモダカの叢《くさむら》の中には緑の亀まで描かれている。

何故、亀……？　と山路は思うけれど、この姫君……童女の頃から亀好きらしい。

一方の山路、新素材・木綿の小袖をまとっている。白い地に山吹の花が描絵され、山吹色と若緑、二色の菱形が板締め染されていた。

山路の小袖の中の山吹が悔しさが籠った手で摑まれ、千切れそうになっている。

「長年の忠勤がかえりみられず……そのようにただ口が軽いだけの者と見られておる

一事が、悲しゅうございます」

「違うぞ、山路。殿はそなたの忠実さを評価しておられる。ただ、口の軽さを評価していないだけだ」

自分よりずっと腰が細いさなが――なぐさめてくれた。

「さな様、なぐさめになっていません」

減らず口を叩きつつも山路はこのあたらしい主人のことが好きである。

晴は、さなと顔を見合わせて笑い、

「山路、今日の話、他言無用ですぞ。さて、さな殿……浄土双六でもしてゆきませぬか？　どうも山路は弱くて張り合いがない」

さなは凜とした面差しで、

「喜んで受けて立ちましょう。さなは……強いですぞ。大方様、先ほどの話でございますが、わたしは大方様に話した方がよいと思うたのですが、殿の計策の成否は御家の存亡にかかわること。軽々しく判断ができず……」

「ええ。わかっていますよ」

山路が不貞腐《ふてくさ》れたように、

「強いも何もないでしょう……。双六など、ただの運でございますから」

同時に山路を見たさなと晴は袂を口に当てて同じように笑った。

苦肉の計

静かなる音が空《くう》を切ってゆく。

三沢為信のほっそりした指が剪定鋏《せんていばさみ》を動かす度、松の枝が落ち、山里の静かで厳粛な時が——きざまれてゆく。

為信が大切にはぐくんでいる盆栽の松を手入れする時、よほど用心して話しかけねばならぬということを、下川瀬左衛門《しもかわせざえもん》ら七手組の驍将はよく心得ていた。

三沢家の老当主、為信は濡れ縁に立ち、ほっそりした体を盆栽棚に向け、恐ろしい集中力で松を手入れしている。盆栽棚は濡れ縁と接する形で庭の手前にしつらえられており横に長い。

三沢城里御殿。

今、下川瀬左衛門の鋭い耳には——主《あるじ》たる為信が盆栽を手入れする小さく乾いた金属音と、水音、そして鳥の騒ぎ声が聞こえるばかりだった。

苔《こけ》むした広い庭には松好きの為信が鉄山《かなやま》の富力にまかせて出雲はおろか山陰山陽の各地から引き抜かせた松の名木が、山霧の中、並んでいる。庭には遣水《やりみず》が流れていた。この水は裏山から筧《かけひ》で引いたものを、一度、木槽に落とし、そこからあふれたものがまがりくねりながら庭に走り出たものだ。

今、小鳥たちが――木槽で水浴びしたり、筧の水をつついたりしているらしい。

三沢為信は小さな鉢に閉じ込められた松から一厘も視線を動かさず、ひんやりした声で、

「お主はどう思うのじゃ？」

山中勘兵衛が沢田を斬り月山富田城から消えた翌々日、塵一つない濡れ縁にひざまずいた下川瀬左衛門は筋肉がついた太首をひねり、

「五分五分かと。……勘兵衛は諜者《ちょうじゃ》かもしれず、真に尼子を追われたのかもしれず」

三沢家七手組・下川瀬左衛門――元は西出雲鰐淵寺《がくえんじ》近くの地侍である。

守護代・尼子清貞と対立して武士を辞め、瀬左衛門のあばら家近くにうつり住んできた男こそ、かつての山中勘兵衛勝重だった。瀬左衛門はいわば人生の谷底にあった勘兵衛としたしく交際してきた。

瀬左衛門が一念発起、三沢への仕官を決めた折にもなれぬ手で芋掘りしていた勘兵衛に、

『共にゆかぬか？　三沢殿は諸国から、豪傑、勇将、機略縦横の士をあつめておる。お主ほどの才があればわしなどより、重用されよう』

『……いいや、もうわしは宮仕えは沢山』

　こうして瀬左衛門は一人で三沢家の門を叩いた。やがて彼は、武勇と実直な人柄を三沢為信、野沢大学からみとめられ、七手組大将の一人に抜擢《ばってき》された。一方、山中勘兵衛は国を追われ放浪していた尼子経久に召しかかえられ、その謀臣となるや——月山富田城への元日の奇襲を献策。見事、成功させその驍名《ぎょうめい》を山陰諸州に轟かせた。三沢と尼子は敵同士であったが、それでも下川瀬左衛門は古い友の成功を喜んでいる。

　その瀬左衛門の屋敷に昨日、突如、

『尼子殿の寵臣《ちょうしん》、沢田を斬り、富田を追われた……。昔の誼で匿《かくま》ってくれぬか』

　草汁と土埃《つちぼこり》、血で衣をぼろぼろに汚した山中勘兵衛が駆け込んできた——。

　経久による月山富田城奪還から半年足らず。誰がどう見ても怪しいが……勘兵衛の形相は切羽詰まっていて異様な真実味があり、富田に潜り込んだ味方の忍びの報告とも一致する。さらに勘兵衛という男は切れ者だが独特の角があり、以前、その角は主君、尼子清貞との間に修復できぬほどの穴を数多開け……宮仕えをやめて帰農したという、いわくつきの前歴まである。

　また同じことが起きても、ああ……勘兵衛なら……、と人に思わせてしまうアクの強さが、あるのだ。

　勘兵衛は三沢を探る間者か？

　それとも本当に尼子領を追われたのか？

判断がつきかねた瀬左衛門は勘兵衛に厳重な見張りをつけた上で三沢城に報告にきたのだった。

鋏が松を切る音が――やんでいる。

三沢為信は丹精に手入れされた白髭が印象的な細面をややかしげ爬虫類《はちゆうるい》を思わせる冷ややかな双眸を心なしか細め、松を注視しつつ思案しているようだった。熟慮する為信には、南都の仏師がつくる高僧の木像のような厳かさがあった。

「――如何思う？」

為信がひんやりした声で問う。為信が意見をもとめたのは、三沢右衛門《うえもん》ではなかろう。

七手組一の武勇で知られる三沢右衛門――言うまでもなく為信と同族である――は、濡れ縁上に座る瀬左衛門から見て、為信をはさんだ反対側に、大顔をこちらに向けて座っていた。

大薙刀の使い手・三沢右衛門。身の丈六尺二寸（約百八十六センチ）。瘤《こぶ》状の筋骨を全身に鎧うた男で眉は海苔《のり》を太く貼りつけたよう。鼻は大きく、眼光鋭く、恐ろしい十字傷が頬に走っていた。武勇の士である三沢右衛門、為信を警固すべく座っているのだが、深い思案を苦手とする男だった。

「……そうですな」

嗄《しゃが》れ声が部屋の中からしている。

その男、野沢大学は、盆栽に顔を向けた為信の真後ろ、開け放たれた障子の向こうに控えており、ちょうど瀬左衛門からは顔が見えない。

野沢大学――遠く信濃《しなの》の牢人で奈良に遊んだということくらいしか、わからぬ。大学が何処で得意とする小太刀の秘奥を極め、孫呉の兵法を会得したのか、瀬左衛門は知る由もない。大学は己のことを語るのを極端に嫌うのである。

信濃というと意外な気もするが、三沢家はそもそも信州《しんしゅう》からはじまった。治承寿永《じしょうじゅえい》の戦で敗れた木曽義仲《きそよしなか》と女傑・巴御前《ともえ》の間に一子あり、この子を祖とするという。

三沢の先祖は承久《じょうきゅう》の乱で手柄を立て出雲に地頭として赴任した。だから信濃武士への愛着は強いし、領内には諏訪神社《すわじんじゃ》を祀《まつ》っていた。

さて出雲に入った三沢家にもとめられていたのはこの地の鉄山を管理し、収益を――京の朝廷におくることだった。

奥出雲は禁裏の荘園《しょうえん》、つまり重要な財源だったのだ。

だが歴代の三沢の当主は朝廷におくる銭をくすね力をたくわえている。為信の代になってからは禁裏に鐚一文《びたいちもん》おくったという話を聞かない。

今や鉄山から上がる莫大《ばくだい》な富のほとんどは三沢家の軍備の拡張につかわれている。

その軍事の要をまかされた謎めいた老軍師・野沢大学は、

「勘兵衛が尼子がおくり込みし諜者であるなら——躊躇《ちゅうちょ》なく斬るべきにござる。されど、勘兵衛が真に投降したなら斬ってしまっては大いなる損失にござろう。何故なら、山中勘兵衛ほど尼子の軍事の内実を知る者はおりますまい？」

「うむ」

為信は、呟く。大学はつづけた。

「勘兵衛が間者なら一定《いちじょう》、尼子方の者が接触してくるはず。その言い逃れできぬ証を押さえた上で——斬るべきにござろう。勘兵衛を半年見張らせ一点も怪しいところがないなら、信じてもよいと心得まする。詮ずるところこのまま亀嵩《かめだけ》に据え置き——」

亀嵩——尼子領と接する三沢方の要害で七手組のうち三人、下川瀬左衛門、梅津主水《うめづもんど》、中原金右衛門《なかはらきんえもん》が守っていた。

「旦暮昼夜、鉢屋者に見張らせては如何でしょう？」

「亀嵩は尼子領と近い。勘兵衛は経久の刺客に、斬られたりしまいか？」

為信の問いに大学は、

「そうなったらそうなったで仕方ないのでは？　それに……刺客をつかって逃げた家臣を討つなどすれば、尼子の名声はさらに下がりまする。我らとしてはむしろ望むところでございましょう」

「……ふふ」

冷ややかに微笑した主君に下川瀬左衛門は、

「恐れながら……某が傍におります以上、尼子が如何なる刺客を差し向けても返り討ちにいたしまする」

はち切れんばかりの胸、屈強な男の太腿《ふともも》くらい太い腕に力を込め、言上した。

為信は瀬左衛門に横目で、

「わかった。そなたは勘兵衛をしばしあずかれ」

取《と》り敢《あ》えず旧友がしばらくは斬られないことに安堵した瀬左衛門は平たい顔を縁側すれすれまで下げて、

「かたじけのうござる。勘兵衛の動きには某も十分目を光らせ――何か胡乱なことあらばたちどころに斬りまする」

庭に向かって為信の声が飛ぶ。

「聞いておったな？」

松と松の間、笹《ささ》がうわった辺りから、

「――御意」

姿は見えぬ。が、仁多郡鉢屋がたしかに潜んでおり勘兵衛監視を拝命した。

主の前を退出した瀬左衛門は庭を通り門に近づいている。

門の上――櫓《やぐら》から、たゆまぬ鋭気が降りそそいでくるのを感じる。その鋭利な気は根小屋をゆく商人や僧はもちろん、味方の郎党にまで降りそそぎ、皮膚を貫き心に達し、一つでも怪しいところあれば射殺そうとしていた。

目を細めて櫓を仰げば――七手組の一人、野尻助右衛門《のじりすけえもん》の猿の骸骨のような、小さく細い影と、体に不釣り合いなほど大きく太い弓がみとめられた。

三沢家七手組・野尻助右衛門――家中一の弓の名手で指矢（速射）、遠矢（幾町もはなれた的に正確に当てる矢）、双方を得意とし騎射にも秀でる。

ただ、出雲一の弓の名手は……真木上野介か阿用《あよう》の桜井宗的《さくらいそうてき》だろうと言われていて、そのことが助右衛門は許せぬらしい。毎朝、朝飯前に三百本の矢を射るのはよいとして、役目を終え夕方になると何処ぞの村や林に入り、カラスや鳩《はと》を次々に射るというのはいただけなかった。この男を見ただけでカラスや鳩はさっと逃げてゆくのである。

ちなみに助右衛門は――小鳥だけは射ようとはしなかった。

小鳥が好きな出雲守護・京極政経をおもんぱかり三沢為信がよくよく言い聞かせたからと言われている。

下川瀬左衛門はほとんど誰とも口をきかない野尻助右衛門が苦手であった。何か一つの執念に囚《とら》われて鬼となってしまった者を見るような、心地がするのである。

助右衛門の鋭い視線を浴びながら瀬左衛門は門を潜る。

往来に、出た。

里御殿の築地《ついじ》にもたれかかったりしながら幾人かの警固の士がしゃがんでいた。

だが、彼らをたばねる者の姿は、ない。

赤い鞘に入り柄が朱色のあざやかな鉤槍《かぎやり》が築地に立てかけられていた。

持ち主はと瀬左衛門が目を動かせば——婆娑羅《ばさら》な衣をまとったその男、武田権次郎《ごんじろう》はうら若き尼にしつこくつきまとい……声をかけているではないか。

尼に袖にされた武田権次郎はこちらにすたすたやってきて瀬左衛門を見ると、異様なほど明るい笑みをこぼす。

三沢家七手組・武田権次郎——若狭武田家の血を引くというが、根拠はない。

この男の言葉は何処かに飛んでいってしまいそうなほど、軽い。

歳は四十がらみ。無類の女好きで、女と見れば、童女か姥でなければ、さっと飛びつき、ぐいぐい口説こうとする。そして次から次へ相手を替える。妻子は、いない。

水軍の軍法にもかなりくわしいから、若州《じゃくしゅう》武田家というよりは比較的身分の低い武田の家来筋の出で、身をもち崩して海賊となり……海原を西に流れて出雲まで漂ってきた男だと瀬左衛門は見ている。

嘘《うそ》が多い武田権次郎だが——鉤槍の腕は、本物だった……。

「おお下川殿ぉ」

ととのった顔を大きくほころばせ、両手を広げ、刎頸《ふんけい》の交《まじ》わりをかわした相手を見つけたような様子で権次郎は近づいてきた。

紅の地に赤と緑の瓢箪がでかでかと辻が花染され、金糸で打出の小槌《こづち》、銀糸で大蛸《だこ》が縫われた怪しい小袖をまとい、朱漆塗りに金の割菱という鞘に太刀を入れた権次郎、高い声で、

「どうなりました？　山中勘兵衛」

「某がしばしあずかる形になった」

「そうでござるか。下川殿の娘御は……今年たしか、十五でござろう？　危なくありませぬか？　勘兵衛などおって」

権次郎は尖った顎を小指でひょいひょいさすりながら言う。

「某が下川家に入って警固しましょうか？」

軽い言葉が、二人の間を、浮遊する。

「いや結構にござる。勘兵衛と某、旧知の仲にて」

――お主がきた方がよほど危ないわ。

「それに貴殿にはこの門の警固という大切なお役目があろう」

下川瀬左衛門の言に、武田権次郎は、

「——ふ。相変わらず固いことを言われる」

顎の下を動いていた小指が、止まる。権次郎は真剣に耳打ちする。

「ところで……わしも貴殿も大好きな尻がたっぷりした女子がおる所を見つけましてな」

尻がたっぷりした女が好きだなどとこの男に言った記憶は、ない。

「杵築の方です。今度、一緒に……」

瀬左衛門は権次郎に、

「結構。某、亀嵩の守りを殿からまかされておるし、勘兵衛も見張らねばならぬ、御免」

にべもなく言い放った瀬左衛門が広く厚い背を向けると後方で、

「どうも枯れ野のような……よのう……」

などと権次郎が放言し彼《か》の遊び人の取り巻きどもが哄笑《こうしよう》する声がした。枯れ野のような寂しい男と言いたいのか。結構。あだ花ばかり咲かせておっては、戦場《いくさば》で散らされるぞと言いたい。

七手組はその頂に君臨する野沢大学は別格として残り六人の間には微妙な対立があった。決して一枚岩ではない。何故なら彼らは常に競争に晒されている。己ら以上の武勇、才覚がある者が下にいれば、いつお役御免になるかわからぬという危機感が瀬左衛門にはあった。

為信と七手組の将たちも――固い信頼でむすばれているわけではない。

七人は莫大な俸禄《ほうろく》でつなぎとめられているにすぎない。為信は、野尻助右衛門の鳥殺し、武田権次郎の漁色など、勇将たちの素行についてはとやかく言わない。戦働きで結果を出してくれればよいと、思っている節がある。

だが、一方で為信は――戦場で結果を出せぬ者には冷厳であった。一つでも落ち度あらば、冷ややかに切りすてるようなところが、為信には、ある。ふだんの振る舞いは別として、役目については、どんな細かいところを為信に突かれるだろうという不安が、いつも家中に漂っている。

――尼子経久殿は違うと思うておったのだがな……。

亀嵩への帰路、瀬左衛門は密かに思った。

敵である尼子家では経久と家来の一人一人が不思議なほど温かい絆でむすばれているような気がしていた。経久という男は家来との絆を、いきなり冷厳な刃で切らぬ気がしていた。

……だが、勘兵衛の一件が真ならば……尼子経久も……。尼子の動揺は我らとしては喜ぶべきことのはず……。何故だろう？　何ゆえわしは寂しい気がするのであろう？

と思った。

ともかく勘兵衛が如何なる料簡で亀嵩にきたか少しでも早く見きわめねばなるまい
瀬左衛門が亀嵩にもどると、家人から、

「黒正甚兵衛が山中殿の御母堂、妻子を捕らえ月山富田城の牢に入れたようです。尼子の郎党の中には……経久公も人もなげなお振る舞いをされることよと、陰口叩く者も出はじめたとか」

まだ……勘兵衛には告げていないという。いよいよ焦げ臭くなってきた富田方面の様子に鼻をひくつかせた瀬左衛門、薄い眉を顰め、

「……あいわかった。勘兵衛にはわしから話す」

白地に茶の朽木模様がほどこされた襖には茶色い染料を水に落としたような汚れや娘が幼い頃、書きなぐった落書きが見られた。葦手《あしで》といって、葦の葉に似せて仮名を書き、字を学んだ跡だ。その襖を開けると、突き上げ窓から差し込む血色の西日の中、板間に胡坐をかいた勘兵衛は薄暗い影になっていた。頬杖をついているらしい。瀬左衛門の妻が置いたと思われる鉢に入った枇杷《びわ》には一つも手をつけていない。

対面に腰を下ろし、瀬左衛門は、

「そなたをわしが匿うこと、殿のお許しをいただいた」

「かたじけのうござる。この御恩……いずれきっちりお返ししたい」

「真に言いにくいことじゃが……尼子はそなたの御母堂、妻子を捕縛し牢に入れたというぞ」

「…………」

瀬左衛門は心を読もうと――馬面をのぞき込んだ。勘兵衛はしばし無表情で凝固している。やがて、深い溜息をつき、

「二度……過《あやま》った。この勘兵衛ほどの者が――仕えるべき主を二度過った。人の一生とは、ままならぬものよ」

悲しみと、絶望、悔しさがないまぜとなった面差しだった。

同じ武士としての深い同情が瀬左衛門の中で湧いている……。勘兵衛は謀者ではなく真に尼子領を追われたのではないかという思いが瀬左衛門の中で勢力をましていた。

＊

五月。

山里の田植えもすっかり終わった日の夜、黒漆が塗られた枕に頭を乗せた勘兵衛

は、蛙《かえる》の声を聞きつつ、ギョロリとした大眼を剝き、闇に呑まれた天井を仰いでいる。

勘兵衛の中で今、三沢家、七手組が、截然《せつぜん》たる鉄壁となって立ちふさがっている。

……三沢一門。本朝一の製鉄《てつ》の家。元より強敵と思うておったが内に入ってみてひとしおその強さを感得できた。わしは殿の御下命通り三沢を上手く誘えようか？

牢に囚われている家族に思いを馳せる。三沢に芝居で潜ること、勘兵衛が逃げた後、囚われることを、家族は承服済みだ。老母も妻も十九歳の倅も、固く納得した上で経久に囚われていた。

『殿のお役に立てるなら……我ら喜んで、つとめを果たしまする』

母も妻もそう言ってくれたのだ。だが牢番は何も知らぬから、旨いものが饗されることなどなかろう。盗人を捕らえた時に出される粗食だけであろう。経久の意を受けた者が密かに守ってくれるのだろうが、乱暴されぬかも心配だ。

老いた母と明るい気性だが体はあまり丈夫ではない妻の身が心配な山中勘兵衛だった。

三沢領に入って一月だが——尼子方からの接触は、ない。

下川家で平侍としてはたらく勘兵衛は己の周りに仁多郡鉢屋の監視網が張られていると気づいている。これは乱破と思う山伏や商人を、身の周りで見かけた。だがいくら武芸に秀でる勘兵衛とはいえ、草の道の者ではないから全ての忍びを見切っているとは言い難い。

味方の連絡人《つなぎ》が蛾《が》か蝶とすれば――勘兵衛は蜘蛛《くも》の巣《す》の向こうにいる。ねばつく罠に引っかかり捕食されるのを恐れているのだろう。

と、

「……勘兵衛……」

夢魔の囁きかと思い、答えなかった。だが、

「……山中勘兵衛」

地の底から男のかすかな声が立ち上っている。

――床下か？

勘兵衛は、囁く。

「誰《たれ》じゃ？」

「笛師銀兵衛じゃ。――声は、出すな。わしの声は外におる者どもに聞こえぬが、お主の声は聞こえる恐れがある。故にわかったという時は小指で一つ小さく床を叩け。否という時は小指で二度叩け。いずれお主の話を聞く時もこようが、今はこれが精いっぱいじゃ」

勘兵衛の小指が――心得たりと真に小さく答えた。

「うむ、呑み込みが早いな」

山中勘兵衛と鉢屋者・笛師銀兵衛は月山富田城奪還作戦で面識があった。だが、それを面識と言いあらわしてよいか定かではない。鉢屋弥三郎曰《いわ》く、銀兵衛は、歳若の乱破だが、鉢屋衆随一の腕前をもち、百の顔をもつ。……勘兵衛が知る銀兵衛の顔が、真の顔か否か、知れぬ。

「俺が経久とそなたの間の連絡《つなぎ》をおこなう」

「…………」

「無礼とか思うておるのだろ？」

苦虫を嚙み潰したような顔の勘兵衛、指で二度、床を叩く。

笛師銀兵衛は尼子経久の家来ではない。頑《かたく》なに臣従をこばみ、自由の身でありながら、何故か経久に手を貸している摩訶不思議《まかふしぎ》な忍びであった。武家社会の鋳型にこの男をはめ込むことはできない。

「昨日まで恐ろしい乱破がお主を見張っておった。乞食の童じゃ」

たしかに物乞いの少年を幾度か見た気がする。だが、それが忍者とはつゆ思い寄らなかった。

「今、お主を見張っておる三人の者を合わせたよりもずっと、わしはそ奴が恐ろしい」

これが——忍者と武士の決定的相違である。勘兵衛は仮に己より武道の心得がある少年武士がいても、その子を恐ろしいとは、口が裂けても言わない。誇りが許さぬのである。だが銀兵衛は堂々と子供の忍びが恐ろしいと打ち明けている。

何に価値を置くかが、まるで違うのだ。

「──今日からそ奴はいない。三沢の中でお主への警戒が一段下がった。これはむろん、よいことじゃ。いま一つ、牢におるそなたの家人、皆無事ぞ」

勘兵衛の面貌を安堵が走る。

「今宵はそれだけつたえに参った。さらばじゃ」

下川家をそっと抜け出た銀兵衛はその後、横田のたたら場に置かれた兵力をしらべ上げ、さらに三沢領深くまで潜入した。銀兵衛は老山伏に化けていた。

頭に頭襟《ときん》。鈴懸をまとい、長い銀髪、銀の髭を垂らしている。手には最多角数珠《いらたかじゅず》を巻き、錫杖をついていた。足には脚絆《きゃはん》を巻き八つ目の草鞋をはいている。

老山伏に化けた銀兵衛は初夏の日差しの下、青田にはさまれた一本道を歩いていた。

青田には白く長く優雅な首をのばした鷺が何羽も絵画的な静けさで佇立《ちょりつ》していた。

きっとオタマジャクシを食いにきたのだ。

鷺どもの狩場たる青田の向こう──つまり銀兵衛から見て左奥と右奥には奥出雲の

青き山が並んでいた。

左前方、童女が狭い水路をのぞき込み小枝を突っ込んだりしていた。その先、青い田んぼの中に、樹がぼうぼうに生えた黒緑の島のような、丸っこい樹叢がある。恐らくスダジイや白樫《しらかし》、杉などが茂った、社叢であろう。

——怪しい。

銀兵衛の面にかすかな険が走っている。

後ろから歩いてくる三人の百姓が気になっている。一人は老いていて、二人は若い。老いた男は竹籠を背負い、若い一人は天秤棒《てんびんぼう》をかつぎ、いま一人は鍬《くわ》を屈強な肩にかついでいた。何の変哲もない百姓どもだが、全員草鞋履きなのが引っかかる。旅に出るのでなければ一年中、裸足ですごす百姓、商人が多いご時世なのである。

後ろの三人を気にしつつ前進する笛師銀兵衛。前方でも——妖気が漂った。

女が三人、例の社叢から現れ、銀兵衛がいる街道とお宮の森をつなぐ橋のような塩《あん》梅《ばい》の畦道《あぜみち》をすたすた歩みはじめていた。

百姓女ではない。

頭に、黒い塗り笠。髪は禿《かぶろ》にし、純白の千早という衣を着ている。紅の袴。首からは金の鉦《しょう》を下げ草履をはいている。

杵築大社の巫女《みこ》であろう。諸国勧進の巫女に見えるが怪しい百姓と呼吸を合わせるかのように出現したところを見ると、ただの巫女ではなさそうだ。

銀兵衛は水路をつついている童女のすぐ傍まできて足を止めた。童女に、

「何をしておるのかな？」

嗄れ声で問う。後ろの百姓、前の巫女は——銀兵衛に寄ってくる。

童女は銀兵衛を見もせぬ。

「ミミズが白くなって死んでいる……。そいつを、源五郎が寄ってたかって食っている」

その様を小枝でつつきながら見ていたらしい。

「貴方は……何をしていたの？」

「…………」

初夏の風が青田を吹きすぎて青い葉の波がどっと立つ。童女は、冷ややかに、

「——何を見に、山を降りたの？」

言うが早いか童女から銀兵衛に殺気が、突き出された——。

枝。

少女がもっていたのは、ただの枝ではなかった。鉄を枝形に加工したものだったのだ。童女は、その鉄枝の鋭い二つの尖端《せんたん》で——銀兵衛の目を勢いよく潰そうとしている。

銀兵衛も、速い。

右足で童女が突き出した鉄枝を蹴上げ——そのまま足で疾風を起こし、童女の喉を突こうとした。

手応えは、あった。

が、街道に落ちたのは——みじかく切った一本の丸太。

身代わりの術である。

——奴か！　勘兵衛を見張っておった乞食の童。あの時は……男の子に化けておったか。

前から巫女三人、後ろから百姓三人、否、巫女と百姓に化けた仁多郡鉢屋が鍬、天秤棒に隠した手槍、忍び刀を閃《ひらめ》かせ、殺到してきた。

銀兵衛は煙玉を放った。

白煙が、街道に、上る。

煙が消えると……銀兵衛はいなくなっていた。

「あちらじゃ！　鷺が」

巫女の一人が叫ぶ。街道の南の田で二十羽近い鷺が一斉に飛翔している。百姓姿の鉢屋者二人、巫女姿のくノ一一人が南の青田に勢いよく飛び込むも——、

「ぐっ……」

巫女、そして百姓の形態《なり》をした乱破が泥田でたたらを踏み、くぐもった苦鳴を上げる。

銀兵衛は南の田に鉄菱をまいたのだ。

今、オタマジャクシや源五郎が泳ぐ、温い泥水の中の凶刃が——二人の者の足の裏から足の甲までを、ぶち抜いた。

南の田に入って銀兵衛を追おうとしたうちの一人、鉢屋者の老人は辛《から》うじてオオバコや蓼《たで》を踏み散らし畔で踏みとどまるも、その男の後ろ首から喉まで、赤い直線が、走る。

銀兵衛が投げた——棒手裏剣。

二人を戦えなくし、一人を屠《ほふ》った銀兵衛、北側の田の畔に叢に伏せって隠れていたが、もう水蜘蛛《みずぐも》をはき終えていた。

ミミズが死んでいるという溝から恐ろしい殺気が地面をかすめて迫る。

手矢。

——さっきの餓鬼か！

手矢をかわした銀兵衛は仲間を呼ぶ仁多郡鉢屋の指笛を聞きつつ別の敵が投げた棒手裏剣を的確によけ、泥田に飛び込む。泥に足を取られず、湿田を北に逃げ出した。

忍具・水蜘蛛は——水上をすべるための道具ではないと思われる。

当時の日本の平野の大部分をしめていた湿地、湿田（一年中水が抜けぬ田）、泥水に胸までつかる深田などで、足を泥に埋没させず自在に歩くための道具と思われる。

水蜘蛛をはいた足で歩きにくい泥田を風のように疾駆する老山伏こと笛師銀兵衛。まだ、動ける仁多郡鉢屋四人は二手にわかれた。二人は水蜘蛛——死んだ老人がかついでいた籠に入っていた——をはく。もう二人は水蜘蛛をはかず泥田と泥田の間——畦道に向かう。で、その一人、黒い塗り笠をかぶった巫女は千早に隠すように背負っていた小弓を出し、畦道に飛び込みながら、目を細めて毒矢を射ている。

若き女が射た矢は真っすぐ空《くう》を裂き逃げる老山伏の首に命中。血を噴出させながら——山伏は倒れた。

「気をつけてたしかめよ！」

ぞっとするほど美しき女は高らかに命じる。傍らには、老山伏の目を突こうとした童女の忍び・星阿弥《しょうあみ》が、いる。足を止めた星阿弥は険しい目で辺りを厳戒していた。

一重で大きなきりっとした目をもつ星阿弥は琥珀《こはく》色の瞳で注意深く田を睨む。その少女に、銀兵衛を射た女が、

「あれはたぶん、笛師銀兵衛。三、四回寝たことがあるけど……いい男だった。殺すなんてもったいなかったかもねぇ」

妖美なる女は牡丹《ぼたん》のような色香が漂うかんばせをほころばせた。

北の田にも鷺がいる。騒ぎに恐れをなしたその鳥たちは編隊をくんで空に弧を描いたが、より遠くの稲の中に着地する。水蜘蛛をはいた下忍二人が銀兵衛の骸にゆっくり近づいていた。

死んだはずの男の逆襲を用心しながら、星阿弥は、

「香阿弥《こうあみ》。銀兵衛は百の顔をもつのでしょ？　貴女が寝た銀兵衛が、真の顔かどうかなんて、わからないでしょ？」

匂いすぎる花を厭《いと》うような顔で、言った。

星阿弥、香阿弥――仁多郡鉢屋百人の頂に君臨する十阿弥の紅二点である。

星阿弥よりも一回り以上年上ですらりとした長身の美女、香阿弥は少女忍者を見下ろして、血色の紅を濃くさした唇をさらに大きく笑ませている。

「貴女ってこういう話を必ず嫌がるのね？」

「………」

「可愛い」

小柄な星阿弥は肩をすくめ、

「うるさい。わたしは余計なことを、覚えたくない、だけ」

言った瞬間――青田で爆発が起き、銀兵衛の屍《しかばね》をたしかめにいった下忍二人が四肢を引き千切られて吹っ飛んでいる。

さっき着地していた鷺どもはまた叫びながら空に舞い上がった。

そして、

「はっははは！」

愉快気な哄笑が鳥が飛び去った辺りから湧き、黒く小さな影が青田を疾走。北側の山林に飛び込んだ。

「――そうやすやすと死んでくれぬか、笛師銀兵衛」

吐きすてるように呟いた香阿弥の顔からさっきまで濃厚に立ち込めていた色気の靄《もや》が消えている。獰猛《どうもう》な女豹《めひょう》の顔であった。

香阿弥は、星阿弥に、

「いくよ。十阿弥の名にかけて、あの男が二度と顔を変えられぬように、してくれよう」

畦道を疾走しはじめた二人の速さは――尋常でない。

香阿弥の手には鎖の先に鋭い鉄爪がついた「龍吒《りゅうた》」がにぎられていた。星阿弥はいつの間にか長さ三尺三寸（約一メートル）の鋼の「打ち払い十手」をにぎっている。

打つ、受ける、突く、ができる、よくしなう危険な武器だ。

走りながら星阿弥は思う。

——音阿弥《おとあみ》がさっきの合図を聞いたなら銀兵衛の逃げ道をふさぐ形で、まわり込むはず。それにあの止め山は……罠山。いくら銀兵衛でも、逃げられぬ。

止め山——領主によって伐採、無闇なる立ち入りが禁じられた山である。

前をゆく香阿弥が、

「罠の所在は？」

「全て頭に入っている」

「たのんだよ。あたし、あんたと違って、忘れっぽいから」

八大菩薩の一つ虚空蔵《こくうぞう》菩薩は——梵語《ぼんご》でアーカーシャガルバといい、明けの明星そのものと考えられた。虚空蔵菩薩は記憶力をつかさどる。弘法大師《こうぼうだいし》・空海《くうかい》は虚空蔵求《ぐ》聞持法《もんじほう》により驚異的な知力を得たとつたわる。

仁多郡鉢屋の頂に君臨する十阿弥の一人、星阿弥の星は明けの明星、すなわち……虚空蔵菩薩に由来する。

星阿弥は一度聞いた話を完璧に覚えることができる。

一度読んだ書物は、正確に諳《そら》んじることができた。

それだけではない。

一度、見た景色は細部にわたって克明に記憶、幾年《いくとせ》も後に一点の間違いもない絵に起こせた。

これは戦国時代の忍びにとって……極めて重宝される能力と言っていい。

何故なら、忍びが敵城や、敵館を偵察に行った時、人間の記憶力には限界があるため、どうしても絵図、暗号文として記録する必要がある。

星阿弥にその必要はない。たとえば月山富田城を星阿弥が偵察に行けば、一度見ただけで……建物と兵員の正確な配置、詳らかな間取り、門、土塁、切岸、横堀、縦堀の所在と規模、それら相互の寸分の狂いもない距離を、絵図や暗号文をつくらずに丸ごと頭に入れて帰ってくることができる。

ちなみに星阿弥は一寸、一尺、一間、一町といった概念も寸分の狂いもなく記憶していた。——歩くだけで正しい距離がはかれるのだ。

仁多郡鉢屋・星阿弥——この少女、化け物じみた記憶力で多くの老練な忍びを差し置き、十阿弥の一角に名をつらねていた。

笹を蹴散らして駆けながら——山伏装束がばさっと脱ぎすてられる。鈴懸をかけられた笹どもが不快そうに悶《もだ》える。

銀兵衛の左手が長い付け髭をすっぽり抜く。

すると、どうだろう。一流の猿楽師の物着よりなお素早い手際で、走る銀兵衛は、いかにも取っつきにくそうな老山伏から、全く別の男になりおおせていた。

四十がらみの人がよさそうな樵だ。

樵、銀兵衛は、いつから敵に気取られたかについて考えている。

横田のたたら場を窺った時からなら左程障りない。勘兵衛との接触により、三沢の忍びに目をつけられたなら大変な事態《こと》だ。そうならば、今頃、勘兵衛は斬られ、雇い主、経久の謀略は水泡に帰している。

……全くあ奴にやとわれたおかげでとんだ目に遭っておるわ！　これはたっぷり、礼銀をいただかぬと。

悪態をつきながら何処か楽し気な笛師銀兵衛だった。

瞬間――銀兵衛の足は大地に呑み込まれそうになった。

落とし穴が口を開けたのだ。銀兵衛の左手は苦無《くない》と呼ばれる忍具を近くの栗の木に突き立て、右手は、鎖鎌をうねらせ遥か頭上の梢に巻きつかせて、その二点を支えとし、引きずり込もうとした死から、身をはなす。

ふう、と息つく暇もなく、次の罠が目に入る。

――縄。

地面から半尺ほど上にピンと縄が張られており木に巻く形で張られたその縄の左右には、鳴子が吊られている。さらに縄の前方には落ち葉に埋もれるようにして鉄の角のような突起が幾列も並んでいた。恐らく頑丈な板に、凶刃を幾列もつけた、地獄の責め道具のような罠。

……よほど性悪な野郎が仕込んだ罠だな。

銀兵衛を苦しめている罠は野沢大学が十阿弥に下知し、そこかしこの止め山にもうけさせたものだった。今のように忍び返しにもつかえるし、山中を潜行しての敵の奇襲をふせげもすると大学は思案していた。

暗く湿った悪意漂う中、走る銀兵衛、縄を横回りもしないし、飛びこえもせぬ。近くにあった鬼胡桃《ぐるみ》の樹に飛びつくと――するする登りはじめた。

……樹の上をゆく方が安全だ。

音もなく樹上の人となった銀兵衛は葉群に溶け込む。天然の緑の隠れ家に潜んだ銀兵衛はめまぐるしく思案する。

……こういう場合の定石は何だったよ？　弥三郎の親父。

師であり、育ての親でもある弥三郎を思い出す。

眼窩が窪んだ、あの陰気な小男ならこう言う気がした。

『――もどれ。その香阿弥なる者の方へ。まさかもどってくると思わぬゆえ、敵に虚が生じる。その虚を衝いて逃げることもできるし……殺すこともできる』

銀兵衛は心の中で頭を振る。

――もどらぬよ。お師匠さんよ。香阿弥が殺すに惜しい女だから？　まあ……たしかにいい女だが、そいつは違う。

一年前、まだ鉢屋弥三郎が京極政経に仕えていた頃、京極の富田鉢屋と、三沢の仁多郡鉢屋は、ある仕事を協力してこなした。敵意を燃やし合いながら、共にはたらいた。出雲国内の国人地侍に尼子再興の動きなどないかをしらべたのだ。

その仕事で銀兵衛は香阿弥と知り合い、幾度か肌を合わせている。

ちょうど今のような森の中で、耳鳴りがしそうな蟬時雨《せみしぐれ》を聞きながら、草汁と汗に塗れ、あの細身の女の喉に舌を這わせ、碗に丁寧に餅米を盛り、それを裏返しにしてとんと据えたような乳房を――揉みしだいた。

そのつながりを理由に香阿弥に情けをかけるような甘さは、銀兵衛にない。

香阿弥も同じであろう。

だが銀兵衛は――あの女が他の忍びに殺されるのは我慢ならぬ、香阿弥を殺すのは自分でありたいというおよそ常人にはわかりかねる……忍者特有の不思議なこだわりをいだいていた。

——もどれば香阿弥は確実に俺に気づく。あの女だけでも厄介だが、餓鬼もいる。女豹にくわえ化け猫の子まで相手にする寸法。……一人で殺《や》れぬこともなかろうが、怪我はしような。尼子経久のためにこの笛師銀兵衛が怪我するなどどうにも癪《しゃく》な話よ。

黒い付け髭の中、ニヤリと笑んだ銀兵衛は四囲に注意を走らせるや樹から樹へ——猿《ましら》の如く跳び移る形ですすみ出した。

武士が誇りを賭けて戦うような局面でも逃げ得る一穴があるなら忍者はその穴に潜る。戦いを回避して——逃げる。

何故なら戦うことではなく生きて情報をもちかえることが務めだからだ。

無様と言われようがそれが忍びの役目なのだから仕方ない。

銀兵衛としては、まず勘兵衛の所にもどり、無事をたしかめた上で、月山富田城に生還——経久に三沢領での一切を報告せねばならない。

猿になり切り森を潜行した銀兵衛だがしばし動いた所で木の葉隠れして静止した。

左手で幾羽かの鳥の声が……する。オナガに山雀《やまがら》。

彌《いよ》よかな裏白樫に隠れた銀兵衛の鋭すぎる聴覚は何かそこに異物感を覚えた。

森を生きる鳥の声の中に、人為がふくまれている気がした。

乱破が、鳥の声をつかって仲間を呼んでいるのか？

銀兵衛はじっと動かず、事態を見極めようとしている。

と、怪しさが漂う鳥声が全く逆方向、右手でした。オナガの声だが何かが違う。香阿弥《あいつ》らか？

——二人目？　この銀兵衛にそうやすやすと近づける者が、二人も？

次の瞬間、また左でも怪しい鳥声が、した。同時に猿の鳴き声まで前方でした。

こうなってくると猿の声も怪しい。どれが真の禽獣《きんじゅう》で、どれが乱破の声か、わからなくなる。

「…………」

銀兵衛は摩利支天《まりしてん》の真言を唱えながら精神を統一している。

弥三郎の話を、思い出していた。

『鉢屋流の古法にあらゆる音をつかうという術がある。我らもいくつかの鳥の声や、蛙の声を真似るが、桁が違う。その術をつかう者は……千とも万とも言われる音を己の口や体から出し、さらに別の方角から起こった音のように聞かせることもできたのじゃ。もうつかう者もいなくなった古い術じゃ』

悪魔が出す音に惑わされず心を無にした銀兵衛は上を睨んだ。

銀兵衛がいる樫の樹の上方に、灰色の忍び装束を着た小男が一人、へばりついていた。

小男は吹き矢を口に当て、まさに銀兵衛に放たんとしていた――。

銀兵衛は、さっと飛翔、同時に矢が放たれる。

別の樹に向かって跳んだ銀兵衛は宙をゆきながら小男が抜刀し後ろから跳んでくる気配を嗅いでいた。

樹皮、枝葉が、肉迫してくる。

刹那――目標の樹を殴り、蹴るような動きを見せた銀兵衛、体をくるりと反転させて、跳んできた敵に逆襲している。

鎖鎌を一気に振って足の動脈を裂き致命傷を負わしている。

足を大怪我した小男――銀兵衛は知る由もないが十阿弥の一人、音阿弥――は、血《ち》飛沫《しぶき》散らして着地するや、手で傷を押さえながら、体に力を入れ、大音声で吠えんとした。

音を自在にあやつるらしいこの男が出す大声、どれほどの声か。

だが、その声は抹殺された。

着地した銀兵衛が鎌と反対側についた分銅で、男の脳天を後ろから打ち据え、ぐっとくぐもった声をもらした喉を――止《とど》めとばかり横薙《な》ぎした鎌が赤く貫いたからである。

小男は斃れた。

と、頭上でまた、嫌らしい鳥声がして、銀兵衛ははっとそちらを睨む。

一羽の尾が長い鳥が首をかしげ男の骸を悲し気に見下ろして鳴いていた。

オナガだ。

だが、このオナガは他のオナガと違う声、人がオナガの真似をしているような、奇《き》怪《かい》な声を放つ。

……そうかこの鳥……。

死んだ男をちらりと見、

……わざと怪しい声を出すように仕込まれておったか。こ奴は己で音を出すのみならず、鳥までつかっていたか。

オナガが凄まじい大声で鳴きだした。仲間に、小男の死を告げようとしている。仲間とは、当然、鳥ではない。鉢屋衆だ。

銀兵衛はオナガに棒手裏剣を放つも、尾が長い鳥はさっと飛び去っている。

今の声で敵は呼ばれた。己こそ、逃げねばならない。

罠に用心して走るため最高の走力は出せぬ。

半町ほど行った所で三人突進してくる気配を覚えた。

前から、二人。

左から、一人。

灰色の忍び装束を着た仁多郡鉢屋だ。銀兵衛は左からくる敵に左手で棒手裏剣を投げて始末、前から迫る敵には鎖鎌を振るっている。

空《くう》を掻いた鎌が、一人目の喉を横に切断。二人目の双眸に、ざっくり深い溝をきざんで、抉《えぐ》り潰している。

鎌と反対側についた分銅が目を潰された男の顔を打ち据える。

三人の敵が、バタバタと倒れた。

銀兵衛は目を潰し、顔を打って制圧した敵を跳びこえようとした。と——最後の力を振りしぼったそ奴の手が動き……銀兵衛の脛《すね》を、にぎった。その男は「角手《かくて》」と呼ばれる忍具を指にはめていた。角手は釘のような突起が突き出た鉄の指輪で——相手の手や足をにぎり、戦力を奪う。毒を塗ってつかうことが多い。

銀兵衛はその敵の喉を踏み潰して止めを刺すと、足から血をこぼしながら数歩駆けた。

血液が裏白樫のその名の通り裏が白っぽい落ち葉にしたたる。

思いのほか深手で激しい痛みが足を走っている。

三尺手拭いを出し、怪我したところに巻く。痛みに耐え少し走るも銀兵衛は微弱な体の異変を覚えた。

……痺《しび》れ薬か。

このままておけば痺れはいよいよ強くなり、足をもつれさせる。

赤松に裏白樫、クヌギなどの茂る森をいく銀兵衛はヤブニッケイ、姫青木がつくる青い藪《やぶ》を見つけ、塵や昆虫が付着した蜘蛛の巣を些《いささ》かも破らぬように注意して潜り込む。蹲《うずくま》る姿で藪に隠れた銀兵衛は毒消しを飲んだ。

その時だ。

銀兵衛の第六感は、森の中、足音を殺して近づいてくる幾人かの忍びを察知した。

それらのひんやりした気は……近づいてくる。が、銀兵衛の所在を正確に知っているわけではなさそうだ。

銀兵衛は息を殺し――青き藪の底にある苔むした岩にならんとする。

よい香りがした。

……香阿弥か！

その香りは銀兵衛の脳や神経を――温かい羊水となってつつみ不気味なほどやさしく囁いてくる。

……眠りなさい。もう、寝ていいのよ、と。

銀兵衛は――術にはまり、不覚にも、まどろみかけた。

――いかんっ。

懸命に唇を噛み正気をたもつ。だが崩れかけた銀兵衛の体はヤブニッケイの葉を音を立ててこすった――。

仁多郡鉢屋十阿弥の一人、香阿弥――この女、様々な毒や薬に通じ、人を眠らせたり、淫らにさせたり、錯乱させたり、苛立たせたりする、数多の香りを自在にあやつる乱破であった。

香阿弥のすらりとした足が銀兵衛が潜む藪の前で止まっている。

鎖鎌をにぎった銀兵衛、眠気、痺れと戦いながら、香阿弥との死闘を決意した。香阿弥が膝をおる。

かがみ込んだくノ一と銀兵衛の目が青い葉越しにたしかにまじわった。

香阿弥が舌を出す。なまめかしいその舌は、自らの下唇を、ゆっくり横に舐める。

銀兵衛は森の粘液と汗に塗れながらこの女と絡み合った刹那を、あざやかに思い出していた。

香阿弥の白い尻が、閃くように眼裏をよぎっている。

銀兵衛の下腹は……どういうわけか、熱くなっている。

――殺される。

と、思った。

銀兵衛は歯を食いしばり跳びかからんとした。瞬間、香阿弥の真っ赤な唇に白い指が当てられた。

静かにして、という仕草をおくった香阿弥は、一瞬、微笑み、冷然たる声で、

「――この辺りにはいない！　遠くに逃げたようよ」

さっと身を起こし仲間の許に去ろうとした。

――何故、助けた？

銀兵衛は強く打ちのめされたような気持ちになった。

――俺なら、助けぬ！

赤黒い怒りが、湧出している。香阿弥に……殺すに値せぬ相手と見下された気がした。

――俺ならお前を殺したぞ、香阿弥！

怒気を香阿弥のすらりと美しい背中にぶつける。

すると、香阿弥は、顧みた。

だが彼女のやや下に垂れた二重の細い目に何の感情の火も灯っていない。

敗北感に打ちのめされた銀兵衛は二刻ほどその場所を動かず、敵の気配が完全に森から絶えてから、動きはじめている。

亀嵩にもどった銀兵衛は山中勘兵衛を夜通し見張る鉢屋衆の姿、翌日、下川瀬左衛門の供をして亀嵩城に向かう勘兵衛を確認している。

勘兵衛が諜者だと敵はまだ気づいていない。勘兵衛との接触後の銀兵衛の何かが、仁多郡鉢屋の鋭い目に留まり、襲撃につながったのだ。

容易ならざる敵であった。

月山富田城にもどった銀兵衛は経久に復命した。

経久は、銀兵衛に、

「やはり……三沢領の諜報と、勘兵衛とのやり取り。二つの大仕事をそなた一人でやるのはむずかしいのでないか？」

と言い、居合わせた弥三郎も深く同意するも、銀兵衛は、

「いや、俺ならやれる。此度はちと油断したため……連中に気取られた。同じしくじりを二度する笛師銀兵衛ではない。そこは信じてほしい。その代わり、約束していた銀の倍は頂戴する」

仁多郡鉢屋への対抗心をめらめらと燃やす銀兵衛は自ら二つのむずかしい仕事を引き受けたのだった。

さて、山中勘兵衛出奔と勘兵衛の一族の入牢は尼子家に大きな土砂崩れを起こすのでないか、そんな期待を近隣の敵にあたえた。京極政経、三沢らの国人、そして伯耆

山名家などは固唾を呑んで尼子が崩れる音に耳をかたむけている。

だが尼子は動揺したものの――崩れなかった。

こうなると政経は尼子討伐を国人に強く迫るほかなかったが国人の反応は鈍い。三沢為信に言いふくめられた国人衆は経久が、京極政経弑逆《しいぎゃく》という悪手を打つ日も近いと踏んでいた。山中家に対する経久の態度は図に乗り横暴になり出したという印象を周りにあたえたため左様な錯誤を犯すだろうと見られたのだ。

だが、経久は――月山富田城の拡張、山中の新御殿建造に夢中になっており、政経に手を出さない。

尼子の侍は囚われた山中一族への同情、京極家は尼子への怒りと国人への苛立ち、国人衆は動かぬ経久へのもどかしさ、多くの武士が尼子経久によって感情を掻き乱される中、事件は、起きた。

その大事件が出雲に起きたのは七月であったとつたわる。

京極政経が――出雲から、消えたのだ……。

政経は出雲に来てから辛い日々に苦しんでいた。

逆らいつづける尼子を、追放したまではよかったが、また、その復権を許して以降は目も当てられぬ。尼子を討とうにも、大幅に力を弱めた政経は、自力では実行できず、頼みの国人たちの腰も重い。

京暮らしが長かった政経の中で都への懐古が噴出している。

そんな政経に、上方から二通の文が、きた。

一通目は——都にいる一の家来、そして今や名ばかりの近江守護代となった、多賀高忠《たかただ》からだった。

高忠は先頃、ある厄介事を足利《あしかが》将軍家から押しつけられていた。

都の治安維持を務めとする京都侍所所司代の拝命である。警視総監のような役割だ。

『以前、つとめたこともあるお役目ですし、みどもも、もう歳を取りました。どうか若いお方に辣腕を振るっていただきたいと思うのでございます』

白髪頭の高忠は固辞したが……将軍家はしつこかった。

乱世の京を見渡した時、他にやってくれそうな者がいなかったのだ。

結局、都の治安維持は、高忠の肉が薄い双肩にゆだねられている。

これは大変な難事であった。当時の都は——血腥い盗賊の凶行と、土一揆が頻発していたからである。

老骨に鞭打《むちう》ち所司代としてはげんだ高忠だが、土一揆の黒幕、阿波《あわ》の三好之長《みよしゆきなが》なる武士を追ううち、重い病に倒れてしまったのである。

この高忠から、政経に、

「近江のご領地、出雲のご領地が、それぞれ凶徒に奪われたままでこの世を去るのは何とも無念至極にござるが……これが最後の文になるやもしれませぬ」

という悲劇的な手紙がとどき、さらに近江から、

「――京極高清《たかきよ》の近頃の増上慢見過ごせませぬ。我ら近江衆……政経様の御治世をきりに懐かしんでおりまする。何故、政経様ではなく高清めに与同したか……。あの頃の己らの決断が悔やまれてなりませぬ。虫のよい話とお思いになるかもしれませぬが、どうか近江におもどり下さいませ。さすれば我ら、政経様を主と仰ぎ、おささえ奉り、高清めを江北《ごうほく》の地から駆逐いたすべう候」

なる書状が甥であり宿敵である京極高清の重臣から――とどいたのだった。

この重臣は高清と諍いを起こしたため、北近江の主を政経にすげ替えようと考えたのだ。

出雲から逃げたいと思っていたところにこの二通の文がとどいた政経は、近臣に、

「もう……出雲を、出よう。京へ、参ろう。急ぎ上洛《じょうらく》して多賀にこの近江から参った書状について相談したい」

なよやかな政経は人がよさそうな丸っこい目を潤ませ鯰《なまず》髭をふるわせ、

「多賀は……麿《まろ》のためにようはたらいてくれた」

暑い盛りであったが青竹の籠に入れられた寵愛《ちょうあい》の鶯《うぐいす》が春を思わせる綺麗な声で囀ってくれた。

政経は鳥籠をさすりながら声をしぼり出している。

「またとない忠臣じゃ。多賀の死に目に遭えぬでは……麿の名が廃るわ。敵に気取られぬよう密かに上洛するぞ。支度をせよ」

このような次第で――京極政経は出雲から消えた。

ほとんど夜逃げ同然の退転で、三沢など多くの国人に何も知らせぬまま、わずかな近臣と女たちをつれ、出雲を出ていったのだった。経久は最後には戦わずして放を成し遂げたのだった。

八月、めでたい話が、拡張の土埃が舞う月山富田城を、明るくしている。

さなの懐妊がわかった。

一方、訃報も、とどいている。

経久の成長を奥出雲の隠れ里から温かく見守ってくれた祖父、真木弾正忠時が亡くなったのである。

祖父の死を深く悼んだ経久は、

「祖父殿《おおじ》。城を取るところまで見ていただいて……よかった。できれば――国を取るところまで見ていただきたかった。冥土の父上に又四郎がしかと月山富田城にもどったこと、お伝えして下され」

また同じ八月──都で、京極家をささえてきた大黒柱が、倒れ、京極政経を大いに嘆かせた。

すなわち多賀高忠が卒した。

東山時代屈指の教養人、近江屈指の武家貴族、高忠の前半生は、室町という優雅な時代にひたり切ったのどかな日々であったが……応仁の乱という大亀裂が走った後半生は、激動と言ってよかった。

近江の庶人との対立からはじまり、京極高清率いる反乱軍との死闘、出雲の反逆児・尼子経久への苦慮、都の権門を突き上げた土一揆との対決、その土一揆を煽動《せんどう》していた阿波の怪人・三好之長の追跡……こうやって並べればわかる通り、見事なほど一本の線で貫かれている。

下剋上《げこくじょう》──下から上への突き上げに対する苦闘である。

さて、高忠の子孫は政経に同道する者と、京にのこる者に、わかれる。

この京にのこった高忠の系譜から現れるのが俵屋宗達《たわらやそうたつ》と共に江戸初期に琳派《りんぱ》を打ち立てることになる偉大な文化人、本阿弥光悦《ほんあみこうえつ》なのである。

当の政経であるが高忠を看取《みと》った後、今まで四度《よたび》の敗北で政経を打ちのめしてきた生国、近江に入った。約束通り高清の家来の一部が蜂起。宿敵、高清を──北近江から追い出している。

だが甲賀に潜んだ高清はすぐに政経と裏切り者たちに逆襲、政経は高清相手の血の湖のような死闘に、溺れてゆくのである。

話を出雲にもどす。

九月二十九日。秋ももう終わり、山々の葉が紅《くれない》に燃える頃である。

久幸は——三十人の供をつれ、三沢領を東から大きく迂回《うかい》して、馬木の里に入った。

中国山地の高峰、比婆山をのぞむ馬木ではすっかり稲刈りが終わり、青く澄み切った秋空の下、稲株が並んでいた。里道と田の間には小さな水路と野菊や薬師草の花が咲いた畔があった。刈田の果てに山裾がふれ合う辺り、あるいは緑と赤と黄がせめぎ合う秋山の中から煙が幾筋か上っていた。

たたら場と炭焼きの煙だ。

三沢の襲撃に用心し、道中、硬く吊り上がっていた久幸の眉は、ふっと下がっている。

懐かしさが胸底で渦巻いていた。

城を追われ、兄と馬木のたたら場で、火の粉に巻かれ汗みどろになりながらはたらいた記憶、懸命に炭を焼いた日々、現せん、夏虫と共に傷病者を手当てした思い出が、久幸の胸を揺すっている。

久幸は祖父の四十九日の法要に兄の名代として馬木まできた。晴は葬儀に出たため、今日は月山富田城にとどまっている。晴まで行くとなると行列が大きくなり、三沢を刺激すると思われたのだ。

法要は明日である。真木屋敷につき、叔父、上野介に挨拶した久幸はさる場所へ向かった。

金言寺へ――。

この寺の隣につくられた今にも崩れそうな草庵が現せんの住まいだった。夏虫の家は金言寺にほど近く、日中は大抵、金言寺に顔を出し、かつぎ込まれた怪我人や病人を手当てしたり、現せんの指図の下、薬を調合したりしているのだった。

馬木の里は奥出雲のもっとも奥にあり金言寺は馬木のもっとも奥、比婆山の麓にある。

金言寺がどんどん近づいてくる。

金色《こんじき》が――坂道を登る久幸の瞳に入ってきた。

大銀杏だ。

極楽の黄金でできた樹のように黄葉した大銀杏はその巨大な総身から眩い光輝を放

っている。

金色の大銀杏の向こうに茅葺の小さな寺、金言寺があり、金言寺の左に、今にも崩れそうな庵があった。

……現せん上人の庵。あそこで兄上と暮らしたのだ。

この二つの建物は大銀杏の眩さを鎮めようとするかのように、森厳とした気を放っている黒緑の杉林を背負っていて、薄暗い杉林にわけ入れば馬木を見下ろす比婆山に登れる。

今、黄金色に燃ゆる大銀杏から秋の澄んだ陽に射られて落ちた葉たちが、光の蝶のように瞬きながら、刈安染《かりやすぞめ》にしたような黄色い地面に舞い降りていた。

その浮遊する葉の一枚を掌でつかまえた乙女がいる。その娘がまとうのは薄い刈安染の古びた苧《お》の小袖で、赤と深緑の大きな紅葉模様が辻が花染されていた。

娘は左腕に薬草をたっぷりつんだ笊をかかえている。

久幸は、小柄な娘に駆け寄り、

「夏虫！」

笊が——呆然とした娘の腕からこぼれて、黄色い地面に落ち、薬草がこぼれる。

「久幸……様」

久幸は夏虫を固く抱きしめる。

「よくぞ、恙なくいてくれた」

「……どうして？　あたしは……」

「この乱れた世ではなればなれでいるだけで、心配なのだ」

「……………」

だが久幸は──奥出雲の雄との戦がどうなるかわからぬ以上、三沢に真っ先に焼かれるかもしれない町、三沢に滅ぼされるかもしれぬ家に、この娘を入れるわけにはゆかないとも思うのだった。

腕にぎゅっと力を入れ、久幸は、

「何故、わたしが贈った小袖をまとってくれぬ？」

久幸は少し前、夏虫に──金糸銀糸で雪輪模様が描かれ、赤や緑や青の糸で鳥の模様が縫いこまれた薄紅色の絹の小袖を贈っていた。

「気に添わなかったのか？」

「……いいえ、とんでもない。あのような立派な小袖……この山里では目立ってしまいます。だからあたしはあの美しい小袖を長持ちに入れて盗人に取られぬよう縄でぐるぐる巻きして、神様の傍に置いて、朝起きると毎日お祈りしているんです」

縄でぐるぐる巻きにした長持ちの方が余計盗人に目をつけられるのではと思ったが、それは言わず久幸は、

「何を祈っておったのだ？」

夏虫から体をはなす。

夏虫は、ふくさな唇をふるわして、

「それは……」

口ごもると久幸がまとった赤褐色の正絹の直垂に厳めしく並ぶ銀の四つ目結が眩《まぶ》しいのか、目をそらす。左目の近くの傷跡を手で押さえて隠そうとする。

「おしえてくれ」

久幸は熱っぽい息を夏虫に吹きかけ、乙女の肩に手を添えた。夏虫は熱波にうな垂れた撫子《なでしこ》の如く頰を赤らめ、

「久幸様が御無事でありますようにと……ひたすらお祈りしておりました」

小柄な乙女は潤んだ目で久幸を見上げ、きっぱりと言った。

「なら何故、わたしからの文に返書をくれぬ？」

夏虫は久幸の問いに答えず、こぼしてしまった薬草を掻きあつめようとしている。

「何ゆえ……わたしから逃げようとする？」

「逃げようとは——」

抗議するように声を大きくした夏虫は薬草をあつめ終えると、笊をかかえて立ち、

「しておりませぬ」

「では、何故……」

久幸が問うと夏虫は黄色い地面を小さな足で踏み大銀杏の周りを歩き出す。左手で笊をかかえた夏虫は右手で銀杏の幹をなぞりながら、

「あたしは……備前長船の刀鍛冶、滝光の子。ですが、滝光の真の子ではありませぬ。滝光はあたしを……燃える家でひろいました。野武士の焼き討ちで燃えている小家から。それはたぶん百姓家にございます。あたしの真の親の名は、わかりません」

夏虫は寂し気に立ち止まる。

秋の陽が神々しい大銀杏の下に佇む夏虫の少し明るい色をした髪の毛を、清らに光らせていた。

夏虫はまた歩き出し、

「どんな先祖をもった二親だったか……まるで。恐らく先祖の名など、つたわっていなかったでしょう」

山里で多くの病める者を癒《いや》してきた乙女は悲し気に久幸を眺めて、

「久幸様の御先祖には……多くの名高い武将がおられます。夏虫には……眩しすぎるのです」

たしかに久幸の先祖には婆娑羅大名、佐々木《ささき》道誉《どうよ》など眩い武勲を打ち立てた武将たちが綺羅星の如くひしめいていた。

その久幸の先祖が眩しすぎる、だから久幸という光がとどかぬ所に行きたいと、夏虫は思うのだろうか……。

夏虫は言った。

「あたしより、もっと……」

その言葉を聞きおえぬうちに、久幸は一歩近づき、

「そなたが——必要なのだ。かつて公卿《くぎょう》は家柄を誇り、悪政で民百姓を苦しめた。その苦しみの中から産声を上げたのが、武士。鎌倉に幕府を開いた東武者《あずま》どもだ。だが、いつの間にか……武士の中から貴族が現れてしまった」

足利将軍家、それを補佐する政経を久幸は思い浮かべる。

「武士の中の貴族は同じ武士の軽輩を蔑む。そして、武士は百姓を蔑む。蔑みは——怒りを生む。この世は蔑みと怒りで溢れておる。その蔑みと怒りが極みに達し、戦乱となって燃え広がり、誰もその炎を消せなくなった。それが今の世だと兄上とわたしは考えておる」

憂いが、久幸の端整な顔を走る。

「兄上はこの大火を消すべく……出雲へもどられた。わたしはそれをおささえしたい。火を消すには、水だ」

孟子に、云う。

今の仁を為《な》す者は、猶《なお》一杯の水を以《もっ》て、一車薪《しゃしん》の火を救うがごとし。熄《き》えざれば則《すなわ》ちこれを水は火に勝たずと謂《い》う。

（今、仁をなそうという者は、杯一杯の水をかけて、車一台に山とつんだ薪の火を消そうとしているようなものである。火が消えなければ、すぐに水は火に勝てないというう）

孟子は世の中の荒廃のもとは、人の心の荒廃と考え、その荒廃を火にたとえている。

車一台いやもっと巨大な火を消すために、杯一杯どころではなく、もっと沢山の水を心の中にもてと言っているのだ。

経久のみならず久幸も孟子を愛読し領国を治める手がかりを得ようとしていた。

「何が水か我らは日夜考えておる。家柄や血筋で家来を登用するのではなく、武勇や知恵――すなわち実力や志を重視して取り立て大いにはたらかせる。あるいは、民百姓を苦しめ、世の中に恨みすらいだかせている重たい年貢、これをやわらげる。世の中に、希望をもたせる。兄上とわたしはこれらが……水たり得まいかと思うておる。そなたは思わぬか？」

目に涙を浮かべた夏虫は、

「……思います。素晴らしいお考えだと思います」

熱が籠った言い方だった。

「では何ゆえ――そなたは家柄を気にする？　わたしと兄上の志と、そなたがわたしの傍にきてくれることは見事に合致するではないか？」

「…………」

久幸に背を向け右手を神々しく光る大樹の罅《ひび》われた幹に当ててまた歩き出そうとした乙女を、逃がさじと動いた若武者の腕は、後ろからそっとかかえ込む。

夏虫の耳元に囁く形で、

「そなたはわたしの知らぬ苦労を数多重ねてきた。今の世をおおう大火。火を消すための水が、兄上とわたしで汲むだけでは到底、足らぬ。そなたという女子はこの水を汲める泉をその胸の中にたしかにもっている気がした。我らは民を知り、民との絆を深めたい。そなたは民の中で生きてきた。だからわたしは他の誰でもなく、そなたを娶りたい」

久幸はきっぱり、言った。

「そなたを――妻としたい」

この瞬間、夏虫は幸せという名の稲妻に、貫かれた気がしている。

思わず目をきつく閉じている。

だが、夏虫を突き抜けた稲妻は、嬉しさと同時に恐ろしさも掻き立てた。

木も草もない荒野をずっとさすらってきた旅人がいる。道をうしない、途方に暮れていると、霧につつまれた。この霧が晴れると——見たこともないほど美しい花畑が、眼前に広がっていた。

この時、迷い人は、花畑を恐れるのではなかろうか。久幸の求婚に対する夏虫の恐れはこの迷い人が花畑にいだく恐れに近い。

燃える家から救い出された夏虫は育ての親、滝光と共に荒んだ世を旅してきた……。

刀鍛冶の滝光は寡黙で口下手、眼光鋭く、腕っぷしが強く、鍛刀の腕はたしかという男であった。

滝光は病によって妻を亡くしている。男手一つで幼い男の子を、そだててきた。

だが、その男の子、楠松《くすまつ》は——夏虫と出会う一年半前、姿をふつりと消した。

滝光は人攫いに攫《さら》われたのだと話していた。

この時代、幼子を攫い、人商人《ひとあきびと》に売って、銭にする悪人どもが、横行していたのである。人商人は買い取った子供らを下人下女をもとめている長者や大商人に売る。可愛らしい童女は……遊里に売られたりする。そうやって本意ならずとも苦界《くがい》という沼に沈めば、一生抜けられない。

夏虫が十歳くらいの頃、旅の途中、大きな樹の下で野宿した夜、焚火に赤く照らされた滝光は物語している。

『気は弱いが……やさしい子でな。その年は山の栗が豊作じゃった。一心不乱に刀を打つわしに栗飯を食わせようと思うたらしい。山の入り口近くに草履が落ちておったのじゃ。松明をもって、村の衆と一晩中さがした』

蒸し暑い夜だった。

煙の向こうで火に向かってうつむく父の面には、苦しみが数多の皺をきざんでいた。滝光は同い年くらいの男どもよりずっと年老いて見えた。

『……見つからなかった。次の日も、その次の日もさがしたがあの子はおらんかった。山の神に隠されたという者もおれば山で迷子になったんじゃという者もおった。違う。そんなはずはない。わしは備前の山をよう知っておる。神隠しなどわしの知る限りなかったし、楠松は、山で迷うような子でもない。――人取りよ。楠松はのう、神に隠されたのでも、狼《おおかみ》に食われたのでもないぞ。……人。人が……あの子を隠したっ。わしには、わかるのじゃ』

滝光は刀より鋭い目で真っ直ぐ夏虫を見た。

父の中にある絶対的な信念の鉄壁を、夏虫は感じている。

『あの子は……生きておる』

火が爆ぜるバチバチという音の向こうで滝光は悲し気に天を仰いだ。夏虫も小さな顔を上に向けた。

——こぼれ落ちそうなほど沢山の星が、瞬いていた。天の川が飛沫を上げているのだ。

子を取られた男と、親を斬られ、家を焼かれた少女の頭上には、残酷なほど美しい星空が広がっていた。

『今も……この世の何処かで、同じ星空を見ているのやもしれぬ。幸せでいてくれればよいがたぶん苦労しておるのではないか？』

『………』

夏虫がしつこい藪蚊を払い、そ奴か、その仲間かがつけた傷を、指で掻くと、滝光は火に照らされた深草の原、そしてその向こうの闇に視線を動かし、

『だからわしは長い長い旅に出た。あの子をさがす旅にな……』

楠松をさがす旅を終わらせたのは自分のせいだと夏虫は考えていた。夏虫が年頃になると——旅の途中に幾度か危ない目に遭ったのである。その度に、滝光や、通りす

がりの逞しい僧や侍が助けてくれてことなきを得たが、左様なことが幾度かつづいた後で、滝光は突然旅をやめ、

『この里が気に入った』

とだけ呟き、馬木の里に腰を据え、ただ真木氏のためだけに鍛刀するようになったのである。

時代の荒波を漂うように旅してきた夏虫は、戦で幸せを砕かれた者、焼かれた町や村を数多く見てきた。

その世の荒廃、乱れを取り払おうとしている、経久と久幸を、強く尊敬している。だからこそ久幸の傍に自分が立っていいのかという痛いほど辛い悩みが湧出してしまう。

夏虫は口ごもりながら、

「あたし……あたしは、賢くありません。それに殿様の奥方様、吉川家から嫁いでこられたお方のように、強く勇敢でもありません」

久幸の首が横にかしげられる。夏虫は、久幸に小さな細面を向け、

「そして、あたし……」

夏虫の目の傍の傷跡が小さくふるえた。

「美しく……ない」

久幸は、きっぱり頭を振り、

「そなたは、賢い。そして義姉上《あね》とは違う強さをもっておる。最後にわたしはそなたを美しいと思うておる。そなたが美しくないなどという者がおったらそ奴の目が曇っておるにすぎん。そなたほど美しい心をもつ娘はおらぬ。さらにわたしは、そなたの見目も麗しいと思うておる」

久幸は夏虫と鼻がふれ合うほどに面を近づけ、

「――傍にきてくれるな？」

燦然《さんぜん》と輝く銀杏の樹の下で夏虫は遂にうなずいた。

久幸はそっと唇を近づけ、秋風が撫でるように夏虫の唇をやわらかく吸い、ゆっくりとそれをはなした。

すると夏虫は自ら久幸に唇を近づけ強く吸った。久幸もきつく夏虫を抱きしめ、二人は激しく唇を吸い合う。

やがて久幸と夏虫は金色の樹の下の黄色い敷物《しきもの》の上に腰かけて語り合った。

久幸は、三沢を倒すまでは――全身全霊を賭けて兄をささえたいため、嫁を迎えることはできないこと、三沢を討った後、必ず迎えにくることをつたえている。

――もう一つの考え、竜虎食《は》み合う死闘で尼子が崩れた場合を考えて、夏虫を今、娶りたくないという思案については、伏せた。

馬医

凄まじい筋肉《にく》の圧が――辺りの気を重くしていた。

山中勘兵衛は一人の男がまとう筋肉の総量で今、眼前に立つ男を上まわるものを見た覚えがない気がする。

……牛尾も逞しいが下川殿の方が上背があるゆえ、押し出しでは……。

勘兵衛の前に立つ半裸の下川瀬左衛門。

平たく大きな顔の下に、いかにも斬りにくそうな――太くみじかく逞しい首が、ずんと、ある。その左右で異様なほど大きい瘤、あるいは肉丘《にくきゅう》と言っていい肩の筋肉が青筋を立てて隆起していた。胸は岩板を何枚か入れたよう。

大身槍の使い手、瀬左衛門は長大な稽古用の木槍《もくやり》をしごきながら、勘兵衛を見据えている。

勘兵衛は六尺棒をもって瀬左衛門に対峙《たいじ》していた。木も花も池もない、がらんとした庭で朝稽古につき合わされたのだ。

「勘兵衛、参れ」

瀬左衛門が放つ猛気が凄まじすぎるのと隙が一点もないことから、棒術に秀でた勘兵衛は容易に動けぬ。

瀬左衛門の左肩にわずかな油断が生じた気がした。

勘兵衛は——裂帛《れっぱく》の気合をもって、その隙を打たんとしている。

ところが、木槍が、旋風となって、棒を払う。

猛速で飛び込んだ木槍が勘兵衛の喉すれすれで止まる。

「お見事にござる！」

勘兵衛は素直に、下川瀬左衛門の武技をみとめた。調略、兵法なども合わせた武士としての総合力なら勘兵衛が勝る。ただ武芸のみを比べ合うと、瀬左衛門の方が勝る。

「尼子にその人ありと言われる牛尾と比べてどうか？」

短髪の勘兵衛は馬面をかしげて、

「よい勝負にござろうな」

下手な世辞は瀬左衛門相手には不愉快を生む、心の底に沈殿した不愉快はやがて腐り、勘兵衛への疑心になる。三沢に潜った尼子の軍師はかく読んでいた。

四月に亀嵩に入った勘兵衛、もう十月になる。つまり半年がすぎたが奥出雲の鉄の王の警戒心は——堅い。勘兵衛としては三沢領の深みに潜り、金城湯池の守りで知られる敵の本城・三沢城で、三沢為信相手に経久と練った謀をこころみたいが、許されていない。浅瀬というべき亀嵩にとどめられている。下川瀬左衛門の客分という位置から、一歩も動けぬのだ。

……急《せ》いてはことを仕損じる。

勘兵衛は思う。無理に奥へ行こうとすれば──こつんとはね返してくるほどの堅さが三沢の警戒心にはあった。勘兵衛は己を見張る仁多郡鉢屋の目をいまだ感じていた。

あれ以降、笛師銀兵衛からの接触は一度たりともない。

だが勘兵衛は敵の鉢屋者の輪の外から銀兵衛がずっと見ているような気がしていた。

「左様か……牛尾三河守幸家……それほどの剛の者か。戦場で見《まみ》え胸板に穴を開けるのが楽しみじゃ」

瀬左衛門は恋人と会いたがっている男のような顔で嘯いた。

勘兵衛は、瀬左衛門に、

「ただ下川殿の方が牛尾より体は大きいゆえ……」

瀬左衛門は長身の勘兵衛よりやや背が低いが、横に太いため、勘兵衛より遥かに大きな男に見えた。

「兵にあたえる畏怖という面では牛尾以上でしょうな」

「それが何になろう？」

瀬左衛門は言う。

「体の大きさではわしよりも、お主よりも、ずっと大きな男が当家にはおるぞ。――三沢右衛門殿じゃ」

「三沢右衛門殿の大薙刀と下川殿の大身槍、戦場で見えればどちらが勝るのでしょう？」

勘兵衛が問うと瀬左衛門の小さな目は鈍い光を放っている。

「さあ、どちらであろうな……。ただ、お主が言うた畏怖、三沢右衛門殿ならただおられるだけで敵の全軍にあたえられるぞ」

……それほどの鬼武者か、三沢右衛門。三沢一族のはみ出し者で、若き日は諸国で武者修行し、為信が当主になってから帰参したと聞く。

一方、情報が気味悪いくらいないのが野沢大学だ。大きな儀式などにもほとんど顔を出さぬので、家中でも顔を知らぬ者が多いという。――だが、他の七手組大将から一目も二目も置かれているところを見るとよほどすぐれた男なのであろう。

三沢家は尼子に勝るとも劣らぬ人材を揃えていた。敵中に潜り込んだ勘兵衛は、三沢との戦いを一撃で決めようとする経久の策は上手くいくのだろうか、この家との戦は決して生易しいものにならぬのでないかと、ひしひしと感じていた。

……何を弱気になる勘兵衛。そなたがやり遂げずして何人《なんぴと》がやり遂げられよう？　敵地、亀嵩にいる勘兵衛だが月山富田城の経久と常につながっているような気がしている。その経久から肩を叩かれた気がした。

同日午後、瀬左衛門は所用があり、外に出た。

主の留守中、男が三人、下川邸をおとずれている。

一人は梅津主水、いま一人は中原金右衛門。

いずれも亀嵩を守る七手組大将だ。

梅津主水は長い髪を垂らした若者で顔は美しく、体は痩せている。

小兵である。

稚児、あるいは遊女屋の禿を思わせる赤く小さな唇を、妖しく冷えた笑みが歪ませていた。応仁の大乱で無数の死が溢れかえった京の出で、父は侍と話していたが……真偽のほどは知れぬ。洛中で足軽、西国街道で数多の荒事にかかわった後、鉄山の富の磁力にひかれて出雲に漂ってきたようである。

主水の白い小袖には、黒い花を咲かせた漆黒の梅の木が描かれている。帯は金襴《きんらん》の赤帯。紅の地に金の軍配が躍る婆娑羅な袴をはいていた。梅津主水の得物、大太刀は今、黒い鞘と狐《きつね》皮の尻鞘におさまり、華奢な肩にかつがれていた。

この若者は勘兵衛が敬慕する尼子経久と同じ得物を小さな体からは考えられぬほど

の膂力で自在にあやつるのだった。

中原金右衛門は中背で赤ら顔。壮年。胸板の厚い男で口髭を生やし、長い髪を後ろで一つにたばねている。鉞を手にしてにやにや笑っていた。

最後の一人は……勘兵衛が初めて見る小柄な翁であった。

黒い笹模様がちらりと散った灰色の地味な小袖を着ている。よれよれの帯に、小ぶりな木刀を一つ差していた。

額は広く、眉は太い。顔は角張り、灰色の総髪は主水よりみじかい。

眉が太い翁は思慮深き眼差しで勘兵衛を真っ直ぐ見詰めていた。

中原金右衛門が言った。

「この男は馬医じゃ。下川殿の馬の様子がおかしいと聞いたゆえ、つれて参った」

「左様にございますか。厩《うまや》までご案内します」

梅津主水は下川家の閑寂とした庭を歩みながら柿をむしゃむしゃ齧り出した。朱色の果肉が破れ、溢れた汁が、喉を垂れ、白い木綿の小袖に染みる。

この美しい若者は食い方が汚く着物を大切にしない。着物などあたらしく買うか、奪えばいいと思っているのだ。

中原金右衛門が舌なめずりしながら、

「あの女……すんでのところで攫えたものを要らざる邪魔が入り惜しいことであったわ」

主水が、からりと乾いた声で、

「まさに大魚を逃がしたという奴だな。ははは」

この二人──七手組の中でもっとも素行が悪い。かなり筋悪の牢人、つまり野盗などしてきた剽悍《ひょうかん》な男どもを率い、尼子領に度々侵入、乱取りに女取り、火付けなどをくり返している。三沢としては二人の挑発に尼子が乗って攻めてこようものなら勝手知ったる奥出雲の山険に誘い込み、七手組と仁多郡鉢屋で撃破する構えであった。

尼子方は主水らへの対応に苦慮し境目の守将を──河副久盛に替えた。

久盛が境目に入るや、主水らが侵入しても、常に正しく予期し、的確に駆逐したため、二人は前のように略奪をはたらけなくなった。さっきの話に出てきた要らざる邪魔とは河副久盛を指している。

そして境目を守る尼子勢は経久の厳命もあったため三沢領に入って略奪をはたらいたりしなかった。

……それでよいのです。敵が略奪をはたらく以上、厳しく守り寄せつけぬのは当然の心構えにござる。されど、味方が敵に略奪をはたらいてはなりませぬ。それではこの連中と同じになってしまう。

勘兵衛は亀嵩の地から経久を強く応援する一方、顔には出さなかったが、主水らに対し、静かに腸を煮え滾らせていた。

三人は厩の前にきていた。

馬医が、馬丁に、

「駁馬《ぶちうま》の具合が悪いと聞いたが」

「へえ。この馬にござる」

小柄な馬医は注意深く馬を診はじめている。肥瘦の具合をしらべ、栗色のやや力ない眼をのぞく。鬣《たてがみ》を丁寧にあらためてから、日頃の馬の世話についてくわしく聞き取りをし、

「餌に稗《ひえ》をまぜすぎじゃ。稗をへらし、草の割合をふやしてみよ。一月ほどでよくなるであろう」

馬医が診察を終えると濡れ縁でサイコロ賭博をはじめていた主水と金右衛門が腰を浮かせた。去り際、小柄な馬医はとことこと勘兵衛に近づき、しばしまじまじと勘兵衛の馬面をのぞき込んだ。長く生きてきた仙人が、山で初めて見る獣に出会った時のような、驚くべき集中力を込めた凝視だった。

勘兵衛が微苦笑を浮かべながら首をかしげると馬医は、

「わしは……馬の病を治すのにくわえ、些か人相も見ましてな。というのも若き頃、

堺《さかい》におられた燕都《えんと》の相人」

　燕都——北京《ペキン》である。

「陳雲《ちんうん》先生からその道について些か伝授されたのじゃ。貴殿は……めずらしい相をしておられるゆえ、ついまじまじと見入ってしまった」

「ほう、どんな相にございました？」

「人相の話は人を楽しませるより、怒らすことの方が多い。それでもお知りになりたいかな」

「是非聞きたいですな」

　馬医は淡々と、

「されば申そう。貴殿は……多くの衆とおるより一人でおる方が好きじゃろう？　冷静にして剛胆。もの静かじゃが、内にたしかな炎を秘めておる」

「……」

「辛抱強い。難解なる書物を夏は蛍の火、冬は雪の光に照らして一気に読破したり、むずかしい武道の技を人気《ひとけ》のない滝や霧深き深山《みやま》に籠もり、日夜鍛錬して会得することが好きじゃな？」

　灰色の衣を着た馬医は勘兵衛のギョロ目を穴が開くほどのぞきながら、勘兵衛の本質に迫る鋭い言葉を、次々に射込んでくる。

「燃犀之明《ねんさいのめい》がある」

この馬医こそ燃犀之明の持ち主だろう。

「ほぉう世話好きなところがあるな？」

舐めまわすように勘兵衛を眺めながら小柄な老人は、低い声で、

「己のことをすておいてまで人に尽くしたりする奇特なところが貴殿には、ある」

「………」

「純粋なる親切心がなせる業じゃろう。されど、貴殿はその親切と矛盾する——妖しい才気をおもちじゃ。……人を騙す才覚」

全てが勘兵衛の本質に命中していたが、それをおくびにも出さず勘兵衛はにこにこ笑って、

「かなり当っておりましたが、はずれておることもありました」

「そりゃそうじゃろう。人相などその程度のもの。全てが人相で決められておるわけではない」

勘兵衛は三人をおくるべく門の所まで味気ない庭を歩く。

背が高く頑丈な板塀が並ぶ中、板塀よりなお高い冠木門《かぶきもん》——下川瀬左衛門の腕や足を思わせる太い角材をもちいた門——が、広く開放されていた。

勘兵衛は大きな立蔀《たてじとみ》を背にして三人に会釈した。もちろん、庭を面白おかしくする

ために置かれた立蔀ではない。門から突入した敵は、まず、ドンと正面に立ちふさがる四角い板の防壁を見る形になる。その物陰から矢や石で侵入者を攻撃するための立蔀だ。

冠木門の直下までできた灰色の人相見は勘兵衛を顧みる。

――しばし両者は再び、互いをのぞき合っている。

山中勘兵衛が三沢為信に呼ばれたのはその数日後である。

下川瀬左衛門と馬を並べた勘兵衛は、どんよりした鉛色の空に見下ろされ、山また山の奥出雲をゆく。刈田や枯れ野、そして山岳地とは思えぬほど多くの人が暮らす鉄で潤った里、青い止め山、沢山の裸山を馬に揺られながら見た。

裸山はもちろん鉄を焼く火を熾《おこ》すために林を引き剝がされたのだ。

今まさに木が刈られている山からは斧《おの》を幹に打ちつける音、男たちの怒鳴り声、野太い歌声が聞こえてきた。勘兵衛の左、裸の斜面を少し登った所で樹《き》を伐っている男どもがいる。小豆色の地に大きな白い扇模様、薄黄色い地に黒と灰の海松《みる》模様、薄緑に深緑の襷模様、そんな色とりどりの筒袖に粗末な括袴、あるいは腿くらいまでしかない小袖をまとった逞しい男どもが高笑いしたり、唾を飛ばして口喧嘩したり、どっきあったり、歌ったりしながら、汗塗れになってはたらいていた。斧で樹を倒したり、鉈《なた》で枝を払ったり、鎌で草を薙いだりしている男どもは総じて青や緑の脛巾《はばき》をつけている。

勘兵衛が注目したのは——烏帽子《えぼし》であった。

勘兵衛が若かりし頃に比べて烏帽子をつけない男がふえている。

三十年前、山仕事をしていた男どもはほとんど皆、烏帽子をつけていた。だが今、烏帽子をかぶっているのはほんの数人で、大多数はこれを着用していない。

……天下大乱による荒廃が、民から烏帽子をつくる余裕を奪ったか？

今、烏帽子をかぶらぬ男が世の中の下の方から急速にふえていた。

髷《まげ》をゆっていない勘兵衛、烏帽子をかぶっていないし、烏帽子という習俗の喪失に痛痒《つうよう》を覚えぬのだが、

……打ちつづく戦は烏帽子などよりももっと大切なものを人々から奪ってしまわぬか。

勘兵衛はそこを危惧する。

……その大切なものを守ろうとしておられるのが、我が殿なのだ。

だから勘兵衛は——経久のためにはたらきたい。

それは何かの学問によって上から無理矢理はめ込まれた忠誠心ではない。内から湧

き出てくる衝動なのだ。

本心を偽り、敵地に潜っている勘兵衛、万一露見すれば、命は取られる。今日とていい、取られに行くのやもしれぬ。月山富田城に囚われている母、妻、子――勘兵衛が真に三沢の侍になったと多くの尼子の者に思われている以上、何があるかはわからない。

……だがそれでもわしは、あのお方のために……はたらきたい。朱子の書を読み、上つ方に忠節を尽くさねばならぬと思い込んだ侍は、仕えたのが、どんな悪王でもどれほど愚かな者であってもそ奴の指図に盲従、牛馬の如くはたらく、左様な生き方に陥らぬだろうか？　わしは左様な生き方を嫌う。――尼子経久様のためだからこそこの身に百難を受けてもはたらきたく思うのだ。

人に飼われる牛馬の生き方はしたくない。勘兵衛は、人間として経久に惚れ込み、人間として経久のためにはたらきたかった。

根小屋に入る。

さすがに鉄の王の膝元だから、そこかしこから透き通った金属音がひびいてきて、耳を打つ。

鉄の精錬をおこなう大鍛冶や刀鍛冶が軒をつらねている。勘兵衛の右手にあるのは刀鍛冶の小屋だ。

薄暗い土間で耳を突き抜ける鋭い音と共に――火花が散っていた。烏帽子、直垂をきちんと着た細面、白髭の刀鍛冶が鉄のてこ棒の先にくっついた赤く燃える鋼を、金床に据え、小槌で叩いていた。

呼吸を合わせ、逞しい半裸の少年が、大槌を振り上げ——相槌を打つ。

小気味よい音がひびき激しい火花が咲いた。

すると、白髭の刀鍛冶は、半裸の少年を斬るように鋭い声で叱った。

打ち加減が悪かったようだ。

三沢城にはこぶのか。

大きな岩が、巨大な車輪の牛車に載せられている。黒い大牛が目を剝き歯を食いしばり車を引っ張っている。小太りで頰が赤いちょび髭の男が牛を叱り、黒正が老けたような顔をしたひょろひょろの翁がそれをなだめていた。

軒先にしゃがんで曲げ物桶で洗濯しつつ独楽《こま》で遊ぶ童女らと言葉をかわす女は、初冬の町に白い脛を晒しても何ら恥じる素振りを見せない。

山を背負ったかなり高い土塁、その上から見下ろしてくる土塀を横に見ながら坂道を登る。やがて土塁がなくなり、土塀だけになる。その塀にはさまれ大きな門が口を開けていた。反対側には板塀の武家屋敷が並んでいる。

目付きが鋭い兵どもが固めた門を潜った所で、勘兵衛と瀬左衛門は、灰色の小袖の上に小豆色の道服をまとった小柄な翁に迎えられた。

瀬左衛門が勘兵衛に、

「――野沢大学殿じゃ」

大学と見《まみ》えた勘兵衛はかすかな驚きを禁じ得ぬ。

野沢大学――あの馬医、あの灰色の人相見であった。

三沢の軍師は、とぼけた顔で、

「二度目じゃな、山中殿。下川殿、わしが山中殿を案内するゆえ、貴殿はここで結構じゃ」

勘兵衛は鋭気をたたえた逞しい侍どもが守る広い里御殿を案内されながら少しでも判断をあやまれば死が己を呑むことに気づいていた。

「半年間、貴殿を見張っていた」

大学と勘兵衛は濡れ縁を歩む。大学は低い声で、

「当城に入れて障りない、左様な判断にいたった」

左は――今にも鹿が現れそうな奥山を思わせる庭だった。遣水が、流れている。池が唐紅に染まっていた。

水が鏡になり、いろはもみじ、羽団扇楓《はうちわかえで》、むくろじ、ミズナラ――赤や橙、黄に染まった庭木をうつしている。

木漏れ日がつくる光の水玉模様が勘兵衛、大学が歩む長く広い濡れ縁で躍ってい

た。

ひんやり静かな——居館であった。

笑い声や今様、たわけた話や、熱をおびた議論が聞こえてくる月山富田城と大いに違う。庭を向いて並ぶ真新しい明かり障子の完璧な白さ、塵一つない濡れ縁の清め具合が、この城の主の冷たいまでの細かさ、重い厳しさを物語っていた。

「こちらが、紅葉の庭。あちらが、松の庭」

大学が言う。

二人は直角を描く濡れ縁を右にまがっている。

すると——全く趣が違う庭が現れた。赤い庭から、青い庭に入った。

それは苔や笹におおわれた青き広がりにただ松だけが植えられた閑寂たる庭だった。

庭の手前に盆栽棚が七つ据えられ全てに松の盆栽が飾られていた。痩身、白髪の錦の直垂をまとった武士が行く手の濡れ縁に立ち、中央の盆栽を眺めつつ、細面を心なしかかしげ、白髭をさすっていた。

——三沢為信。

勘兵衛は為信と面識がある。尼子清貞に仕えていた頃、三沢の重臣だった為信とやり取りをしていた。

「山中勘兵衛、久しいの」

為信は勘兵衛を見もせずに呟くと盆栽の松に手を入れている。飛び出した枝を、慎重に落とした。

大学と勘兵衛は、為信の傍にひざまずく。

盆栽を手入れする鉄の王の向こうから……言い知れぬ圧迫感が勘兵衛に漂ってくる。

筋肉の岩山の如き男が為信の奥に鎮座していた――。

――あれが三沢右衛門か。

三沢右衛門は恐ろしく太い眉の下の、虎のような目で勘兵衛を睨みつけていた。右衛門の傍らには太刀が無造作に寝かせてある。

為信は勘兵衛に初めて顔を向け、

「下川瀬左衛門の下ではたらくということは、一定《いちじよう》、尼子と戦する形になるぞ。尼子はそなたの旧主」

大学の隣にひざまずいた勘兵衛は、

「はっ」

「敵《かたき》と存じ切りて戦えるのか？」

「戦えます」

断言する勘兵衛だった。

「ここに尼子経久、久幸めがおるとして」

為信の鋏が、勘兵衛のすぐ傍の松にすっと入れられる。

「このように——首を落とせるか？」

冷たい鋏音が二度して松の小枝が二本、盆栽棚に落下した。

「——はっ、叩き落とせまする」

勘兵衛は躊躇なく言い切っている。

「何ゆえ言い切れる？」

老いた鉄の王は鋼のように固い警戒心を垣間見せて勘兵衛をのぞき込んだ。鋏をもったまま、為信は爬虫類に似た小さな目を近づけてくる。一方、濡れ縁の奥からは、ご命令とあらばこ奴を叩き潰してやりましょうという猛気の波動が、絶え間なく、押し寄せてくるのを感じた。

——三沢右衛門。

青筋をうねらせた右衛門が、凶獣じみた殺意をずっとぶつけてくる。

陰徳太平記は勘兵衛が三沢にこう言ったとつたえる。

「経久の歩行の者沢田と申すを切って候ふ所に、経久某が老母妻子等を取って搦《から》め、牢舎せしめられ候、士《さむらい》の喧嘩口論に相手を討って退き候ふ事は、世以て多き例なるに、其科《そのとが》を妻子父母に及ぼす事こそ、未曾有《みぞう》の次第、無念至極に候へ……」

（経久の徒歩の家来、沢田という男を斬りますと、経久は我が老母、妻子を捕らえました。侍の喧嘩口論で相手を斬って退転するということは世に多きことですのに、その咎を妻子父母に問うことこそ、例のないことでございます。誠に無念でございます）


勘兵衛はギョロリとした大眼から妖光を放ち、声をふるわし、

「久幸も経久を少しも諫めませぬ」

凄まじい声で、

「尼子兄弟を討つことこの山中勘兵衛、些かの迷いもありませぬ！　もしまだ、お疑いならどうぞこの場で首をお斬り下さいませ。富田の山中一族も尼子に斬られましょう。某は冥土での再会を楽しみにしましょう。尼子に追われ、三沢から疑われ……今や何の生き甲斐《いがい》がありましょうや！」

大学が横から、

「山中殿と尼子の間にはこの半年間、一度の往反もございませぬ」

――静かなる御殿に鋏音だけがひびいた。

勘兵衛には己の命を切断する音に思えた。

三沢為信は、言った。

「今日で……終わりじゃ」

「……………」

「下川瀬左衛門の許におるのは。爾今《じこん》以後、我が家人となるべし。三沢城下に屋敷をあたえる」

――よし。

勘兵衛は会心の笑みを胸の内に沈め、素早く平伏すると腹の底から、

「ははあ！　ありがたき幸せにございまする！」

為信の前から退出し紅葉の庭が見える所まできた時、大学は、

「のう山中殿……わしには貴殿の気持ちがようわかる。妻子を囚われた貴殿の無念がようわかるのじゃ」

勘兵衛は大学に、

「……野沢殿も同じような目に？」

「昔の話じゃ」

――だからわしを推挙してくれたのか。

軽い咳《せき》をした大学は別の話をはじめた。

山中勘兵衛はかくして三沢為信の直臣となっている。勘兵衛が三沢城で頭角をあらわすのに、そう時はかからなかった。

陰徳太平記によれば勘兵衛は「貳心《ふたごころ》なく奉公」したという……。傍目《はため》には尼子への敵意を燃やし、三沢への忠勤にはげんでいる。

常時張りついていた仁多郡鉢屋の監視も、ほぼなくなった。時折、抜き打ち的に勘兵衛を見張ることはあっても、警戒の大きな切れ目が生まれた。つまり勘兵衛と銀兵衛の接触が——たやすくなった。

年明けて長享《ちようきよう》元年（一四八七）。

経久の友、伊勢新九郎が備中、そして都、はたまた伊勢であつめた仲間をつれ、遂に駿河に入った。新九郎が足柄山地の風魔衆をたずねて家来にくわえたのは言うまでもない。

三月。さなが——出産した。

経久にとって待望の第一子は女子であった。

尼子家は大いなる喜びにつつまれ、経久は真木上野介が鳴らす魔除《まよ》けの弓の音、赤子の泣き声、山路が慌てふためく声を聞きながら、切れ長の目に涙を浮かべて、

「……ようやってくれた。この子は、いすずと名づけよう」

乱れた妻の髪を直しながら言った。

白い小袖をまとい、枕に頭を乗せ、顔を真っ赤にしたさなは、

「……よい名かと思います」

目尻からこぼれた雫《しずく》がさなの赤い頬を斜めに走ってゆく。

「そうだ、山路」

さなは、乳母と共に赤子を産湯《うぶゆ》に入れていた山路に声をかけている。白衣を着た山路は、

「はは」

赤子を別の白衣の侍女にまかせさなの傍らに膝をつく。

「わたしは恙なく子をうめたら、このことを殿に申し上げようと産神様に誓ったことがある。産神様は夢枕に立たれて約束を違えず早う申せ、こうおっしゃった。そのことに、そなたが深くかかわる」

何でございましょうというふうに、山路の首が横にかしげられた。

「そなた五日前……わたしの傍に一晩中つき添ってくれたな。その折、うたた寝をし、ある殿方の名をしきりに口走ったのじゃ」

「…………」

山路は耳まで真っ赤になり出かかった声を無理にもどすかのように手で口に蓋をした。

経久が、さなと、山路、交互に眺め、

「誰の名を口にしたのだ？」

さなが――さっき子を産んだと思えぬほどの素早さで、半身を起こす。その肩に山路はすっと手を添えて、硬い面差しで、

「北の方様は時折、狐が憑いたかのような摩訶不思議な物言いをされますね……。いすず様をご覧になって下さいまし。さっきまで泣き叫んでおられたのに、ほら……今は静まり返っておられる。頻伽鳥《びんがちょう》は殻の中にて声衆に勝れりと申しまする」

山路は窮すると、多弁になる。

「きっと母君があまりに面妖なることを仰せになるゆえお諫めになりたいというお気持ちから、あのように山路めとさな様を、交互に御覧になっているのでしょう……。さ、早く横に」

「河副久盛殿」

さなが言うと、山路は、

「もう、嫌でございますっ……！　ええ、たしかに惚れていますとも！」

やってしまったというふうに手を口に当てた山路は、面貌をくしゃくしゃに歪めて髪を振り乱し、他の侍女たちが黄色い声で騒ぐ中、障子を開けて産所から駆け出し、祈禱《きとう》のため広縁に詰めていた山伏とぶつかりそうになりながら、裸足で庭に飛び降り

た――。

経久はさなに、

「山路が……久盛に……。気づかなかったな」

「殿は女心には鈍うございますから」

さなに指摘された経久が後ろ頭を掻くと、侍女たちの白い袂が唇に当てられた。

また、赤子が、泣き出す。さなは疲れを感じさせぬ凜とした声で、

「殿、河副殿によき人がおらぬようなら、山路とめあわせたらいかがですか？」

「まずは……久盛に訊いてみねばな。というより、さな、たのむから横になってくれぬか？ そなたは子を産んだばかりなのだぞ」

経久は早速、久盛を呼んでいる。久盛の気持ちは――山路と同じであった。

二人は互いに惹かれ合っていたのだが、一歩が踏み出せずにいたのだ。

四月。河副久盛と河副山路の祝言がおこなわれた。同姓であったが、別の氏であった二人は共に歩む形となり、河副久盛は出雲河副家の当主となった。

さなは多少、乱暴なやり方ではあったが山路の背を押すことで、二人の恋に花咲かせたのだった。

二人の祝言の少し後、さなは経久に、悪戯《いたずら》っぽく、

「山路のうわごとはわたしの嘘にございました。あまりに、山路が辛そうでしたので……山路のことを考えながら、まどろみますと、貴いお方が枕元に立ち『山路はそなたをようささえておる。恙なく子を産んだらその返礼に山路と久盛をめあわせよ』と仰せになったのです」

夏の盛り、月山富田城山中御殿が完成。

経久夫妻と幼子は山の下、里御殿から中腹、山中御殿にうつり、晴が里御殿の主になっている。山中御殿の近くには土塁、空堀、切岸、またいくつもの郭もきずかれ堅牢な防衛体制がきずかれた。たとえば広大な花の壇と呼ばれる郭には経久がつくった花畑があったと思われるが、この花畑、菊や撫子、菖蒲《あやめ》がうわった江戸の大名がつくりそうな花畑でなかったろう。

――戦国大名の花畑だったろう。

花の壇には医術の心得ある経久、久幸が厳選した薬草が植えられた。籠城戦で出るであろう負傷兵、病人の手当てのためである。

花の壇に植えられたのは薬草だけではない。

栗、椎、柿など実のなる木、里芋、蕪などの蔬菜《そさい》、茶の木など籠城時の糧、飲み物となる植物も植えられている。

経久はここ一年、三沢を討つための謀により城のそこかしこに手を入れつつ、さらに巨大な敵との戦いも想定して縄張りしていたのだった。

城の大改修大増築を終えた経久。山中御殿のある高台から尼子を慕い、いよいよ人がふえている富田の町と、飯梨川を見下ろした。

はや十月、出雲の外では神無月、ここ出雲では、神在月である。

飯梨川の先、さらにその南に広がる山々が、盛んに白い気を吐いていた。そこかしこから湧出した白い山気は厳かな柱となって分厚く立ち込めた雲をささえている。

ここに立つと果てしもない山の広がり、空の広がりに、吞まれる気がした。

……天下は、広い。照葉、ミノ、ゴンタ……わしはそなたらとの約束の何分の一も果たしておらぬ。我が道はまだまだ遠い。

この世にいない大切な人々に語りかけた経久は厳しい顔様で、切れ長の双眸を南西へ、奥深き山々の広がりへ向けている。

——我が支度はととのった。たのむぞ、勘兵衛。

経久は奥出雲の鉄壁の中にいる三沢家を己がきずいた金城湯池に引きずり込もうとしていた。

同じ頃、三沢領に入って一年半、為信の傍近くに仕えて丸一年になる山中勘兵衛はその実力を三沢家中からみとめられ——野沢大学に次ぐ第二の相談役まで上り詰めていた。敵を知ることこそ兵法の初歩であり、勘兵衛ほど尼子を知る者は三沢にいない。勢い勘兵衛は尼子をいかに討つかの諮問を為信から受けるようになった。

勘兵衛が為信に具申したのは山中一族の内応である。勘兵衛は、凄まじい怒りが沈殿した声で、為信に、

「尼子経久めが……我が母や妻子を斬らぬのはひとえに外聞が悪いからでしょう。また、山中党が一斉に反旗を翻し、それに呼応して松田などがはなれてゆくことを恐れておるのです。……同じ理由で毒殺もできぬ。だが、この勘兵衛の妻や、子を殺したい。故にあの男は、牢に入れて徐々に弱らせ、ゆっくり時をかけて殺そうとしておるのです。左様な卑怯な男にござる」

勘兵衛は鬼気迫る形相で、

「富田城下の山中党もわかっておるはず。三沢様が……山中党の面々に封地を約束して下されば、彼ら喜悦の眉を開きお味方すること必定にござる。山中党が内より応ずれば、尼子を討つなど——赤子の手をひねるようなもの。どうか、山中党の調略をお命じ下さい」

同席していた野沢大学は、

「妙計かと思いまする。恐らく経久はことわるでしょうが……山中勘兵衛を寛恕《かんじょ》し、帰参をみとめたら如何かという使いを富田におくったら如何でしょう？　殿の寛大さ、尼子の卑小さを浮き立たせ、敵を動揺させることにつながりましょう」

勘兵衛はすかさず、

「それがようございまする」

三沢為信は勘兵衛を信じ、その献策を聞き入れた。勘兵衛に仁多郡鉢屋をつかって山中党を取り込むように命じている。同時に——尼子家に使いをおくり、勘兵衛をそろそろ許したらどうかと言いおくったが、経久は厳しく拒絶した。

直後、山中党から……お味方したいという色よい返事が、三沢にとどいた。

勘兵衛は山中党が寝返った時こそ尼子討伐の好機と極めて自然に、大学の心を誘導していたため、大学は、

「殿、今こそ尼子討伐の好機。ええい、冬の入りというのがもどかしい。雪解けと同時にただちに兵を起こし尼子一族を退治すべきと心得まする。某が手塩にかけた七手組の武を、御覧じよ」

言い終わるや大学は咳をした。喉から出た咳ではなく、体全体がしぼり出したような苦しい咳だった。

目を細めて大学を窺った勘兵衛は、為信に、

「この冬の間に軍備をととのえつつ、敵城の中におる山中党と緊密にすり合わせし——尼子を一撃で破砕する策を講じましょう」

為信は、脇息から腕をはなして背筋をのばし、

「うむ。尼子攻めではそなたらにはたらいてもらうぞ」

勘兵衛は強く、大学はやや弱く、

「御意」「御意」

かくして――雪解けと同時の尼子討伐が決定された。

だが、山中党の寝返りは……経久と織り込み済みのこと、経久の筋書きに書かれたことなのだった。

為信も大学も経久を罠にかけた気でいたが……実は経久が掘った罠の沼に、片足を沈ませている。

同日夜――経久は身重のさなと夕餉をとっていた。さなは二人目をさずかったのだ。いすずはすでに乳母とやすんでいた。

「もうよいだろう」

「いいえ。まだにございます。生肉など食べたら、子に障りますゆえ、しかと煮て下さいませ」

経久がさなに精をつけさせようと山でとってきた猪《いのしし》が根菜と一緒に味噌でぐらぐら煮られていた。

板敷きに座った二人は炉をかこんでいて、経久が玉杓子《じゃくし》をにぎっている。

と――燭台の明りが不穏に揺れて男が一人、何処からともなく板間に入ってきた。

経久は悠然と微笑んでいたが、さなは、

「――何奴」

皮膚を切りそうなほど鋭い気を放つ。

「案ずるな。わしがつかっておる男だ」

経久が言うも、さながあらわにした警戒心は引っ込まぬ。どかどかと奥御殿の板間を歩み経久と囲炉裏越しに向き合うように座した男を、さなは今にも斬りつけかねぬ目で睨んでいた。

熊皮をまとい、鹿皮を袴にした野武士のような若い男で無精髭を生やした顔は彫りが深く端整。殺伐とした暗い気を漂わせている。

「奥方とお会いするのは初めてだな。俺は、笛師銀兵衛。のう、経久……」

「――無礼者」

さながぴしゃりと叱ると、経久は、

「よいのだ。銀兵衛は我が家来ではない」

「では、誰の家人なのです？」

「この男は誰の家人でもない。強いて言えば……空を行く雲の家来のような男」

ニヤリと銀兵衛は笑う。経久は玉杓子を沸き立つ汁の中に入れ、

「のう、銀兵衛、猪鍋を共に食ってゆかんか？」

「いや、いい」

「そなたがここまでくるとはよほどの一大事が起きたな？」

銀兵衛の指が二本、上がる。

「二つ、ある。一つは――三沢が雪解け後の富田攻めを決めた。これは山中勘兵衛が俺に話した」

経久は全く表情を動かさなかったが、その胸底では会心の笑みを浮かべていた。

「二つ目。これは勘兵衛から聞いた話ではない。為信から出た指図でもない。大学から出た下知だ。野沢大学が――仁多郡鉢屋にお主の暗殺を命じたぞ」

経久は一切動じず、

「まず、勘兵衛から聞かぬ話をお主はどうやって仕入れた？」

「闇討ちを命じられたのは香阿弥という女だ。俺は少し前に、香阿弥の下忍を殺し……そ奴の顔と声を盗んだ。そ奴になりおおせ香阿弥の傍におった」

「香阿弥から聞いたわけか？」

「左様」

薄気味悪そうな顔になるさなだった。

「この男は百の顔をもつのだ」

経久が言うと、銀兵衛は、打って変わった陽気な声で、

「そりゃ昔の話。今は百じゃきかんかもな……。これが、そいつの声さ」

「為信が命じたわけではないのか？」

猪鍋をゆっくり掻きまぜながら経久は言う。もとの声にもどった銀兵衛は、

「ああ、大学は勘兵衛のおらぬ所で、確実に尼子を討つため、もう一段の計略をすすめるようにと、説いた。それがお主の闇討ちだ。だが、為信は言った。『尼子を戦か謀で討つのはよし。だが、闇討ちはならぬ』と」

これは──経久も同じ考えであった。

「だが大学は、わしの闇討ちが必要と考え、仁多郡鉢屋に命じたわけか。香阿弥とはどれほどの腕前か？」

「──俺と同じくらいの技をもつ女、と言っておく。香阿弥はたぶん、一人で、来る。余計な下忍などおっても鉢屋弥三郎が守る城では足手まといになると心得ておるからな。弥三郎の親父に言っておけい、俺は富田鉢屋の警戒網を潜りここまでこられた。俺が来た以上、香阿弥も、来る。弥三郎は今、月山富田城の守りにくわえ、城内に仕掛ける罠の下調べ、支度、鉢屋ヶ成であるものの製造をおこなっていた。

言うだけ言って去りかけた銀兵衛、ちょっと振り返り、

「もしかしたら香阿弥に介添えがおるやもしれぬ。星阿弥という餓鬼だ。この餓鬼も侮れぬ。さらば」

「まて、銀兵衛、香阿弥、星阿弥が如何なる術をつかうかおしえてくれぬか？」

経久が呼び止めると銀兵衛は背中を向けたまましばし考え込んでいる。で、

「言いたくないな」

「――何ゆえか！　銀兵衛」

さなが凜とした声で問う。

「何やら同じ鉢屋者を売るような気がしてな……。居心地が悪い」

「お前は一体、誰の味方なのか！　そこに直れ銀兵衛っ」

さなが猛烈な勢いで叱ると、銀兵衛は苦笑いしてようやく振り向き、

「わかった。元気がよい奥方に免じて少しだけおしえてやろう。香阿弥は、匂いを、つかう。匂いに気をつけよ。星阿弥には気をつけ様がない……。この子は虚空蔵菩薩のような者。では――」

銀兵衛が去ると、経久は、

「虚空蔵菩薩……全てを覚えてしまうということか。香阿弥、星阿弥、実に面白《げ》そうな者どもではないか」

「…………」

「あ、すっかりくたくたになっておる」

経久は余裕の笑みを浮かべて鍋を掻きまぜ猪肉の汁をさなによそう。

さなは溜息をついて、腹にそっと手を添え、

「殿は……お命を狙われているのですよ？　何で、そう悠長に構えていられるのです？　銀兵衛の話、全てこの子に悪い話にございました」

「気分が悪くなっていないか？」

「いいえ」

さなは憮然《ぶぜん》とした顔でくたくたになった葱《ねぎ》と猪肉を口に入れ、飲み込んでから、椀がつくる小さく丸い水面を眺める。静かな声で、さなは、

「この城の者たちの話から三沢殿というのは自分の手を決して汚さず、他の者を争い合わせて力を削《そ》ぐことが得意な冷ややかな策士だと思うておりました」

たしかにそれは為信という男の一面である。

「だけど……誇り高き武士でもあるのですね」

「そうだな」

経久はしみじみと言った。

経久も為信を、闇討ちではなく、戦か謀で討ちたく思う。だがそれは誇りの問題にとどまらない。

……わしが闇討ちをすれば、敵もまた尼子家に闇討ちを仕掛けてくる。我が子孫は常に闇討ちにびくびくせねばならぬ。

現実的な判断によるのだ。


十一月、伊勢新九郎が駿河において小鹿範満《のりみつ》を奇襲。討ち果たした。

新九郎はこの挙によって東海屈指の太守、今川の一の重臣となる一方、駿河の東に興国寺《こうこくじ》城をあたえられた。

経久が遠く出雲から、城主となり妻を迎えた友に銀、太刀、駿馬、美酒などを贈ったのは言うまでもない。

経久としては今すぐ駿河に飛んでいき富士を眺めながらあの飄々とした小男の肩を思い切り叩きたかったが、三沢との戦が刻一刻と迫る出雲を空けるわけにはゆかぬのだった。

年明けて長享二年（一四八八）、三月。

さながニ人目の子を産んでいる。

この子は、男子であった。

経久はやがて尼子の跡取りにするという意味で、この子に己と同じ又四郎の名をあたえた。この若君が後の——尼子政久《まさひさ》である。

山々を見ればもう雪はない。長享二年三月は、新緑の頃である。

黄緑の若葉にいろどられた奥出雲から、次々に剣呑な知らせが入ってきた。

――三沢為信が亀嵩城に少しずつ七手組を動かしております。

――三沢による尼子攻めは近いかと。

斯様な知らせだ。

三月九日、勘兵衛、銀兵衛の線から――ある重大な知らせがとどいた。

『明日、野沢大学を総大将に七手組七百、仁多郡鉢屋三十、合わせて七百三十の兵で月山富田城を夜襲いたします。どうか十分なる備えを。尼子の勝ちを祈っておりまする』

勘兵衛の言葉だった。

刺客

経久はすぐ諸将をあつめた。

月山富田城大広間に居流れた諸将は殺気立ちながら経久をまっていたが、経久がある若侍をともなっているのを見て……茫然とした。

経久がつれていたのは山中満盛《みつもり》。牢にいるはずの勘兵衛の嫡男である。

すっかり痩せ細り青ざめた満盛だが具足をまとっている。

久幸ら事情を知る者以外は、魂を抜かれた顔になっていた……。

色々縅の鎧をまとった経久は部将たちを見まわし端厳たる面差しで鎧櫃に座す。

経久の左に据えられた床几《しょうぎ》に久幸が、右の床几に満盛が座す。

沈黙が凝結した空間に経久の厳かな声がひびいた。

「山中勘兵衛の出奔、三沢への仕官、全てこの経久の——謀であった」

「…………」

牛尾三河守が口をあんぐり開け、黒正甚兵衛は目を潤ませ小さな体をがくがくとふるわし、松田満重はあっと驚いた後、深く大きくうなずいた。

経久は、言った。

「三沢勢は山中党が裏切ると信じて押し寄せて参る。だが、山中党の寝返りは偽りであり、わしとしめし合わせてのこと。勘兵衛は敵中にある我が味方で、三沢の精鋭をこちらに引き込むため立ちはたらいてきた」

大学に開戦を決意させたのも勘兵衛なら、その主力を七手組にすべきと仄《ほの》めかしたのも――勘兵衛だった。

呆気《あっけ》にとられる諸将に久幸が、硬い面差しで、

「方々、このこと戦が終わるまでおのおのの胸に留め置き、ゆめゆめ兵や家人に口外せぬように。よも左様な不心得者がおったなら、身命をすてて虎穴に入りし山中勘兵衛、当家のために牢に入った山中家の者……」

山中満盛が唇をぎゅっとむすぶ。

「それら一切の努力が水泡に帰するぞ。勘兵衛の生還叶わなくなる。左様な不心得者がおったなら――兄上に代わり、この久幸が斬る。心得たか？」

居流れた男たちは総員、重い声で、

「――御意」

「殿ぉっ」

牛尾が身《み》悶《もだ》えして板敷きをぶっ叩く。

「わしゃ、すっかり騙されておったわ！　山中殿の一件以降、殿が初心を忘れ、驕り

高ぶって、別人のようになってしまわれたのではとずっと悶々《もんもん》としておったのじゃ」

黒正が泣きながら細面を盛んに振って同意している。牛尾も目に涙を浮かべ、

「わしは……今、嬉しい。殿が変わらぬ殿であった一事がひたすらに嬉しい！　ああ、この二年ほどの鬱憤、悔しさを何処にもってゆけばよいのじゃ！」

真っ赤に歪んだ髭面を牛尾は悔し気に掻き毟る。

経久は厳めしい面差しを霧消させ、惚れ惚れするほど爽やかな笑みを浮かべ、

「牛尾、黒正。――許せ」

その雲間から差した陽の光のような経久の顔を一目見た牛尾、黒正から二年分のわだかまりが消えてゆく。

「ああ……もうこの鬱憤、三沢勢にぶつけるほかあるまい。敵もいい迷惑なんじゃろうが。のう黒正！」

黒正が肩をふるわし細長い顔を腕でごしごし擦りながら、

「――おう！」

「二人ともその意気じゃ。では殿、各自の配置をお願いいたします」

亀井の爺が、進行をうながした。

同じ頃、三沢方、亀嵩城には三沢の紋、丸に三つ引き――吉川家と同じ紋である

——の旗が夥しく翻っていた。

同城大広間には野沢大学以下、七手組をたばねる勇将七人が皆々あつまっている。すなわち野沢大学、三沢右衛門、下川瀬左衛門、野尻助右衛門、武田権次郎、梅津主水、中原金右衛門が顔を突き合わせていた。また尼子領案内人、山中勘兵衛も同席している。

野尻助右衛門は全くの無表情、美しき若者、梅津主水は妖しく酷薄な笑みを浮かべていたが、他五人の七手組大将と勘兵衛はいずれも双眼に鋭気の火をやどし、唇を固くむすんでいた。

総大将・野沢大学が他七人の武士に、

「某はこの太刀を殿からあずかった。故にこのわしの申すことは、殿の下知として聞いてもらいたい。明日、日没と同時に我らは亀嵩城を出——尼子退治に向かう。我らは、敵城内の山中党と呼応、完璧な奇襲を月山富田城にかけ、尼子を滅ぼす」

「道中の尼子方の関や砦は如何します？」

瀬左衛門の問いは小柄な総大将の腰を浮かせた。大学は灰色の鎧直垂をまとっていた。

「言ったはずじゃ。完璧な奇襲をかけると。道中で尼子方と交戦してみよ、生きのこった兵が月山富田城に注進、その時点で奇襲になるまい？　道中、一切の交戦を許さぬ。つまり途次にある尼子方の砦は全てすておく。迂回するのじゃ」

「本城を滅ぼせば砦におる尼子勢など後でたやすく皆殺しにできよう」

梅津主水がからりと軽い声を弾ませると勘兵衛が、

「何も皆殺しにする必要はあるまい……。尼子兄弟が討たれ、本城が落ちれば、砦の兵など次々に降参してこよう」

「おや、お主、頭を丸めておるせいか、やけに尼の子に寛大だな。それともまだ、尼子に未練でも？」

主水の挑発に中原金右衛門が膝を叩いて大笑いし、武田権次郎も薄ら笑いを浮かべた。

下川瀬左衛門が恐ろしい重量感のある声で、

「山中殿は正論を言われたにすぎぬ。主水、口をつつしむがよい」

三沢右衛門が海苔をべたっと貼ったような太眉をうねらせ睨み合う主水と勘兵衛を眼で切りながら、

「――総大将のお話の途中ぞ」

その一言で静まり返っている。大学の指が、一同の前に広げられた地図にとんと置かれた。

「地図を見てほしい。久比須峠《くびすだわ》をこえると尼子方の関があり、さらにその先には敵方の布部《ふべ》砦がある。故に我らは街道をつかわず、三郡山《さんぐんざん》の東の山林に入り、樵がつかう山中の小道を北に潜行する。勘兵衛はこの山道をたどって尼子領から亀嵩に入ったのじゃ。勘兵衛、さらに山道を知り尽くした仁多郡鉢屋二人が道案内をする」

さっきの笑いを引っ込めて真顔になった武田権次郎が、

「夜の山にございましょう？　いくら道案内がおっても、方角をうしなうのでは？」

「案ずるにおよばぬ。というか権次郎……お主が案ずることなど、この大学とうに思案しておるわ」

「ははっ、ご無礼をばいたしました」

「山中の迷いやすき所、八ヵ所に仁多郡鉢屋八人を案内者として前もって伏せおく。この者ども山外からは決して見えぬ篝火を焚き、我が兵を迎える。最後尾の者が通りすぎた時点で火は消してゆく」

「何処まで山内を行きます？」

下川瀬左衛門の問いに大学は、

「山佐の里じゃ」

勘兵衛が話を引き取り、低い声で、

「山佐より北には月山富田城にいたるまで尼子方の砦は一切ない」

梅津主水の妖しいまでに赤い唇が、口笛を吹いている。

勘兵衛は淡々と、

「夜半、我が方は寝静まった富田城下につくはず。経久が縄張りをあらたにしたとはいえ、月山富田城は某の勝手知ったる城。あの者が新造した山中御殿……思えばその御殿の増築こそこの勘兵衛と経久の諍いのはじまりでしたが……」

馬面を暗くした勘兵衛は苦々しい息を吐く。

「この山中御殿につながる門までご案内いたす。門の内側は山中党が制圧しておる手はず。某、門まで行ってことの成否をたしかめ——」

「——まて。何でお主がそれをたしかめにゆかねばならぬ？」

肉厚の手が、グッと前に出た。

勘兵衛に厳しく問うたのは……古き知己、下川瀬左衛門だった。三沢右衛門がそれもそうじゃなという険しい顔様になる。武田権次郎が顎に手を当てて勘兵衛を鋭く睨む。

野沢大学が、咳《せ》き込みながら言った。

「それについてはわしが申そう。まず……城中の山中党から、三沢殿が真に山中党を頼りにしておるのか、直《じか》に勘兵衛の口から聞きたいという申し出があった」

「………」

これは嘘に塗れた戦乱の世にあって筋の通った申し出であった。

「次に、城兵を斬り、門を内から押さえた者が、真に山中党か否か、たしかめるのに勘兵衛以上に適任の者がおろうか？　山中党の反乱を予期した経久が罠を構えておる恐れもあるのじゃぞ。三つ目、経久は山中党が我らを手引きしたと知ったら、まず如何なる挙に出ると思う？」

口を小さく開けた瀬左衛門に灰色の軍師は、

「──そう。牢におる勘兵衛の母、妻、子を斬るじゃろうな」

勘兵衛は切実な様子で、

「某に囚われた山中家の者の救出をお許しいただきたい」

「…………」

「勘兵衛には早業の鉢屋者四人をつける」

大学の言葉は勘兵衛が裏切れば──彼の首は転げ落ちるという意味をふくんでいた。

「万一、不都合あらばこの四人が味方に合図する。瀬左衛門、よいか？」

「得心しました。勘兵衛、つまらぬことを申した。許せ」

瀬左衛門は丸太のような首を動かし深く頭を下げている。勘兵衛は、頭を振り、

「何も障りなければ──七百の内四百は声を殺して門を潜る。先程の四人の乱破は夜陰に乗じて城中の要所に散らばり、山中党と共に火を放つ」

実は瀬左衛門が問うたところこそ勘兵衛にとってもっとも恙なく潜り抜けたい関門だった。見えざる門を大学の助けもあり、潜り抜けた勘兵衛は、

「この火を見たら、先の四百は一気に鬨《とき》の声《こえ》を上げて寝静まった山中御殿を突く」

勘兵衛は妖笑を浮かべ、

「月山富田城は蜂の巣をつついたような騒ぎになる。経久の首を取るのは、嚢中《のうちゅう》の玉を取るようなものでしょう。また、のこり三百の兵だが里御殿、その近くにある久幸邸を同時に急襲、二つの屋敷におる者どもを討ち果たす。尼子家は一夜にして滅ぶ算段にござる」

真剣に聞き入っていた諸将に大学は語った。

「勘兵衛は山中党への調略、道案内で大いにはたらいておる。家人の救出に向かわせてやるのが武士の情けであるまいか？　お主ら、この戦、出雲の中の戦いとしか見ておらぬのではないか？　大いに違うぞ。これは――武士を滅ぼす者と、武士を守る者の大事の一戦ぞ」

突然、大学の小さな体がまがり、激しい咳がしぼり出されている。血がにじむような咳だった。

三沢右衛門の巨体が異様な素早さで動き、大学の鎧の紐をゆるめんとした。大学はよいというふうに手振りして勘兵衛が差し出した水で息を落ち着かせる。

冷えた怒りをにじませて大学は、

「聞けば大逆の尼子は百姓、あぶれ者、盗賊、物乞いなどを次々に禄を食む兵として召しかかえておるというではないか。——正気の沙汰とは思えぬ。この七手組七百人に左様な者はおらぬ」

梅津主水だけが——眉をピクリと動かして瞑目しながら長い髪を掻き上げた。

「皆々、確固たる氏素性、誇るべき先祖、苗字をもつ兵《つわもの》ども。尼子ほどでないにしても多くの大名で、山賊上がり、野伏上がりが幅をきかせつつある中、ここまで真の武士を揃え、実力も十分という兵団はめずらしい」

勘兵衛が知る限りでも越前朝倉《えちぜんあさくら》家などにあるばかりであった。

大学は言う。

「尼子をのさばらせれば——武士の世は終わる。武道は衰える。我らは何としても尼子に勝ち、武士の何たるかを世にしめさねばならぬ！　心得たか？」

「——御意！」

「尼子は朝駆けによって月山富田城を取り返した。二年……淡い夢を見たわけじゃ。その夢を真の武士の夜襲によって突き崩そうぞ！　一夜にして尼子を滅ぼすのじゃ。承知したか、おのおの方」

尼子の剿絶《そうぜつ》を命じられ武者震いした荒武者どもは、口々に、

「心得ました！」「御意」「おうっ」

＊

同瞬間、月山富田城大広間では亀井があんぐり口を開けている。

「と……いうことは……殿は、三沢勢に……あの……何と申すか……」

「——そう。わしは三沢勢を、戦わせぬ」

経久は冷厳たる面差しで言い切った。

大広間は水を打ったように静まり返り鳥肌を立てながら経久の次なる言葉をまっている。

牛尾は眉根を険しく寄せ、鼻を赤くふくらませて抗議しようとする。経久は手で止め、厳しい顔で、

「——此度の作戦の骨子はここまでおびき寄せた七手組を、戦わせぬことである。七手組を率いる七人は雲州屈指の荒武者ぞ。彼らが鍛えた七百人はいずれも猛卒。この七人と七百人に勇を見せる場を一切あたえず打ち砕き、武を発動する暇《いとま》がないほど疾《と》く——壊滅させる。雷撃のように。そして、我が方にほとんど損耗を出さず、三沢の本領に攻め込む。奥出雲を取るため当方は十二分の力をのこしつつ、七手組だけこの

世から消す」

「…………」

固唾を呑んで凍りつく家来たちに氷の魔王のような凄気を発した経久は、凛々しい双眸から妖光を放ち、

「でなければ――必勝できぬ。三沢に一、二割の勝ちの目が生まれる。その目を悉く潰すのが我が策である」

言いながら経久は、

――新九郎。そなたは七手組に武の見せ所をあたえぬ我が策を、どう思うか？　武士の情けが欠けておると思うか？

見えざる手が肩にそっと置かれた気がする。富士の裾野で覇業の第一歩を踏み出した友の魂が、寄り添ってくれた気がした。

経久は、力強く、

「よいか者ども。我ら武士は弓を引き馬を乗りまわす技だけで、武士と呼ばれておるのではあるまい。数多の者――田を耕す者や、ものをつくる者、商う者、数多の者の命を守ってきたからこそ我ら武人《もののふ》と呼ばれておるのではないか？　だからこそ、先祖の勲を後世につたえてきたのではないか？　違うか？」

一斉に首肯する重臣たちに、威厳をもって、

「であるならば経久がここで躓《つまず》くわけにはゆかぬ。わしに出雲を、いや山陰を、否――もっと広くそなたらが見たこともない国々までも治めさせてくれぬか？　それによって救われる命が沢山ある。たしかに、あるのだ。今、三沢の猛撃によって尼子家が消失するわけにはゆかぬ。そなたらの力によって三沢をはね返してくれ！」

多くの武者たちから猛気が、弾ける。尼子の部将たちは腹の底から咆哮している。

境目の砦を固めているはずの河副久盛の姿も、ここにはあった。久盛は影武者と交代、軍議に馳せ参じている。むろん、ある部隊の指揮をまかされていた。

＊

勘兵衛としては――時折、喉元に冷たいものを突きつけられた軍議ではあったが、無事終えることができた。実は肝が冷えているような局面でも勘兵衛という曲者《くせもの》の馬面は全くそれを表に出さぬのである。勘兵衛は余人ではほとんど不可能と思える大仕事――三沢領に入り、わずか一、二年で三沢中枢の信頼を得、三沢勢を尼子領深くに誘い込む――をもう少しで成し遂げ得るという実感を嚙みしめつつ、瀬左衛門と西日が差す中に出てゆこうとした。

……明日、皆と会えるのか。

と、

「勘兵衛、ちとよいか」

大学に呼び止められた。

「はっ」

もどる。

勘兵衛を傍らに座らせた灰色の老軍師は、疲れた様子で、

「……そなたに話さねばならぬことがある」

勘兵衛が黙していると大学は、ぽつりと呟いた。

「わしはもう長くはないじゃろう」

「何を……おっしゃいますか」

「いいや、馬の病を診るくらいじゃから人の病もある程度はわかるのじゃ」

そう言うと大学は、差し込む西日に眼を細めながら、寂し気に微笑んでいる。

「わし亡き後の三沢が心配じゃ。殿も、お歳であられる。その後の三沢をささえる知恵深き士がおらぬ」

大学以外の七手組大将は武勇は秀でていたが、知略にたけた者はいない。

「そなたにはそれがある。そなたの才は……この大学など遥かに上まわる」

勘兵衛はゆっくり首を横に振った。勘兵衛と大学には書物が好きという共通点があ

った。三沢に来て二年弱になる勘兵衛だが、敵である大学への尊敬の念が芽生えはじめている。大学は勘兵衛を真っ直ぐ見て、

「わしはそなたに後事を託したいと思うておる」

「過分のお言葉にて……即答をいたしかねます」

「考えておいてくれ」

強く念を押した大学は、

「信濃におった頃……妻子を主《あるじ》に囚われたという話はそなたにしたと思う。わしもおぬしと同じような事情で旧主に狙われた。一人、山中に逃れた。妻子のことを等閑《とうかん》なく思うておったが、他にし様がなかったのじゃ。わしが山に潜んでおる間に――」

苦悩の波が大学の面貌に押し寄せている。過去の扉に手をかけて立ち止まっていた大学は、それを開いた。

「斬られた。妻と、五歳と、三歳の子が、あの男に斬られた」

西日に鬼の形相を照らされた大学から血色の怒気が放出されたように見えた。

……だからこの男はわしに情けをかけ、わしを引き立て、妻子の救出もみとめてくれたというのか。

大学の思いが、濁流となって勘兵衛に流れ込んでくる。だが勘兵衛は――野沢大学の真心を裏切らねばならぬ。そして大学が情けをかけた勘兵衛は……謀略が生んだ

陽炎《かげろう》のような勘兵衛、虚像の勘兵衛なのである。何ということだろう。

　勘兵衛の気持ちは揉まれた。

　大学は、悔し気に言った。

「わしはあの男の城に単騎斬り込んで死のうと思うた。じゃが……できなかった。誰も知らぬ川原で腹を斬ろうと思うた。無理じゃった。山をあてどもなくさすらい、行き倒れていたわしは戸隠山《とがくしやま》の老僧に助けられた。『まだ貴殿はこの世に生まれ落ちた役目を果たしておらぬのではないか』と言うて下さった。そのお方が、わしに古い仏のある奈良に行くようにすすめて下さり、わしは南都へ出た。奈良でさる貴人の用心棒のようなことをしておっての、そのお人のすすめでいろいろな書物を読むようになったのじゃ。わしはお主のように幼少の頃より書物にしたしんでいたわけではない。だが万巻の書物の中にも……わしがこの世に生まれ落ちた意味は書かれていなかった。堺を経、出雲に参った。三沢為信殿に出会った。三沢殿はこの非才の身を大いに褒めたたえて下さり、右腕として重んじて下さった。わしはここ出雲で初めて生きる意味を見つけた気がした」

　目を赤くした大学は唇を噛みしめて話を聞いている勘兵衛に、

「わしは、三沢殿のために粉骨砕身、はたらきたいと思うた。三沢殿を出雲の主とすると決めた」

――わしも決めたのじゃ。尼子経久様を山陰の主にすると。

激しい咳が、話を中断する。勘兵衛は大学から鎧を取ってやり灰色の直垂をまとった背をさすっている。やや落ち着いた大学は、

「その三沢殿を苦しめる最大の敵が――尼子経久。わしの目の黒い内に何としても尼子を討つ。滅ぼす。勘兵衛、明日は家人《かじん》を見事救出して、戦にくわわり、その後はわしに劣らぬ思いで三沢殿をささえてくれ」

「――ははっ」

大学の話を聞きながら勘兵衛の胸は幾本もの針を刺されたようになっている。

……一人の男として、わしはこの男に死んでほしくない。だが、経久様の右腕としてわしはこの男を死の淵に引きずり込まねばならぬ。

鶉《うずら》を食うために雛《ひな》の時からそだてていた男がいる。初めは太らせるために餌をあげていたが、やがて情がうつり、鶉の具合が悪い時など本気で心配をする。飢饉《ききん》になる。飢えた子供に食わせるために――鶉に手をかけねばならぬ。その悲しい包丁をにぎった時の男の気持ちに近かった。いや、もっと重かったかもしれない。

全てを大学がさらけ出したように感じた勘兵衛だが、野沢大学もさる者で手の内の全てを山中勘兵衛に見せたわけでもない。

大学は、勘兵衛の尼子への思いは、愛憎相半ばと読んでいたから、突然の変心もあり得ると踏み、勝利を確実にするある作戦については伏せていた。

香阿弥に命じた尼子経久暗殺である。

銀兵衛から暗殺計画を知らされた経久だが、

『勘兵衛には伏せておけ』

と、銀兵衛に告げていた。

勘兵衛が余計な心配をして肝心の調略に障りが出るのを恐れたからだ。

そして、一時、香阿弥の下忍になりおおせた銀兵衛だが……その手は長くつかえるはずもなく、今、香阿弥の動きは——銀兵衛はもちろん鉢屋弥三郎率いる富田鉢屋の警戒網にも、まるで引っかかっていない。

銀兵衛の警告以降、弥三郎は経久を守る忍びの壁を倍に厚くしている。香阿弥はこれを恐れ、あきらめたか……それとも、機が熟すのをまっているのか、経久を守る弥三郎、経久のためにはたらく笛師銀兵衛は、はかりかねていた。

同日深更。

かなり遅くまで明日の戦について家来と詰めた経久は厠に向かった。

この頃の武将の厠には香が焚かれる。厠に入った経久は——細眉を顰める。

沈香《じんこう》を中心とする静かな香りの中に真にかすかな不穏さが孕まれていた。騒音の粒が二つ三つ静寂の砂に埋もれ違和感を放っている様子だ。その不穏が、経久の嗅覚に、ふれる。武道で鍛えた経久の感覚が常人より鋭かったこと、銀兵衛の警告が作用して、不審に気づいた。同時に猛烈な睡魔が押し寄せる。

――これか、銀兵衛。

経久は一切動じず厠に置かれた鈴を手に取り曲者ぞと叫ぼうとした。

瞬間、厠の外、灰色の妖気が、廊下に現れたのに――急速にうとうとし出した小姓は気づいていない。

すっくと立った妖しい影は数間はなれた厠の戸めがけて縄につけた丸いものを遠心力をつかって投擲《とうてき》している――。

同時に、誰もいないと思われた部屋の障子が開いて小柄な茶坊主が飛び出し、跳躍するや、物体が厠の戸に当たる寸前に手で取り着地の間際に中庭に放った。

轟音《ごうおん》と共に、爆発が起き――八手やアオキが吹っ飛んだ。

廊下に現れた妖しい影こそ仁多郡鉢屋・香阿弥で、爆発物から経久を救った茶坊主こそ、苫屋鉢屋衆総元締め・鉢屋弥三郎その人だった。

香阿弥が縄をつかって投げたのは焙烙《ほうろく》という忍具である。二つの土器《かわらけ》をつかってつくった球の中には火薬、鉄片、釘が入っている。火縄に火をつけて相手に投げ、爆発を起こす。

刺客のしなやかな影は爆発が起こしたもうもうたる煙に、弥三郎が投げた棒手裏剣を食らいながら飛び込んだ。

弥三郎は下忍たちに向かって鋭い指笛を吹く。

小姓が慌てふためく声、侍女の叫び、侍衆が駆けつける荒々しい足音を聞きながら、経久が傷一つ負わず、悠然と厠から出てきた。全く慌てていない。

ひざまずいた弥三郎、経久にしか聞こえぬ小声で、

「……あの者の追捕にうつります前に一つご報告が」

「聞こう」

「根小屋に潜んでおった仁多郡鉢屋、一掃いたしました」

前もって城下に入った忍者を消したところで、三沢はあたらしい忍びを入れ、穴を埋める。そのあたらしい忍者を捕捉するのも一苦労である。

だから経久は戦の直前、三沢が埋めようもないほど大きな穴を、敵の諜報網に開けようと考えた。大穴が開いた直後、兵を伏せ、罠を張る。

それが今宵であった。

経久は今まで泳がせていた富田城下の仁多郡鉢屋を、今宵、悉く斬るよう弥三郎に命じている。むろん——味方の動きを嗅ぎ取られぬために。

「取り逃がした者は？」

「一人。童女にございます。この子供、奥出雲方面に逃げましたが……当方の毒矢で傷ついております。山でこと切れるやもしれませぬ。今の者はこの弥三郎が捉え切れておらぬ者にございました。恐らく、香阿弥。咎めは、彼の者を仕留めた後で受けまする」

「何で咎めよう。ようやった」

「では——」

香阿弥を追うため、弥三郎は黒風となって去った。

同時に、

「殿！　お怪我はありませぬかっ！」

殺到した侍衆に経久は、

「大事ない。曲者はまだ、その辺りに隠れておるやもしれぬ。用心してさがせ」

命じた経久は腹を切ろうとしている小姓を見咎めて、がばっと押さえつけ、

「何をしておる！」

小姓は泣きながら、

「某、大事の時に体が動かず……殿をお守りできず……」

経久は刀を取り上げて、小姓を平手打ちすると、

「――愚か者。そなたは年若く、相手は百戦錬磨の乱破ぞ。技に差があるのは当たり前であろう。これを失態と思ったならより武道にはげむのが武士という者であろう！経久はそなたの腕の未熟を叱ったのではない、このようなことで自害をし……父母を嘆かせるそなたの心を叱ったのだ」

――小姓は泣きじゃくりながら平伏した。

と、経久は、

「おや、そなた……先ほどの火風で怪我しておるでないか、そこに座れ。わしが手当てしてやる」

小姓はがくがくふるえながら頭を振り、

「も、もったいのうございますっ……」

経久はからから笑い、

「何をもったいながる、あ、こ奴……妙に動くから涙がわしの衣についたでないか！」

尼子経久という武将は……怪我をした家来の手当てを自らおこなうこと度々であった。

経久は小姓を手当てしながらも香阿弥の再度の襲撃がないか、武道で研いだ警戒心の切っ先を常に四囲にめぐらせていた。

香阿弥は——手傷を負っていた。

煙に飛び込む寸前、香阿弥の左肩には茶坊主が放った棒手裏剣が三つ刺さっている。手裏剣には当然、毒が塗られていようが、手当ての暇など、ない。

香阿弥は今、忍び返しと呼ばれる板が四囲にめぐらされ、忍びが床下に潜れぬ仕組みになっている御殿の床下を、這っている。

何故彼女が忍び返しが徹底された御殿の下にいるのか——？

半年前、尼子経久暗殺を野沢大学から命じられた香阿弥。

初めにしたことは山に籠もり、食事を抜き、仲間との連絡も断ち、顔も体も変え、別人になり切ることだった。

一月後、痩せ細り、飢えか寒さで今にも死にそうな女乞食が富田城下の尼寺の門前に倒れていた。香阿弥である。

慈悲深い尼たちは香阿弥を憐《あわ》れんで粥《かゆ》をあたえ息を吹き返させた。香阿弥はこの尼寺で水仕事、針仕事をするようになった。香阿弥は因幡の言葉を完璧にあやつるので因幡からきた行き倒れになり切った。

さて――香阿弥の洗濯の手際、針仕事の見事さ、ひたむきさには……尼たちの目を瞠《みは》らせるものがあった。ただ料理に関しては、塩辛すぎたり、逆に味がしなかったり、散々であったが、先輩の下女がこつをおしえると、呑み込みが早いのか、頰が蕩《とろ》けそうになる煮物、絶妙の味加減の汁物などをつくるようになっている。

優秀でひたむき、控えめな下女がいると、評判になった。この寺は大方様こと晴の侍女たちが四季折々の花を眺めにくる寺だった。初音《はつね》と名乗った香阿弥の優秀さは晴の侍女の耳にも入る。急速に膨張する月山富田城では晴、さなの侍女下女が足りぬという事態が起きており、初音が潜り込む余地はあった。

かくして初音こと香阿弥は月山富田城里御殿に下女として潜り込んだ。

ちなみに初め料理をまずくつくったのは――万能すぎると怪しまれるという香阿弥一流の判断による。

下女として里御殿ではたらき出した香阿弥。その磁石のような有能さが、晴の目を引くのに時はかからなかった。

晴は身分というものにこだわらぬ人である。

香阿弥は下女から侍女に――格上げされている。

月山富田城山中御殿に住む経久夫妻と里御殿に住む晴には当然やり取りがある。このやり取りは双方の侍女によっておこなわれている。

香阿弥は鉢屋忍軍の総帥・弥三郎が鉄の警戒網をしいた山中御殿につい先日、侍女として足を踏み入れるのに成功している。

忍び装束を着て夜陰に乗じ山中御殿に登ろうとしても、富田鉢屋の警戒の網の目に必ず引っかかり、じたばたしているところを多くの忍者刀に刺されて死ぬだろう。

と、彼女は考えた。

この忍び装束を着て夜、敵城に入る方法を「陰忍」という。

陰忍法で山中御殿への接近をこころみていたのが……富田城下で、しじみ汁売りの少女として活動してきた、星阿弥である。星阿弥は昼はしじみ汁を買いに来る尼子兵から城中の様子をそれとなく聞き、星が瞬く頃になれば灰色の忍び装束をまとって月山富田城に登ろうとしたが、富田鉢屋の警戒の壁が厚すぎて山中御殿などの深みには到底近づけず、様子をたしかめられたのは外郭および花の壇などだった。

時折、しじみ汁を買いながら星阿弥と敵状を交換し合っていた香阿弥は、星阿弥よりリスクのあるやり方「陽忍」――昼日中、敵兵や敵の忍者に堂々と顔形を晒して敵城に入る方法――で、鉄の警戒網を潜り抜け遂に経久近くまで迫ったのである。

もし香阿弥が晴に直接近づいたなら、弥三郎の耳に入り、斬られていた。一度《ひとたび》侍女になった尼、侍女、と迂回して近づいたゆえ富田鉢屋の警戒網を潜れた。

香阿弥には尼たち、侍女たち、そして晴……やわらかくも強い力をもつ後見人が沢山いた。弥三郎ら富田鉢屋が仮にこの侍女を疑い、素性、本性に迫らんとしても、これら後見人たちは磁石にくっついた砂鉄のようになって……因幡から来た行き倒れの女を守ったであろう。

今日夕刻、晴の所用と偽り山中御殿に入った侍女、初音は先日きた時にしらべてあった人気がない部屋に入り、床下に潜入。忍者、香阿弥の本性をあらわにしている。日が暮れるのをまち床下を這い、中庭と香阿弥がいる闇を区切っている忍び返しの板壁に——携帯鋸《のこぎり》・シコロを入れる。

長い時をかけ音もなくシコロで忍び返しに穴を開けた。ちなみに、忍び返しには正方形の穴を開けたので、切断した四角をすっぽりはめれば、誰の目にも穴が開いたように見えなかった。

かくして香阿弥は厠近くに人がいなくなったのを見計らい、暗闇から出、まず厠の沈香を眠り香に替え、また床下にもどり、四角い板をはめておいた。

そして経久が厠に入って眠りこけるのをまち廊下に出て焙烙を投げつけ爆死させる、という完璧な計画だったが、その算段、魔風となって現れた茶坊主に、一蹴されている。

……あの茶坊主……お前か、鉢屋弥三郎！

泣く子も黙る鉢屋流総元締めの名を知らぬ鉢屋者など山陰にいない。

仁多郡鉢屋は富田鉢屋に牙剝き、その頸木を嚙み千切った一党で、香阿弥は弥三郎の顔を知らぬが、あれが上忍・飯母呂《いぼろ》の当主でなくて誰だろう。

——飯母呂の下知などあたしらは受けぬ。そして、よくも、この香阿弥を傷物にしてくれたね、弥三郎。

四囲を忍び返しにかこまれた御殿の床下を這う香阿弥より、床上を走る弥三郎や侍衆の方が、速い。

足音の濁流が頭上に殺到し、

「ここにござる」

弥三郎の声がした。

バス、バス、バス、バス、バス——！

槍だ。

何本もの槍が床板を貫き——床下にいる香阿弥を串刺しにせんとする。香阿弥の脇腹が深く抉られ、尻が浅く刺される。弥三郎が侍どもに香阿弥の位置をおしえ、殺そうとしていた。

香阿弥は叫びを嚙み殺し音もなく隠《かく》り世のような闇を右に転がる。

「ここ」

バス、バス、バス！

香阿弥は薬草畑に隣接する椎の樹の原始林に隠れている。

あの後、香阿弥はもう一つもっていた焙烙で、床下に潜ってきた城の鉢屋者を爆死させると同時に、侍衆と弥三郎を攪乱。何とか先ほどの建物を抜け出た。

香阿弥が隠れた樹林は広い。

……水の手の確保と、兵糧のためにのこした森だろう。

椎のドングリからは餅がつくれるのだ。

……あたしは山城をいろいろ見てきたけどこの城が一番上手。水を得るために、樹をのこさなきゃいけない。樹を伐りすぎた山城は渇き死にする。だけど樹をのこしすぎれば敵は入りやすい。

……尼子は敵だけど……これほど見事な樹の伐り具合をする男をあたしは知らない。

香阿弥が隠れているのは昔、狐が掘った穴で花の壇まで忍び込んでいた星阿弥が見つけた。いざという時、香阿弥が隠れられるように星阿弥はここに兵糧丸や干し飯《ほいい》、傷薬、毒消しを入れておいてくれた。よく気づく、いや気づきすぎる子なのである。

夜の森の小さな穴に土遁《どとん》した香阿弥が入り口に羊歯《しだ》や落ち葉をかぶせるや、下草やドングリを踏んで香阿弥をさがす凄まじい殺気の群れが——すぐ傍を通りすぎてゆく。

恐らく弥三郎の下忍どもだ。死神の気配がだいぶ遠ざかってから香阿弥は星阿弥に感謝しつつ毒消しを飲み手探りで掴んだ傷薬を深手に塗る。直後、激しい倦怠《けんたい》感、物凄い吐き気が、こみ上げ、あらゆる皮膚からどろどろの汗が噴き出ている。

――毒だ。棒手裏剣に塗られていた。

穴に蹲った香阿弥は身をふるわして弥三郎が体に入れた壮絶な毒気と戦う。

――吐きたかった。

毒を吐いた方が、体にはよい。

だが、吐かぬ。怒濤《どとう》となって押し寄せ、口を突き破って出ようとする吐き気を、無理に押し返す。吐けば音を聞かれる。臭いも体につき、犬に嗅ぎつかれる。経久暗殺は絶望的になる。

樹々の影が怪しくくねった夜の森の底、古い獣の巣に潜った瀕死《ひんし》のくノ一は灰色の老軍師の言葉を思い出している。意識をそちらに向けた。

『一度しくじっても城中に潜み二度目を狙え。よも二度目はあらじと、尼子は油断するやもしれぬ。二度目もしくじる、乃至《ないし》は二度目が無理ならば香阿弥よ――』

大学は自身、卑怯千万の策と自負する恐ろしい企みを――香阿弥に伝授した。

その時の大学の表情は無であった。

三月十日。日没と同時に野沢大学率いる七手組七百、仁多郡鉢屋二十名強は亀嵩を発っている。灰色の鎧直垂の上から黒糸縅の鎧をまとい、銀の前立、銀の星がついた黒兜をかぶった野沢大学は、

「行軍中、余計な私語、大声を発する者は、斬る」

山中勘兵衛は道案内に立っていた。

夜の山中を無言で潜行する三沢勢を八人の鉢屋者が小さな火を焚いて出迎え、最後尾が通るとくわわってゆく。

かくして七百三十になった三沢軍は寝静まった月山富田城下についた。

三沢勢は三沢右衛門、野尻助右衛門、中原金右衛門、武田権次郎、四将が率いる四百が夜闇の中、声一つ立てず——山中勘兵衛の案内のもと搦手を突ける塩谷《しおたに》に入る。

一方、総大将・野沢大学、下川瀬左衛門、梅津主水ら三百は塩谷には入らず、眠りこけた根小屋を北に睨んで待機している。右衛門ら四百が塩谷口から山中御殿を突くと同時に大学らは根小屋に雪崩《なだ》れ込み、里御殿、久幸邸を猛撃する。

馬どもの口には枚《ばい》がはさまれていた。

さて、勘兵衛にみちびかれ塩谷に入った四百名……。

塩谷は——月山富田城の南にある細長い谷である。塩谷につくられた細道を静々とゆく勘兵衛らを今、左右から漆黒の山並みが見下ろしていた。

左にそびえ雲間から差す月光に冷たくいろどられているぞっとするほど美しい三角形の山が月山である。月山と三沢勢がすすむ細道の間には幅半町（約五十五メートル）ほどの泥田が広がっていた。田植えはまだだが一年中、悪水が抜けぬぬかるみで、行軍には相当な困難がともなう。細道の右手には細く素早い塩谷川が流れており、この川をまたげば月山と向き合う別の山で、月山側の斜面は、尼子家の手ですっかり伐採されていたが、この山の斜面は——鬱蒼と樹が生い茂っていた。

三沢方の心得ある武士の幾人かはこの地形を見た時、何とも言えぬ居心地の悪さを覚えたかもしれぬ。だが、尼子を滅ぼす興奮に酔いしれた兵も多かったからか、この夜、何か危ないと直覚した男どもも、思いをとうとう言葉にできぬまま塩谷の深みまでみちびかれている。

寝静まった谷底で勘兵衛は、

「では、様子を見て参ります」

寄せ手一の大兵、三沢右衛門の厳めしい影に囁く。右衛門の顔が縦に振られる。

音もなく下馬した勘兵衛は仁多郡鉢屋四名と共に今まで通ってきた細道から直角に

分岐する小道に入り、ひたひたと月山に近づいてゆく。

勘兵衛らの行く手、月山の麓では搦手門の巨影が、まち受けていた。

雲が月を隠す。闇が勢いをます。勘兵衛の左右には泥田が広がっていた。

段取りとしては――勘兵衛が門に近づくと、門は内から開く、中に入った勘兵衛は山中党に不測の事態が起きていないかたしかめ、異変なきようなら、右衛門らに合図、全軍が城中および根小屋に殺到、勘兵衛は家族救出に向かう――。

忍び四人と田にはさまれた夜道を静かにゆく勘兵衛、今まで生きてきて今日ほど心臓がすり減らされる夜は、なかった。

右衛門らが遠くなり小音一つせぬ月山がどんどん大きくなってくる。勘兵衛がかなり近づいたところで門がゆっくり口を開く。

中には、篝火一つ灯っていない。勘兵衛と乱破四人は門内に吸い込まれた。

勘兵衛を出迎えたのは足軽二人をしたがえた遠縁の男であった。

遠縁が会釈する。

刹那、勘兵衛はものも言わずに抜刀――ついてきた仁多郡鉢屋のうち、もっとも老練な男の首を一刀の下に刎《は》ね飛ばしている。同時に遠縁の男が裂帛の気合で鉢屋者一人を袈裟《けさ》斬りにし、足軽の一人は、槍を構えるや稲妻の突きで――三人目の三沢の乱破の喉を刺し通し、もう一人の足軽は何と鎧通しを投げて四人目の仁多郡鉢屋の喉を狙った。

が、鎧通しははずれて横首を切るにとどまり、負傷した鉢屋者は「ぐっ」と呻《うめ》くも、勘兵衛が眉一つ動かさず非情の一閃《いっせん》をくり出してその男の後ろ首から喉まで切断。同道してきた三沢方の乱破四人は、瞬殺された。

足軽の一人は山中党屈指の槍の名手、もう一人は富田鉢屋だった。

遠縁が小声で、

「殿がおまちです」

首肯した勘兵衛に遠縁は、

「そこ、落とし穴にござる」

と、物陰から兵数十が静かに現れ、落とし穴があるという所の向こう側に並び、開かれた門に向かって槍衾をくむ。勘兵衛と遠縁は落とし穴を迂回し経久の許へ向かっている。

「どうしたのじゃ……何故、合図がない」

三沢右衛門が言った。何か苛立っているのか、右衛門が跨る栗毛の馬が前脚で土を搔き出す。

大薙刀を引っさげた右衛門からは半町以上先、搦手門の内は闇の帳につつまれ、何が起きているのかまるで目視できぬ。

右衛門に馬を並べていた武田権次郎が、

「もしや勘兵衛は……」

瞬間——月山が不気味な叫びを上げた。

法螺貝だ。

刹那——物凄い殺気の雨が月山から、塩谷に入った三沢勢に襲いかかる。

矢の雨だ。

茫然とする三沢勢が次々に射殺され、また傷ついてゆく。

この最初の激しい矢の雨を三沢一の弓の名手、野尻助右衛門はもろに浴びた——。

すなわち首、鎧で守られた心臓を、強弓《こわゆみ》の精兵《せいびょう》が月山から斜め下に射た凄まじい勢いの矢に貫かれ——他何本もの矢を体に浴びて、同じく矢でひるんだ馬から川の方へ叩き落とされて即死している。

矢が唸《うな》り、悲鳴と人が倒れる音が飛びかう中、権次郎、右衛門、口々に、

「勘兵衛め！　裏切ったかっ」「否！　罠じゃ！　初めから……企てておったのじゃ！　おのれ勘兵衛——っ」

同時に月山に陣を構えているらしい尼子方が恐ろしい鬨の声を上げた。何百人もの声だった。

高みから細道に並ぶ三沢勢を射てくる尼子方に対し、三沢方は抵抗する術がない。何故なら月山と彼らの間には幅半町の泥田が堀となって横たわっている。即座に、逃げられもしない。

すぐ後ろは細く深く窪み、小さくも勢いがある塩谷川が流れており、塩谷川の向こうは別の山が切り立ち、壁となって、退路をふさいでいた。

前の闇には如何なる罠が埋伏されているか知れず、元来た方に引くには大学の退き太鼓が要る。

剝き出しの的になっている味方が次々針鼠になって息絶え混乱が起きかかるが、三沢右衛門、さる者で、

「盾を構えい！　徒歩武者は盾の陰に隠れよっ！　騎馬の者は、首を引き、鎧の大袖を敵の方に向けて身を守れ！」

さすが三沢の精鋭——七手組は心得のある武者の集団である。盾をもった兵どもがばっと出て、泥田と細道の間に盾列をつくり、徒歩の者は身を低めて盾の陰に入り、騎馬武者も右衛門の下知にしたがって大袖を盾にして身を守った。

これによって死者はだいぶへり混乱は静まろうとしている。

一度は立ち直った三沢勢を……陰徳太平記は次のようにたたえる。

こは如何に、山中野心有るにやと大きに驚き、すでに引色《ひきいろ》に成りけるが、さすが三沢の郎党の中にては何れも名有る者共なれば、各一所に集り……。

ただ経久の罠は——三沢方の想像を超えるほど波状的だった。

この態勢を三沢方が見せた瞬間、月山から怪しい火矢が一本、中天へ飛び、同時に、後ろの山がどっと咆哮を上げた。

後ろから次々に矢が飛んできて背中を向けた三沢勢を射た——。

同時に月山に塩谷を見下ろす形でつくられた尼子の本陣に山中勘兵衛が入っている。

潜入の任を終えた軍師は、梶の葉の前立の兜をかぶり、白、紅、紫、三色の色々縅腹巻をまとった経久と再会した。

経久の傍らには具足を着込んだ勘兵衛の嫡男、満盛が立っている。

固い絆でむすばれた主従は——実に深くうなずき合った。

それで十分だった。

二人の間に言葉は要らなかった。

総大将・経久はふっと微笑んで、

「……勘兵衛、御母堂と、細君の傍にいてやれ。いたわってやれ」

勘兵衛はきっぱりと頭《かぶり》を振った。

「──いいえ。某は……見届けねばなりませぬ」

勘兵衛には──己が死の谷に引きずり込んだ男たちの最期から目をそらすつもりは、なかったのである。


「思うたよりも矢数が少ないぞ！」

月山に体を向けた場合の後ろの山、つまり塩谷川の向こうにある山を見上げて、武田権次郎は叫んでいる。たしかにそちらから飛んでくる矢は少なく、弱い。

憎しみの焔《ほむら》を双眼で燃やした権次郎は、

「そうか、月山の方に主力の強兵がおり、こちらの山には小人数《こにんず》の弱兵、老兵がおるのじゃ！」

鉤槍をもった権次郎はひらりと馬から降りる。

「権次郎、危うい！　野沢殿の指示をまとう！」

月山から飛んでくる凄まじい矢を兜と大袖で受けながら右衛門が必死に叫ぶも、権次郎は、

「南の山の小勢を蹴散らし、あそこに籠もって戦えば──この戦十分巻き返せるぞ！

このまま射殺されて敗れては七手組の名折れぞ！」

権次郎の言葉に引っ張られた三沢勢の一部が塩谷川を一っ跳びし、さっき背を射てきた敵がいる山に取りついた。

同瞬間、伝令により何が起きているかを聞いた灰色の老軍師は——全てを理解した。

一瞬、悲し気な笑みを浮かべた大学は、

「山中勘兵衛……端から我らをたばかったかよ」

かっと、険しい形相になった野沢大学は、何かを一刀両断するかのように北斗七星が描かれた軍配を横に振り、腹の底から吠えた。

「——退き太鼓を！　全軍、総退却！　あの者どもは何をしておるっ。戦ってはならぬ！　退けぇ。我らは塩谷口の味方が退いてきたら共に退くぞ！　主水ぉっ」

根小屋に攻め入る先鋒《せんぽう》だった梅津主水に、灰色の髪を乱舞するように振り乱し、

「恐らく根小屋からも敵が参る！　備えをたのむ！」

権次郎らが南の山と呼ぶ月山対面、樹が茂った山に取りつくと斜面上方から射てきた弓矢の小勢は恐れをなしたか、どんどん上へ逃げてゆくようである。

三沢一の遊び人、権次郎は会心の笑みを浮かべ、

——やはりな、戦は女と同じよ。押せば、引く。左様な時、どうするか。押しまくりゃいいんじゃ。勝ちが、見えたわ！

その時、それは、起こった。

——轟音。

その轟きを起こしたのは南の山の高みに佇む一人の青年であった。

尼子久幸。

静かなる叡智をたたえた相貌で権次郎らを見下ろしていた久幸は、

「——岩」

同時に、すぐ近くでピンと張りつめていた縄が、足軽に切られ、幾枚もの厚板が倒れ、転がっている。

板が軋《きし》みながら辛うじて堰き止めていた灰色のごつごつした濁流が、ド、ド、ドッと轟きながら、上ってくる敵勢に落ちていった——。

「あ……」

と呻いた若狭の人、武田権次郎は樹と樹の間を猛《たけ》り狂いながら転がり落ちてくる岩、大石の群れに呑み込まれ、圧し潰されながら、息絶えた。権次郎と共に上った兵

たちもこの岩の雪崩で圧殺された。

経久と向き合う形で塩谷を見下ろす久幸の白き顔が再び雲間から差し出した月光にいろどられる。厳かな相貌を淡い光に照らされた久幸……この世の存在《もの》ならぬ、月の精の如き麗しさがあった。

「そして、矢」

久幸が言うと夥しい数の屈強な弓足軽が背後から現れ、一斉に引きしぼり、凄まじい矢の雨を三沢方に浴びせた。

塩谷に誘い込まれた寄せ手は二方向からの斉射を浴び、恐慌を起こしながら斃れている。

「退け、退けぇ！」

三沢右衛門の怒鳴り声が兵の悲鳴に掻き消される。

敵の恐慌を月山から見ていた経久は采配を振り、

「弥三郎、火！」

少しはなれた所に立っていた小柄な忍び頭が無言で首肯する。弥三郎が手振りすると、鉢屋ヶ成で密かにつくらせた三つの大きな兵器についていた苫屋鉢屋衆がきびきびと動き出した。

鉢屋衆が動かそうとしているのは、本朝において、応仁の乱で初めてつかわれた梃《て》子《こ》の原理をもちいた「投石器」である。

縄が切られ――投石器がビュンと身を起こすや、丸い物体が勢いよく飛ぶ。

飛んでいった球体は……石、ではなかった。

三沢勢に猛速で落ちながら――爆発した。

鉢屋衆の投石器が放ったのは焙烙であった。

ちなみに――苫屋鉢屋衆の総本山というべき鉢屋ヶ成に、仁多郡鉢屋は誰一人近づけていない。だから、投石器と、火を噴く玉の発動は、七手組にとって、寝耳に水だった。

三つの爆発が恐慌をさらに大きくしている。

久幸は命じた。

「こちらも、火！」

弓隊がざっと――左右にわかれる。

奥から……驚くべきものが出てきた。

それが、落ちてきた時、恐慌は絶望に、悲鳴は一瞬の静寂に、取ってかわられた。

火の玉だ。

大きい。

大人より大きくつくった柴の玉が火の粉を盛んに噴いて燃えながら南の山の斜面を転がり落ちてくる。

権次郎たちを圧し潰した岩で弾みをつけた火の玉どもは、火の粉を引いて飛び上がり、小さな川を難なく跳びこえ――三沢勢にぶつかっている。さらに追い打ちとばかり南の山の尼子勢は火矢を射かけてくる。

この間も月山からの斉射、焙烙は止まらない。

爆発、火の玉、火矢で、そこかしこが燃え上がった塩谷は地獄絵図同然となった。

その地獄の火炎の中で七手組大将の一人、尼子領への略奪、蛮行をくり返してきた鉞の使い手、中原金右衛門は壮絶な最期を遂げた。

焙烙により右腕を大怪我して斧を振るえなくなり、爆音に驚いた馬から落ちたこの男は、余炎を踏んで、月山に向かって、

「経久、それでも武士か！　わしと戦う度胸がないのかっ！　経久、そこから出てきて戦えっ卑怯……」

と、叫んだところ――月山から飛んできた矢に眉間を貫かれて倒れた。

罵られた経久であるが彼は決して、戦っていないわけではない。

冷厳さと鉄の意志を漂わせて戦場を睨む尼子経久は――謀を剣として七手組と戦っている。

……このわしが今、倒れれば済世の道は半ばでいや何分の一かで途絶えてしまう。だからこそ尼子が三沢に討たれるわけにはゆかぬ。

経久は、都の腐りの病根というべき公家、日野勝光《ひのかつみつ》の邸で息絶えた初恋の人を思い出していた。

洛西の雪野原で……顔を真っ白にして小さな命を散らしてしまった、粗衣をまとった痩せっぽちの少女を思い出していた。

同じ村で出会い、経久の家来になり、懸命に薙刀を稽古するも、月山富田城奪還戦で血塗れになって逝った青年、いや少年と胸の中で向き合っている。

――そなたらと約束した。平らかな世をつくると……。

また経久は領主として三沢軍が根小屋を制圧した時に起こるであろう、悲劇から、この地の人々を守らねばならぬ。それもまた富田に帰還した経久がこの地の酒屋に米屋、紺屋に櫛屋、番匠に鍛冶屋……多くの人々に約束したことである。

経久は違うが、この頃の大名には百姓町人への略奪、蛮行をみとめる者が多い。

左様な思いが面にやどる険しさとなり、経久は今、剣をもち、火炎光背を背負う仏――不動明王が如き面差しで燃える塩谷を逃げ惑う七手組を見下ろしている。

「──一段目の伏兵をくり出せ！」

経久が言うや、二本目の火矢が夜空へ飛んだ。

塩谷に入った七手組四百のうち三百数十人が死亡。三人の勇将、野尻助右衛門、武田権次郎、中原金右衛門が、討たれた。

三沢右衛門以下、生きのこった数十人の半ばが、怪我をしていた。

この時点で尼子方に……死者は出ていない。


その時、燭台の火に照らされた、さなは嫡男、又四郎に乳をあたえていた。

子供の世話や授乳は乳母がやる仕来りだが、さなは子供たちとなるべく共にいたいと考え、しばしば、乳母をやすませ、いすず、又四郎の世話をしている。

今もさなは二人の子と一緒に尼子方の勝鬨《かちどき》をまっていたのだ。

さながいる山中御殿の警固は亀井の爺がまかされている。

ここまで敵が来ることはないと思いつつも気が立っているのか。燭台の火の揺らめきが──やけに気になる。

何者かに見られているような気がしたさなは十分乳を飲み、大人しくなった嫡男をいずめ（子供籠）にもどして衣を直す。乳ばなれして粥などを食べるようになっている数え歳二つのいすずは無心に毬《まり》で遊んでいる。

と、さなは——脳中でまどろみが蕩け出すのを感じた。いずめに入れられたばかりの又四郎はもう眠りこけ、毬が畳の上を大きくすべったのに、いすずはうつらうつらしはじめた。

瞬間、さなの嗅覚は気だるい匂いを捉えている。

——これか。

心の中で魔除けの文言を唱えたさなは白縁の畳に横になる。万一に備え、すぐ外に、小薙刀をかかえて待機している山路に、

「山路、おるか」

「はっ」

山路の声に変化はない。

「眠うなったが……ちと寒い」

眠気を全く散らしているさなだが今の一言で変化が起きぬか四囲の様子をそっと窺う。

床の間に置かれた鬼子母神と目が合う。鬼子母神は、胸をくつろげ、赤子を抱き、にこやかに笑っていた。

やや間延びした山路の声が、

「……はあ」

山路とさなの間には閉じ切られた明り障子と松竹鶴亀が描かれた屏風がある。もし、敵兵が山路を斬って、産所に乱入しても、その不埒者《ふらちもの》は、屏風を見て、一瞬判断に迷う。その隙にさなは反撃の一手を打てる。

鬼と恐れられた一族の姫だけに産所に置かれる縁起物の屏風まで敵を惑わす壁としているのだ。

「夜衾をもう一枚おもちした方がよいでしょうか？」

山路が言った時、さなは瞑目して耳を畳につけ床下に意識を沈めていた。

「そうだな……」

わざと眠そうに言った刹那——悪意の集合を捕捉する。

——そこか。

突然、動いたさなは板壁に向かって跳び、壁の下にかけられていた赤い柄の薙刀を手に取り大跳躍。天井の一点を、

「——キエッ」

という怪鳥の如き叫びを上げて、突いている。

着地する。

刃は血で濡れていた。

子供は心配だが、刺客を討てと――鬼吉川の血が告げる。

さなは屛風を蹴倒し、

「曲者ぞ！　まだ、生きておるっ！　天井裏をそちらに行ったぞ！」

障子を開け、白風となって板敷きの廊下に出たさなは薙刀をもってきょろきょろしていた山路とぶつかりそうになる。きっと反対側を睨むと――灰色の忍び装束を着たすらりとした影が行灯《あんどん》に照らされた廊下に飛び降りた。

鎖に鉄爪がついた異様な凶器をもつ乱破であった。

乱破はその武器で――さなにかかってこようとしたが、さなが叩きつけた猛気の凄まじさにかなわじと見たか素早く踵を返した。

逃げようとする。

「出合え、出合え！　曲者ぞっ」

さなが、大喝した。

同時に廊下の奥から下女が一人現れ、小柄を曲者に投げ、鎖武器ではね飛ばされるや、さっと取り出した忍び刀で突こうとするも――鎖が動き、鉄爪が下女の喉を掻いている。

瞬間、曲者は煙玉を放ち、白煙の中に飛び込んで、掻き消えた。

曲者に斬りかかった下女は弥三郎がさなの護衛のためにつけた鉢屋者だった。

さなは深手を負ったくノ一を助け起こし、

「死ぬな！　大丈夫かっ。山路、この者の手当てを」

疾風の如く下忍をつれて飛んできた、今日、亀井と共に山中御殿の警固をになって
いる鉢屋弥三郎次子、兵衛三郎《ひょうえさぶろう》に、きびきびと、

「曲者はあちらに逃げたっ、逃がすな！」

同時にいすずが泣き叫ぶ声がした。


香阿弥は怒れる男の鬼気迫る形相より恐ろしい、無表情の野沢大学から、

『卑怯千万の策であるが……わしは何としても殿を勝たせたい。この戦には本朝の武道の興廃がかかっておる。わしは武道を守るため、あえて武人の道に背く。香阿弥よ、もし経久闇討ちにしくじりし時は……経久の妻子を質に取るべし。さすれば彼の者は後ろを気にし、たとえ何か秘策ありて当方に逆襲しても一定《いちじょう》、しどろになりて（秩序なく乱れて）尼子は滅ぶであろうよ』

大学はさなや幼子を人質に取れと言っただけで斬れとは言っていないが、少しでもこじれれば血を見るのも織り込み済みという非情の指図であった。

だが——その一手も、さなの武によって粉砕されている。

いや、言い訳がましいかもしれぬが香阿弥の中にも迷いがあったから、さなの武に

打ち負けたのかもしれぬ。

産屋《うぶや》でくつろぐ、さなと子供らからは温かい団欒《だんらん》の匂いが、たゆたっていた。香阿弥は久しぶりに麻衣を着た母の匂いを思い出していた。

六歳で放下師の一座に売られ、九歳で身軽さを見込まれて、鉢屋衆に買われた香阿弥。

生まれ落ちた村の思い出は少ないが残り香のように体にしみついていた。

筵を編む媼、あれは祖母だったろうか、媼の額にきざまれた皺。囲炉裏の火。父が田で獲った鮒を串焼きにする時の煙の臭い。汚れた鍋で黄色くぐらぐらと煮えていたキビ粥のふくれ上がっては消えてゆく、粘ついた泡。隙間風の冷たさと、その風から守ってくれた母の温もり。放下師に売られる時、雪がぱらつく中、裸足で外に出てきて面貌を歪めて何か叫んでいた母。髪を振り乱して泣きじゃくる母を歯を食いしばって押さえていた父。そんな父と母の両側に建つ、草葺《くさぶき》の今にも崩れそうな小さき家々。

左様な記憶が一気に押し寄せて体が動かなくなった時、さなの薙刀に足を突かれている。

昨日の傷にくわえ、またあらたに傷ついた香阿弥は――下女に化けたくノ一を討つや、庭に飛び出す。

追いすがってきた男の鉢屋者一人、侍一人を龍吒で倒した香阿弥は、痛みに耐え驚異的な走力で夜の郭を疾走。

――重い年貢に息も絶えという村だったけど、無性に楽しいことだって、あった。きっとね。だけどそれが何だったか今は思い出せない。乱破になってからは……。

多くの男を色香で惑わし抱かれてきた。そして、その男どもを――刺してきた。何故だろう、月夜の城を走る香阿弥の頬にとめどもない涙が溢れている。何故こんな気持ちになるのかくノ一はわからなかった。

と、

「香阿弥、こっち」

前方、土塀の向こうで聞きなれた声がした。

――星阿弥。あんたに助けられるなんて、ね。

皮肉っぽく笑むけれど胸の中で何かがにじんでいる。かすかに、温かいものが。傷ついた足はもう息も絶え絶えで土塀を一っ跳びできる力がない。龍吒をまわして投げ、鉄爪を塀に引っかけ、鎖をつたうようにして登る。

向こう側に飛び降りた。

瞬間、香阿弥は、ぎょっとした。

まっていたのは星阿弥にしては……大きすぎる相手だった。

「銀――」

「ああ、俺だよっ。香阿弥」

星阿弥の声を盗んだ笛師銀兵衛は香阿弥に反撃の間をあたえず忍び刀で峰打ちする。

気絶したくノ一を見下ろした銀兵衛は、

「さてと……どうするか、こいつを」

富田鉢屋、そして侍衆が殺到する気配を感じる。

香阿弥と寝た夏の日、香阿弥に助けられた記憶、香阿弥を殺したいと思った瞬間、いろいろなものが頭にどっと押し寄せる。銀兵衛はいきなり香阿弥をかつぎ上げた。

同時に二人に何本もの矢が襲いかかっている。

銀兵衛は矢をかわしながら、木が一つもない急斜面を天狗《てんぐ》の勢いで駆け下りた。

――全く俺はとんだたわけだな。

＊

野沢大学と三沢右衛門が合流していた。右衛門は、右手の指三本を焙烙の爆風に攫われ、大薙刀をにぎれなくなり、右目に焙烙の鉄片が刺さって、血の涙を流し、弁慶のように体中に矢を受け、生きているのが不思議なくらいの有り様で、瀕死の馬に跨って、大学の許まできた。

泥田や急斜面に守られた、二つの山から矢と岩と火で攻め立てられている味方を救う有効な手をもたず、ここでまっているほかなかった総大将・大学は、

「……よう生きていてくれた。よし、亀嵩まで総退却じゃ。後日、必ず逆襲を……」

右衛門は信じられぬという顔になっている。眼を血走らせ、口をぱくぱくさせて、

「正気か？　野沢翁」

詰め寄った。

――少し退き、態勢を立て直し、再びいどむと思っていた。亀嵩まで退くとは如何なる存念か。

「正気に決まっておろう。味方ここまでしどろになりて、どう戦局をくつがえす？お主も傷の手当てを」

「傷などどうでもよいわ！　わしには……誇りがある。お主にはないのか、大学っ！」

片目が潰れた右衛門はわれた柘榴《ざくろ》のような右手をふるわし、痛みを食い千切って怒り、

「あそこまで味方が討たれたのじゃ」

総大将の軍配が憤然と右衛門を指す。

「――無礼者！　そして、大馬鹿者！　今宵戦っても味方ますます討たれ傷口は大きく開くばかりぞ。何故それがわからぬ！　我らは勘兵衛にたばかられた！　完敗じゃ」

「…………」

「こうしておる暇など――」

その時、根小屋の方で法螺貝が轟いている。

「……う……」「……牛尾」「牛尾三河守じゃ！」

尼子屈指の荒武者率いる一隊が根小屋から躍り出て矢を射かけてきた。塩谷から命からがら出てきた兵はもちろん、まだ戦っていない三百人も、大恐慌に陥った。

野沢大学、凄絶な形相で、

「わかったであろう。あとはもう……我が秘計に賭けるのみ」

だが、大学の最後の計も――さなの薙刀に両断されているのだった。

「方々！　一人でも多く亀嵩まで退くぞ！　瀬左衛門！」

往路では殿《しんがり》をまかせていた猛将に、

「恐らく退路にも尼子は伏兵を置いておる……。その伏兵、お主の槍で突き破れ！

さあ、怪我人を守って退くぞ。主水！　牛尾を斬りふせげ」

こうして三沢勢三百はつむじ風となって退こうとし、牛尾がまずは矢、次に槍衾をくり出して、追いすがろうとした。

その牛尾に大太刀を振るう美剣士、梅津主水の一隊が立ち向かう。

主水ら梅津隊の騎兵は槍衾と戦うため馬から降りている。突進する猛烈な槍衾を前に、馬はおびえ切っており、乗っていたところで、馬頭を叩かれ、馬体を穴だらけにされるだけだから――足手まといなのだ。

主水の大太刀が流星となって暴れ――瞬く間に三本の槍の穂を払う。

主水の隊の武士も薙刀や鉞で槍を叩き落としたりして槍波を押し返した。

尼子の足軽二人が、主水に首を斬られ、一人が顔を縦に真っ二つにされて、朱に染まった。

主水隊全体では押されているが、主水の周りだけ尼子方を押していた。

その時であった。

「威勢のよい奴がおるのう！」

猛牛が放つような闘気が太いガラガラ声と共に主水にぶつけられている。

――凄まじい武者が、歩いてきた。

いかつく四角い髭面、太眉、針金を思わせる強髭。ギョロリとした目は鬼神のような光をギラつかせていた。左程背は高くないが、横に太い体は大男を圧する凄まじさがある。

一目で主水は――牛尾と知った。

今日の牛尾三河守は長く広い穂をもつ大身槍をひっさげていた。

牛尾と、冷たく妖しい薄ら笑いを浮かべた主水は、互いに正眼に構え、睨み合う。

主水のすぐ左の男、半月の前立がついた兜の男が、薙刀で牛尾を襲うも、大身槍は凄風《せいふう》となる。

牛尾の槍はその三沢兵の喉を軽々と貫いている。血飛沫が噴出する。

刹那、美剣士・主水が跳びかからんとするも牛尾はすぐに槍を引き大身槍の剣と見まがう穂を横振りし――主水の首を狙う。大太刀が発止と止めて火花が散った。

牛尾三河守、梅津主水は凄まじい殺気をぶつけ合いながら同時に、後ろに跳び退《の》いた。

牛尾の槍捌きをこの目で見た主水は面差しを険しくあらため八双に構えた。

――剣を顔の右で垂直に立てる。左足を前に出す。戦場で八双に構えれば、特に槍の刺突から、喉、心臓を鎧で守る効果がある。

「ふふん」

牛尾は不敵に笑っている。お前の鎧なぞで――俺の大身槍はふせげぬぞという意味だった。

今度は、牛尾が、猛速で襲う。

紅白沢瀉《おもだか》縅の鎧に守られた胸板を突き破りにいく。

主水も、速い。

己の右に体を落として大身槍をかわすも、牛尾は勢いよく槍を回転させ主水の顔面を石突きで叩こうとした。

――!

主水の剣が粘り強く面を守る。

主水の赤い唇の片端が、冷ややかに吊る。槍を押さえつつ、裂帛の気合ですべった大太刀が牛尾の面を狙うも牛尾は左手を槍からはなしながら跳び退《すさ》ったため――物凄い風が兜をかするにとどまった。

その牛尾のがっしりした背を、主水の兵が槍で突こうとするも、牛尾はその刺突すらよけ、身を低めると片手持ちした重い槍を器用にあやつり、その後ろを狙った男の両足の間に槍を潜らせ――一気にはね上げ石突きで男の股間を打擲した。

「ぐぅ……ひ!」

男は情けない悲鳴をもらすと兎のような姿になって蹲った。

その蹲った男に牛尾兵の槍衾がくり出され……。

そちらの方面は牛尾にとって安全、主水にとって危険になっている。

蹲った男がこと切れた方に背を向けた牛尾は、

「こいよ」

主水を挑発しつつ槍を構えた。

初め、牛尾は、右手を後ろ、左足を前にして槍をもち、主水と対峙したが、今は違う。左手を後ろ、右足を前にして槍を構えていた。主水を前にしての右で味方が激しく押し、左では主水方の猛者がまだ薙刀を振るって大暴れするなどしていたから、安の方に背、危の方に腹を向け、槍を主水に向けたのである。

主水の注意が一瞬、崩れかかった味方に向く。

牛尾は見逃さぬ。

ビュッと動いた大身槍が——主水の右肘の腱《けん》を斬っている。

主水が歯嚙みして崩れかかった。

間髪いれず、牛尾は斜め下へ突き下ろす。

「うぬ如きに俺がっ……」

大身槍が罵る主水の鎧の胴を突き破り——内臓に達している。

膝を崩した主水をもう一突きすると——動かなくなった。

主水を倒した牛尾はものも言わず左方に突進する。

そちらに牛尾兵を屠る大薙刀の二人組がいた。

二人とも——でかい。

六尺豊か。

一人は坊主頭に捻《ね》じり鉢巻きをしめた筋骨隆々の見るからに凶暴そうな大男で顎鬚を生やしている。

もう一人は、昔の戦で鼻が潰れた物凄い面構えの武士で、水牛の前立の兜、黒糸縅の胴丸をまとっていた。

この大男二人が起こす血の嵐に百姓上がりの兵たちがおびえている。何人もの尼子兵が、この二人に——斬殺されている。

大男二人は、

「どうした、百姓ども」「ほら、来い！」

味方の兵は必死に槍衾をくむのだが、槍先がかたかたふるえていた。

牛尾は大声で、

「わしにまかせい！」

牛尾の突進、主水の死に気づいた二人は唾を飛ばして何やら罵ってきた。

目付きが鋭い坊主頭が牛尾の両足を切断すべく——薙刀で疾風を起こす。

脛を狙う金属の暴風を軽々と飛越《ひえつ》した牛尾、大身槍で坊主頭を叩きのめしている。

男は血の涙と鼻血をこぼし、落命した。

すかさずもう一人が牛尾に血塗れの薙刀で斬りかかるも牛尾は槍で受ける。

大身槍がさっと回り、石突きが、大男の逞しい腿を打ち、払い倒さんとする。

大男も粘り強く、崩れかかるも、もち直す。が、牛尾の大身槍が鎧の下の胸板をわり背まで突き抜けた。

牛尾は自分より大きな鬼柄者を——槍に力を入れ高々ともち上げ、敵勢に投げつけた。

「まだやるか！　お主ら！」

大音声で吠えた。

すると七手組の勇卒どもは皆々ふるえ上がり背を向けて逃げはじめている。

三沢軍は総崩れとなった。

夜道を南へ逃げる大学や瀬左衛門。

途中、左手の山からまた鬨の声が起こり——矢、そして明国の火箭《かせん》という小爆発を起こす矢が射込まれ、敗軍に大混乱が起こった。

「また尼子の伏兵か！　突っ切れぇ」

大学は叫ぶ。

牛尾につづく二段目の伏兵は黒正甚兵衛、鉢屋弥三郎長子の治郎三郎《じろうさぶろう》率いる足軽、鉢屋衆の混成部隊で鉢屋衆が射た火箭は人を爆死させるほどではないが、火薬を知らぬ者がほとんどなので恐怖を噴火させるには十分だった。

ここでも三沢方は次々斃れ投降兵も出た。

百三十人ほどにへった兵を率いて何とか黒正隊を振り切りしばし馬を走らせた大学は下川瀬左衛門と、馬首を並べ、

「何処まで参った？」

右手で飯梨川が流れていて左には雑木林が黒くわだかまっていた。

「飯梨川と山佐川の川合いにござる」

左奥から弓なりになって大学の右方に流れてきた飯梨川に右奥から山佐川がそそぎ込む合流点であるようだ。飯梨川と山佐川、どちらにそって行っても三沢領に抜けられるが、飯梨川沿いにそびえる尼子方の布部砦が、胸を掻く。

「……山佐をまわろう。先ほど、山佐を通った時、怪しいところはなかった」

決断した。

「者ども、ここで川をわたるぞ」

瀬左衛門が後続の兵に告げている。

敗残兵たちが飛沫を上げ、追い打ちにおびえながら、飯梨川に入る。月に照らされた川面《かわも》が乱れる。先ほどの塩谷川などよりずっと広い川だった。

川をわたった先に街道があり、街道の向こうは竹藪におおわれた小山だった。

大学は妖気が漂っていまいか、竹藪を鋭く睨み、黒い水を馬で踏みながら、

「伏兵に用心せよ」

疲れ果て、傷ついた兵どもを馬上から見まわす。

「百三十か……。多くの得難き者が斃れたが……これほど生きのこってくれたなら、その子、新規の牢人をくわえれば、七手組は息を吹き返せるじゃろう」

「…………」

「瀬左衛門、多くの者は今宵、尼子の強さを見たのじゃろうが、わしは逆に弱さを見た気がしたぞ」

瀬左衛門は行く手の竹藪を固い面差しで見たまま、

「……左様にございますか？」

「うむ。彼奴は——我らと正面からぶつかるのを恐れておったのじゃ。故に、様々な小細工を弄し我らを翻弄した。されば、尼子を正面からの戦に誘い出すことに成功すれば我が七手組には十分な勝機があるということよ」

川風に吹かれた灰色の老軍師はふっと笑い、

「尼子経久。わしがお主なら——ここに伏兵を置く。この伏兵を置かなんだ一事がお主の命取りとなるじゃろう。七手組は、必ずっ」

濁流のような激しい咳が、堰《せき》を切ったように大学から溢れ落ちる。

大学の背が馬上で大きくまがる。

「野沢殿っ」

瀬左衛門が馬を止めて案じると大学は大事ないと手振りした。その手にはべっとり血がついていた。大学はそれでも、ニカリと笑い、

「必ず……もどって参る。そしてお主を勘兵衛もろとも……成敗」

大学がまた咳き込んだ。

その咳を合図にしたのか……不気味な音が轟いている。

法螺貝。

川をわたり切った所にある竹藪から法螺貝の音がしていた。大学は、瞠目《どうもく》した。

同時に竹藪で、風がそよぐ。いや、風に非ず。——矢。

竹藪から放出された何十もの矢が渡河途中の三沢勢を襲った。

大学は一つ目の斉射で数知れぬ矢を浴び、針鼠のようになって飯梨川に叩き落とされている。瞬間、何が見えたか、

「……だいぶ、またせたのう」

世にも凄絶な笑みを浮かべている。

これが――灰色の老軍師・野沢大学の最期であった。

瀬左衛門はすぐに鎧の袖を竹藪に向け、首を低めて兜を前に出し、矢の嵐に耐えるも、その近くでは疲れ果て、傷ついた兵たちが茫然としているところを、体に何本も矢を浴びて斃れていった。

――三段目の伏兵じゃと。

歯噛みした瀬左衛門に、強弓の精兵が射たのだろう、稲妻の如く飛んできた直線の矢が鎧の胴を突き破り、腹深くまで入ってきた。赤い火花が頭の中で散るが瀬左衛門は呻き一つ立てぬ。

斉射が落ち着いたと思いきや、今度は竹藪から咆哮を上げた騎馬武者ども、槍衾をくんだ足軽が八十人ほど現れた。

三沢勢は、

「もう……駄目じゃ」

刀槍をすて降参する者、後退《しざ》る者、竹藪の対岸、つまり飯梨川の東にある雑木林に散り散りになって逃げ込む者が現れ、七手組は総崩れしている。

その崩壊の中、下川瀬左衛門は屈強の武士の木像の如く微動だにしない。

……これが雲州に武名を轟かせた侍だけの精鋭の……。

全身から怒気を爆発させた瀬左衛門は、大身槍で夜気を掻き、尼子の武者どもに叫んだ。

「某、出雲国出雲郡鰐淵寺門前の生まれ、七手組大将が一人、下川瀬左衛門と申す者！　尼子家の方々、ちとものをおたずねしたい！」

伏兵をたばねる将がさっと手振りし尼子の全軍は、ぴたりと静止した。

逃げ散る兵は別として三沢方も静まり返る。瀬左衛門は、咆哮した。

「――そこに、人はないか！　そこに、武士はおらぬのか！」

ほっそりした尼子の将は、

「心外なるお言葉かな。何をもって貴公は――ここに人なし、武士なしと仰せになるのか？」

「しからば申そう。お主ら常に安全なる所に隠れ、卑怯千万の罠を張り、矢を射かけ、槍合わせするかと思いきや……そうではなく百姓に数槍もたせて槍衾をくり出してくる。武士と思《おぼ》しき者は、その陰に隠れておるだけじゃ。そうではなく、己の武がためされる真の槍合わせをする武士は一人たりともおらぬのか！　そのことを瀬左衛門、面妖のこと、奇怪至極のことに思えて、尼子ほどの大身でありながら、人がいないのか、武士がおらぬのかと思うたまでよ」

黒雲が月を隠し尼子勢は黒い影の塊となった。

尼子の将の声が、する。

「では逆に問うが――貴殿らは卑怯ではないのか？　貴殿らは我が殿や重臣たちの寝こみを襲い、城中のそこかしこに火を放ち、一気に城を乗っ取る算段であったのだろう？　そのために貴殿ら馬の口に枚まで嚙ませて静々と山越えしてきたのではなかったか？」

尼子の騎馬武者、足軽の幾人かが、笑った。

すると尼子の将は鋭い声で、

「――笑うな。誰もこの話を笑えぬ。三沢方の謀が、成功しても、しくじっても、笑い話にはならぬ」

その時、月が雲間から差し尼子の将の細身の体と端整な細面を照らしている。配下を叱った男は瀬左衛門に、

「三沢方の夜討ちは卑怯ではないが、当方の夜討ちに対する備えが卑怯と仰せになるならば――かなり都合のよい方に道理をねじ曲げてはおられまいか？」

「…………」

たしかに、そうだった。切れ味鋭い道理である。夜討ちを卑怯と言われれば言い逃れできぬ。もっとも、瀬左衛門としては、勘兵衛にはめられたのだと声を大にして言いたいが……言えば三沢の名折れとなる気がした。

「貴殿の言い条、いちいちごもっともに候えども――やはりまだ、腑に落ちぬ！　夜襲に対する塩谷の備え、ここまではよしとしよう。敗走する我らに、もはや勝負は決まっておるのに、次々襲いかかり、やはり安全な所から矢を射かけてきた三段構えの伏兵、この話をしておる！　この伏兵が軍議で決まった折、『いや殿、三沢殿と一度も槍合わせせぬのはおかしい、逃げる三沢殿と一度でよいから、正々堂々の会戦をしましょうぞ』と、説く士は、お主らの中に一人もいなかったのか！　悲しいことよ。あるいは伏兵の中から飛び出し、我らに真の槍合わせをいどむ真の侍はおらぬのかっ。情けないことよ。……そのことを面妖に思うたのじゃが……わからぬなら、もうよいわ！」

「いや下川殿、貴殿のお嘆き、ようわかり申した。されば、拙者が――貴公と槍合わせするゆえ、ここに人なし武士なしというのは撤回していただきたい」

瀬左衛門は晴れやかな顔になって、

「おお……話のわかる御仁がおられてよかった。しからば、名をお聞かせ願えぬか？」

素槍を引っさげた細身の尼子の将は、

「某、長門の住人、厚東武光《ことうたけみつ》が末葉。尼子経久様が郎党、河副久盛と申す者也！」

「貴殿が河副殿か。お会いしたかった。相手にとって不足はない」

二人の武士は月明かりに照らされて飯梨川の上で槍を向け合った。瀬左衛門は大身槍を、久盛は小ぶりな穂をもつ素槍を――。自分よりずっと細い相手の構えを見たとたん、瀬左衛門は並々ならぬ力量を感じ取り、総身に鳥肌を立てている。腹の矢傷が、熱い。

だが瀬左衛門はこの敵と見えたことが……嬉しかった。

瀬左衛門の四角い顔はほころんでいる。

「前言、撤回する。参る！」

瀬左衛門が大喝するや二人の馬は同時に駆け出し、激しい水飛沫が月に照らされた。

勝負は――一瞬で終わった。

瀬左衛門の大身槍は久盛の横首をかするにとどまっている。だが、久盛の素槍は――瀬左衛門の右目に潜った。

そこから脳を突き破り兜の後ろ側のぎりぎり手前まで行ったところでもどった。

空《くう》に、一瞬の血の橋をつくりながら、素槍は毒蜂より早くもどり――瀬左衛門の重たい体は大量の水飛沫を上げて飯梨川に転がった。

「――紙一重の勝負にござった」

呟いた久盛は瀬左衛門の矢傷に気づくや、はっとして、夜空を仰ぐ。
……貴殿とは尋常の勝負をしたかった。
久盛は茫然とする三沢兵に槍を向け、厳貌で、
「抵抗する者は斬る！　投降する者は、許す！　尼子様は投降した者には刃を向けぬ」
三沢方の刃は次々に飯梨川にすてられ数多の水飛沫が立った——。
この瞬間、三月十日の夜戦は終わった。
経久は戦が終わると最も激しく戦った牛尾隊に足をのばしている。
負傷した侍、百姓の出の足軽、雑兵を見るや、経久はすぐに駆け寄り、
「……よいか？　きつう縛るぞ。一度きつく、縛る。いくぞ」
雲陽軍実記に、云う。
軍士は申すに及ばず雑兵に至迄《いたるまで》手負は傷を吸ひ、医薬を與《あた》へ……。
(経久公は、侍は言うに及ばず雑兵にいたるまで負傷兵がいれば、その手傷を自ら口

で吸い、医薬を与えられた）

経久は自ら汗をかき負傷兵の手当てを率先しておこなっている。こういう時の経久は、怪我人の身分の違いによって態度を変えるということが、全くない……。怪我人の身分がどれほど低くてもあるいは高くても、同じ温かさで接し、同じく懸命に、治そうとした。

経久のこのような大きさに接した兵士たちは一体どういう気持ちになったろう。

雲陽軍実記にこう書いてある。

万人是に悦服し、徳を慕ひ、武士たらん者は経久公の命に代ん事を本意とす。

（万人これに喜んでしたがい、徳を慕い、武士として生まれた者は経久公のために命がけではたらこうと思った）

経久は戦国の武将であったから、戦の時は厳しい顔を見せることはあった。

だが、領民や自らの兵たちを、温かい寛大さ、情け深さでつつみ込んでいたのである。

このことが侍はもちろん百姓出身の足軽と、経久の間にも、鉄の信頼を生み、鉄の信頼が固い忠誠を生んだ。

これが、百姓、あぶれ者など雑多な階層を多分にふくみながら……乱世の山陰山陽を驚くべき勢いで席巻《せっけん》、加速度的に版図を広げた尼子という家の強さ、勢いの秘密なのである。

三沢との戦における尼子方の死者は三十名程度。あとは、数十人の手負いが出ただけだった。

経久は味方の討ち死に者について、

討死すれば其子孫を寵愛し、職銀《ちぎょう》を増し、追善供養まで心を付玉ふ……。

(家来が討ち死にすればその子孫を寵愛し、知行をふやし、追善供養のことまで細やかに気をくばった)

また、敵側の戦死者が散乱した塩谷に立つと長い間、固く手を合わせ、しばし動かなかった。

……七手組の勇士たちよ、つちかいし武を発動できず、さぞ無念であろうな。我が槍衾はお主らの突撃をふせげたろうが、戦に絶対はなく、我が兵には場数を踏んでおらぬ者が多い。

槍衾を押し返しかけたという梅津主水の話を思い出す。それが、七人の勇将による突撃だったら……。

――そなたらをこのように倒さねばわしは出雲を平定できぬのだ。

やがて供の者に、

「この者たちの供養、くれぐれも丁重におこなうように」

三沢家の被害は……甚大だった。

討ち死にした者、六百人余。数十名が投降。

七人の勇将猛将のうち、野沢大学、野尻助右衛門、武田権次郎、中原金右衛門、梅津主水、下川瀬左衛門が討ち死に。

満身創痍《そうい》の三沢右衛門など、三十人ほどが何とか三沢領に落ちのびただけだった――。

まさに七手組壊滅という事態だった。

一本の松

奥出雲の雄にして鉄の王、三沢一門がつくり上げた精強な領国が、罅割れを起こしている。

大きな罅割れだ。

「尼子との境目の地侍どもが敵方に雪崩を打って寝返っておるという噂が漂っております！」

「砦に入れておった野伏、山賊などが――」

七手組を亀嵩城に動かしたせいで守りが薄くなった砦に急遽《きゅうきょ》、銭でやとい入れた者たちである。

「突如、変心、侍を斬り、領民を襲い、財を奪い、山に逃げております！」

「そこかしこで乱暴者が暴れ、民が嘆き、混乱しております！」

味方の寝返り、治安崩壊という頭が痛くなりそうな報告が、為信の額に濃い皺をきざんだ。

さらに、泣きっ面に蜂とばかり、顔を真っ赤にした郎党が見るからに悪い知らせをもってきて、

「殿っ！　うう……三沢右衛門殿……たった今、息を引き取られました！」

郎党は腕で顔を擦りながら泣き崩れる。

味方屈指の猛将、七手組大将最後の一人は——大薙刀を一切振るえぬまま尼子方が負わした深手がもとで息を引き取った。

と、嫡男・三沢為忠《ためただ》が為信がいる板間に大股で入ってきて、

「尼子経久、尼子久幸、そして……山中勘兵衛っ、千を超す兵を率い、亀嵩城に入りました。亀嵩城は尼子迫ると聞くや城兵が逃げはじめ、のこされし者は戦わずに降ったそうにござる」

雪が載った松と金雲が絵漆と蒔絵でほどこされた脇息に細身をあずけた為信は、凍ったような顔でうつむいたまま、

「評定を開く。重臣どもをあつめよ」

評定は、荒れた。

「七手組倒れ、裏切り者が出たとはいえ当家にはまだ九百の兵がおる！」

かつては荒武者だった老いた家臣が、

「わしらのような代々の郎党は十分、健在じゃ！　ここは三沢城に立て籠もり尼子相手に断固として戦うべきかと存ずるっ。憎き勘兵衛の首を見ねば死ねぬわ」

武者というより吏僚として仕えている痩せた老臣が、

「いやいや、その籠城衆の中に尼子に気脈を通ずる者が出たら如何する？」

「左様なことは夢にだに思わなんだわ。左様な不届き者が出たら――土筆を摘むように出たところから摘んでゆけばよい！　お主、左様なことを考えるとは……」

「殿、お叱り覚悟で言上いたしまする。もうここは降伏される他ないと思いまする」

「たわけ！　降伏などしてみよっ。尼子は鉄山を根こそぎ奪うぞ！　所領を大幅にむしり取るぞ！　多くの家人が路頭に迷おう。お主ら、それでよいのかっ！」

こういう具合だ。

また、誰も言わなかったが、降伏をすれば尼子家は最悪の場合――為信の切腹をもとめてくることが十分考えられた。

六十余州屈指の製鉄王は侃々諤々《かんかんがくがく》たる評定の間、脇息に半身をもたれさせたまま一言も発せず微動だにしなかった。

意見が出尽くすと、為信はおもむろに脇息から身をはなしている。

「もう、よい。わしの腹は固まった」

場は静まり返った。

皆が皆、主の言葉をまっていた。

三沢為信はわざと意気消沈したような顔をつくり、力ない声で、

「……尼子殿に降るほかあるまい。降伏の使者は為忠、そなたが行って参れ。為忠だ

けのこれ」

家来どもが退出して息子と二人きりになる。

すると為信は俄かに恐ろしく険しい顔様になり、打って変わった力強い声で、

「――今の家臣どもの顔を見たか？　わしを侮る顔になった者が、幾人かおる。戦えと言った者の中にも、降れと言った者の中にも。――その者ども信の置けぬ者どもじゃ。後で名を全てそなたにつたえるゆえ、肝に銘じておけ」

雪で冷やした剃刀《かみそり》のような冷厳さを漂わせた。

「近う寄れ、もそっと近う」

戦慄する嫡男が寄ってくると老いた鉄の王は、獲物を狙う老練な猛禽《もうきん》に似た鋭い目付きで、

「わしは尼子に心から降るわけではない。まずは――尼子の出方を見るべし。尼子が寛大さを見せ、我らの所領、鉄山をあまり削らぬようなら、我らは力を蓄えられるじゃろう。さすれば、尼子が三刀屋、赤穴、塩冶らと争う時、三刀屋らと密かにむすび、尼子の背面を襲って滅ぼせるはず。また、尼子が過重な要求――所領、鉄山の大幅な没収、わしの切腹をもとめてきたとしよう。我らは断固としてその不当な要求を突っぱね三沢城に立て籠もればよい。西出雲の国人は皆、わしに深く同情し、固い味方となろう。三刀屋、赤穴、塩冶らの援軍が尼子を側面から突く。松田らもいずれ三

沢と同じ目に遭ってはたまらぬと反旗を翻すやもしれぬぞ。つまりな為忠、この降伏、どちらに転んでも経久を滅ぼす罠が隠れておるのじゃ」

為信は、嫡男に、

「その使い、行ってくれるか？」

斬られるやもしれぬ使いを命じている。

「この身に替えましても話をまとめまする」

三沢領に入った尼子勢。

経久は、境をこえる前、全軍に三沢領の領民への略奪、蛮行を禁じた。

――武士による盗賊はみとめぬ。

これは経久が都にいた頃に固く誓ったことだった。

だが、初めの村で、早くもこの禁は、破られた。

尼子兵五人が、三沢方の村に押し入り、娘を犯し、米や銭を奪い、人を殺した。しらべてみるとこの五人のうち四人が、梅津主水らに略奪されていた村の出の百姓兵で、もう一人は全く違う村に生まれ、山賊生活の後、尼子兵になった者だった。主水らに襲われていた村の出の百姓兵は三沢方にされたことを三沢方の村にしてよいと考えたのである。

経久は軍法を破ったこの五人の百姓兵に激しく怒り——全て斬っている。

この一件以降、尼子勢は一切の略奪をはたらかず、三沢領の百姓を安堵させた。むしろ尼子勢は混乱に乗じ大暴れしていた、かつて三沢にやとわれていた山賊、野武士などを平らげて治安を回復させた。

奥出雲の地を底からささえる人々は——歓喜して尼子勢を迎えた。

経久と共に三沢領に入ったのは久幸、河副の爺、山中勘兵衛、真木上野介、牛尾三河守らである。また、忍び頭として下忍をしたがえた鉢屋弥三郎、笛師銀兵衛も同道している。

仁多郡鉢屋の襲撃にそなえ臨時雇いされた銀兵衛は弥三郎と大きな悶着《もんちゃく》を起こしたばかりだった。

というのもつい先日、戦が終わると富田鉢屋の間では——銀兵衛が、香阿弥を逃がしたのではないかという噂が、漂ったのである。

銀兵衛はさる洞窟に傷ついた香阿弥を匿っていた。

香阿弥は、気がつくと、

『何故、助けた？』

銀兵衛に問うも無精髭を生やした誰にも属さぬ若き忍びは、

『——さてな。俺が、俺に訊きたいくらいだ。だが……お前はすぐれた忍びだ。弥三郎の親父があれだけの守りを固めた城に忍び込み、経久を危うい目に遭わせたのだから。そのお前のし出かしたことを俺は愉快と思うたのやもしれぬ。その愉快さを起してくれたお前を、死なせたくなかっただけかもな』

と言った時には——弥三郎率いる手練《てだ》れの乱破どもによる厳重な包囲網が、洞窟を取りかこむ形で張られていた。

銀兵衛が死を覚悟し、弥三郎が攻撃を命じようとした時、城から鉢屋治郎三郎、さらに黒正甚兵衛が駆けつけ、弥三郎を止めている。

二人は経久の使いだった。

銀兵衛が香阿弥をつれて逃げていると聞いたさなは、きっぱりと、

『銀兵衛はまだしも、香阿弥については——確実に斬って下さい』

経久に言った。

『殿を闇討ちしようとし、わたしや子供にまで害をおよぼそうとした者。あの女を許してはなりませぬ』

だが、経久は、

『まず……香阿弥に闇討ちを命じた野沢大学は、もうこの世の人ではない。そして忍びは命を下されれば、それを受けねばならぬ。わしはこの命を出した者の咎の方が、手となって動いた香阿弥よりも重い気がする。そなたはどう思う？　もう一つ……香

阿弥の身にもなってくれ』

『――香阿弥の身になどなりとうありませぬっ！』

ぴしゃりと夫を一喝したさなは、

『殿は……あの者のせいで……あの者のせいでっ、お亡く……』

口から溢れそうになる感情を手で押さえたさなは顔を真っ赤にして、きりっとした目からぽろぽろ涙をこぼした。

『傍におる者の気持ちもお考え下さいっ』

『すまなかった』

経久は興奮するさなの背をゆっくりさすりながら、

『ただ……あの者はわしが知恵をしぼって縄張りし、忍び返しの罠ももうけ、弥三郎らが目に見えぬ警戒の網を張ったこの城に単騎忍び込んで、わしの傍まで参った。これは驚くべきこと。大変な剛胆、知恵、才覚がなければ叶わぬことよ。味方にすれば百人力と思わぬか？』

『………』

『長らく忍びの者は――武士に蔑まれて参った。だがこれは面妖なことである。忍びの働きは武士の働きに匹敵し、すぐれた忍びの働きは、すぐれた侍大将のそれに匹敵するのだ』

経久は――香阿弥の働きをすぐれた侍大将に匹敵すると見ているのだ。

『さな、そなたはかつて、わしが行く道を遠い、遠い、辛い道と言ってくれたな？』

『……はい』

『その道をゆくには多くの頼もしき味方が要る。山中勘兵衛、牛尾三河守、河副久盛らの力が要ることは、そなたも否定しまい』

『何で否定しましょう』

『そのすぐれた侍大将たちと同じくすぐれた忍びたちの力も要るのだ。鉢屋弥三郎、笛師銀兵衛……香阿弥といった者たちだ』

さなはじっと己の小袖を見ていた。さなが衣に焚き染めた薄匂い――伽羅《きやら》にやや多めの丁子をくわえた、甘さが控えめな香りが、経久の鼻を撫でる。

『銀兵衛は此度の戦で勘兵衛に次ぐ大功がある。銀兵衛が、三沢の動きを逐一わしにおしえ、勘兵衛とやり取りしてくれねば、我らはああもあざやかに敵を討てなかったろう。銀兵衛の功、伏兵を率いた将たちに匹敵し、わしはその功にむくいねばならぬ。その銀兵衛が……香阿弥を助けたがっておるという』

さなは凜とした声を発している。

『あいわかりました。もうお止めしませぬ。ただし、香阿弥がわたしや子供たちにまた仇《あだ》なさんとしたら――さなの薙刀が、香阿弥の首を刎ねます。さなの怒りはそれにとどまらず殿にもぶつけられます。このこと、ご覚悟なさいませ』

さすがに、さなに気圧《けお》された経久は、

『……うむ』

かくして、銀兵衛、香阿弥を助けよという経久の使いが飛び――富田鉢屋衆が洞窟に向けた幾本もの毒刀、毒矢をつがえた弓が下ろされた。降参した香阿弥は弥三郎預かりとなり、いろいろの糾問――大学の謀の全貌、他の十阿弥についての聞き取り――の後、傷が癒え次第、尼子家のためにはたらく形となった。

誰にも仕えぬというこだわりをもつ銀兵衛には得体の知れぬ律儀さがある。

経久がどんなに、大仕事を果たした彼に銀子をあたえようとしても、

『――此度は受け取れぬ。お主と奥方の命を縮めんとした刺客の命を、その銀で買ったのだ』

と言い張り、鐚一文受け取ろうとせぬ。

だから金銭的に苦しくなった銀兵衛に仕事をあたえるという意味もあり、今、銀兵衛は経久の警固にやとわれ、足軽の姿をして、本陣近くに控えていた。

もういい加減仕えてしまえばとも思うが……銀兵衛が決して首を縦に振らぬことを経久は心得ていた。

行軍する経久が小休止し、部将たちとぼてぼて茶を飲んでいると、伝令が来て、

「申し上げます！　三沢領からあふれ出た山賊、野盗どもが、馬木の里を襲いましたっ！」

真木上野介、そして久幸の双眸が、きっと鋭気を瞬かせている。

「里人が幾人か斬られました。また……娘が山に攫われたという話もござる」

ふだん穏やかな久幸の面貌が――口から火を吹く羅刹のように険しくなっていた。

上野介が険しい顔で、

「まだ、賊は暴れておるのか？」

「いいえ、真木家の侍衆が退治しましたっ」

久幸が、伝令に、

「斬られ、攫われたのは、何処の何という者か？」

「わかりませぬ」

部将たちを下がらせ、叔父と弟だけにして、

「叔父御、馬木にもどるか？」

経久が言うと、弓の名手は、

「いいや、戦になるならば我が弓が要りましょう。もう平定されたのなら、わしは殿の傍におり申す」

経久は久幸に、

「富田の方も心配だ。そなた、真木を経由して富田にもどり、賊が入らぬよう富田の方を固めてくれぬか？」

恋人の安否をたしかめてこいという温情がにじむ指図に弟は、

「いいえ兄上。富田の守りは、亀井殿、河副久盛殿、松田殿がおりますれば盤石と心得まする。わたしは副将としてここにおった方がはたらけるでしょう。願わくば腕利きの郎党を至急、馬木につかわし……人々の警固をさせてもよいでしょうか？」

「もちろんだ。指図してこい」

経久の許しを得た久幸はさっと腰を上げて立ち去った。

久幸の後ろ姿を見送りながら上野介がぽつりと、

「清貞殿の子よの……お主も、久幸も……」

経久が、えというふうに眺めると丸顔の叔父はしまったという顔になり、

「こりゃ失礼をばいたしました。つい、お主などと……」

「いやいや、叔父御。二人きりの時くらいよいでしょう」

「そういうわけにもゆきますまい。殿はもう、立派な大名じゃ。たたら場に遊びに来ていた又四郎とは違う」

過去を懐かしむ面差しになった叔父は、ふっと微笑み、

「応仁の乱の頃の話です。松田方と戦っておられた父御に、敵の別働隊が月山富田城

に大攻勢をかけておるという知らせが飛び込んだ。姉上や、二人の子の安否も知れぬ。左程に凄まじい攻撃じゃった。もどりたかったであろうなぁ。わしも……子をもつ身ゆえようわかる。されど清貞殿は――床几から一切動かず、眉一つ動かさず、その地に踏みとどまって戦をつづけられた。ただわしに急ぎ富田にもどって、姉上と子供たちをお守りするよう指図された。ご自身が狼狽えたり、そこを動かれたりすれば、全軍が動揺すると思われたんでしょう」

「覚えています。何と冷たい男よと思うたものだ……」

「左様なことを仰せになったら叱られますぞ。さあ、ぼてぼて茶を飲みましょう。すっかり温《ぬる》うなりましたが」

叔父が口をつけたところで――またあらたな知らせがきて、尼子本陣に驚きの波を起こしている。

三沢為信が降伏を申し出てきたのだった。

三沢為忠に会う前に狼皮をしいた鎧櫃に座した経久は、再び諸将をあつめた。久幸ももどっていた。

「三沢の使いに会う前にその方たちの意見を聞きたい。三沢が、降伏を申し出てきた。如何取りはからうべきか？」

河副の爺が口を開く。

「三沢は何を差し出すと言うて参りました？」

「所領の一部を差し出したい。何処を差し出すかはこちらの指図を仰ぎたい。亀嵩城は壊して兵を入れぬ。償いとして金子を支払いたい。以上、三つだ」

「――全く足りぬのではないでしょうか」

肥えた顔を真っ赤にした河副の爺から、憤りが噴出した。

「まず、亀嵩城はもう当方で取りました。この城を壊すなどと今さら恩着せがましく言われましても……」

真木上野介以下、多くの部将が首を縦に振っている。

「三沢が、何をしようとしたか。夜討ちをかけ、一夜にして我が方を滅ぼさんとしたのですぞ。その償いとして、今の三つ、あまりに軽すぎると思いませぬか？　方々、某誤っておろうか？」

「では、河副。そなたは三沢が何を差し出せばよいと思う」

「まず、所領の一部どころではなく半分を差し出す。鉄山は全て没収。三沢為信、為忠親子の切腹。これくらいでなければ当家は呑めませぬな」

河副の爺はとうとうと自説を語った。

これは、彼にはめずらしいことだった。経久は――河副は一種の傀儡《くぐつ》で見えざる糸を手繰っている人形遣いが他にいる気がした。誰かに言わされている気がしたのだ。

「真木殿は如何思われる?」

長きにわたる三沢家の圧迫を受け、幾度もの紛争の歴史をもつ真木家の当主たる叔父は、河副に問われるや、

「全く同意したい。三沢の力は削げるだけ削いだ方がよい。あの為信の狐親父が降伏? ……嘘偽りに決まっておろうっ。騙されてはなりませぬ!」

河副が小太りな体をこちらに向け、

「殿。ここで厳しゅう出ませぬと、三沢はおろか西出雲衆にも甘く見られまする」

経久の心眼は河副の丸っこい体から見えざる糸をたどりこの老臣を動かす人形遣いと目される男に動いた。

人形遣いは久幸の傍らで、瞑目し、うつむいていた。

馬面、短髪、がっしりした体つきの大男である。

——勘兵衛、お主が河副に言わせておるな?

久幸が河副に、

「しかしそこまで三沢殿を追い詰めると、降伏の話は破裂し、三沢殿は戦すると言い出すのではないか?」

「それでよいのです」

強く言う真木上野介だった。河副の爺も、

「今、当方には勢いがござる。この勢いに乗ってかかれば、三沢なぞ何で恐れることがありましょうや。必ずや――敵の本軍は総崩れしましょう！」

いつもと違ってやけに論理的な河副なのである。

「このまま勢いかかれば、三沢は滅ぼせよう」

誰かが言うと、

「戦じゃ！　戦しかない」

牛尾が、吠えた。ほか荒武者どもも同意する。

経久は一切の表情を消し、一言も発言しない軍師・山中勘兵衛を見ていた。

勘兵衛が、ギョロ目を開き、経久に馬面を向ける。

勘兵衛の眼が深沈たる光をやどしている。

――そうなさいませ。

声なき声を感じた。

勘兵衛はまたうつむき瞑目した。冷厳なるこの軍師は――三沢家を徹底的に追い詰め、戦に踏み切らせ、滅ぼし去るべし、その鉄山を全て尼子が奪い、富国強兵の源泉とすべしと考えているようである。

だが――勘兵衛はそれを評定で発言できない。何故か。嘘とはいえ、二年間、三沢の禄を食んだため、そこまでの献策をするのは人の道にもとると考えているのだ。

だから河副を動かし、三沢との長い宿意をかかえる真木家、戦と聞くとすぐ血を騒がす牛尾らを焚きつける言葉を放たせた。

経久は勘兵衛の考えが手に取るようにわかっている。

評定は――勘兵衛の思惑通り、三沢を追い詰め戦にもってゆくべし、三沢討滅すべしという道筋にどんどん傾斜していった。

経久はその流れを切るような強い声で、

「久幸は、どう思うか？」

久幸は、毅然とした面差しで言った。

「久幸は――異《い》なる考えをもちます」

「この場で何の異見があるんじゃっ、久幸殿ぉっ」

牛尾が耐えかねたように立つも、久幸は……まあ座れと手振りして、牛尾が座すと、

「まず、河副殿に訊きたい。戦ともなれば三沢は恐らく三沢城に立て籠もると思うが……その場合……勝算はありますか？」

「勝ちますとも！」

上野介が声を飛ばす。

「河副殿も言われたように、勢いは我が方にあり、三沢方に当家に心を寄せる侍は大勢いる！　たとえ籠城となっても内から切り崩す道が開けよう」

久幸は、すかさず、

「叔父上は敵が三沢だけと思うておられるようだが、久幸はそうは思いませぬ。河副殿が仰せになるように三沢を強く圧迫しすぎれば、ほとんどの国人はどう思いますか？　尼子にしたがえばあのように所領を削られるのか、ならば三沢をささえて、尼子を滅ぼそう、斯様な考えをもつのでないか？」

「…………」

「だとすると籠城した三沢の後詰に――三刀屋、赤穴、塩冶、古志《こし》、桜井、こういった者どもが出てくる恐れがある。野に三刀屋や赤穴の連合軍、天険の要害たる三沢城に為信、為忠、後ろに伯耆の山名もおる。我らはどう勝つのか？」

「恐れながら――」

今まで黙していた男が久方ぶりに口を開く。山中勘兵衛だ。

「三刀屋、赤穴、古志らが出て参ったとしても、おのおのの思惑があり、それぞれの小さな対立をかかえた輩。すなわち――烏合の衆。我が殿の下、一枚岩になり鉄の忠誠でむすばれた軍勢にはかなわぬと思います。何か策をめぐらし、混乱したところを一撃すれば――敵は砕け散る。勘兵衛は左様に心得まする」

勘兵衛は三沢を追い詰める献策は今日の自分にできぬが、三刀屋、赤穴らにまつわる意見はどんどん言ってよいと心得ているようである。

久幸は勘兵衛に、

「そなたが申した通りになるかもしれぬし、逆に我らは泥沼のような苦戦、幾年《いくとせ》も終わらぬ戦に陥るやもしれぬ。――さすれば、今、戦えと申している者の中にも、あの時、三沢の降伏をみとめていた方がよかったと言い出す者が、現れる。――必ずや現れる」

久幸は真っ直ぐに牛尾たち荒武者を見る。久幸はどんなに紛糾する議論の場でも、静かに、だが確固たる芯の通った声で、淡々と自説をつみ重ねてゆく若武者だった。

「当家が一枚岩と勘兵衛は申した。残念ながら、違うと思う。三沢の下から我が方にまわった地侍ども。彼らは我らと違い、尼子に勢いがあると思い、この印の下にあつまったにすぎぬ」

久幸の指が陣幕にしるされた四つ目結を差す。

「三沢に勢いがあると思えばすぐにそちらに雪崩を打つ。戦が長引けば敵は左様な者から調略を仕掛けてくるぞ」

「では、久幸殿はどうすりゃいいと言うんじゃ！」

牛尾がわめいた。

久幸は、言った。

「——三沢殿を、真に降伏させる他あるまい」

河副の爺、上野介が、口々に、

「そんなことが……」

「できると？」

弟は、兄に顔を向け、

「それができるお方にお仕えしておるとわたしは思うのだが」

——あとは、お決め下さいという顔を久幸はこちらに向けている。

経久は、言った。

「皆の者、躍然《やくぜん》たる議論、ありがたかった。おかげで経久の腹は固まった」

三沢為信の妻は京の落託した公家の娘であった。この女性が産んだ遠江守《とおとうみのかみ》為忠は経久より年かさで、武士というより公家のような雰囲気の男であった。のっぺりした細面。表情は、読みにくい。目は細く、手足も、細い。武技は苦手そうだが、謀略や根回しになると水を得た魚のように動き出し、交渉事ともなれば——妖しい粘り強さを発揮しそうな男だった。

経久はこの鵺《ぬえ》的な武士の前に穏やかな笑みを浮かべて現れると、まず労をねぎらった。

そして、

「三沢殿が当方に降伏したいと仰せになっておられるとか」

「左様にございまする」

「――この上なくめでたいこと。喜んで歓迎したい」

――そう言うほかあるまいよ。

という本音をのっぺりした顔に一片も発露させぬ三沢為忠だった。

「降伏の条件を詰めたい」

経久が、身を乗り出している。

――来たぞ。お主が我らに寛大さをしめせば、我らは武力を増強できる。すなわち、いつかそなたを滅ぼす。お主が我らに過酷さを見せれば、我らは出雲国中の同情をあつめ、味方をふやせる。すなわち、そなたを滅ぼせる。さあ、どちらをえらぶ？

「三沢殿は隠岐《おき》の島にも所領をおもちだ。この所領は全て、召し上げる」

「……はっ」

隠岐の島の領土などくれて差し支えない。問題は、出雲の領土だ。

「出雲国内の三沢領だが……」

経久は、言った。

「――全て、据え置く。そのまま治められよ。我らは一寸四方の土地も三沢家から奪うつもりはない」

……え？

為忠の細い目が見開かれた。

「据え置きと仰せになるか？」

奥出雲の領土に尼子は大きく包丁を入れて削ぎ落としにくるだろう、と三沢家は踏んでいた。削がれる肉が少量なら、面従腹背、尼子の下について機を窺う。夥しい肉を取ろうとするなら降伏の話を引っくり返して城に立て籠もり他の国人に反尼子連合を呼びかける。斯様な心胆だった。

「そうだ。寸土も取らぬ。その方が、領民も安堵するであろう」

穏やかに話す経久を見ながら為忠は、

……何なのだ？　この男は――。

わけがわからなかった。かすかな震えが――為忠のほっそりした体に起きはじめていた。

「鉄山だが――」

――そうか、鉄山か！　読めたぞ経久。領土は据え置くが鉄山を全て我らから奪うつもりであったか！　一つ二つならくれてやろう。三つ四つはわたさぬぞ、馬鹿め！

うぬの汚い策謀は看破したぞ。鉄山こそ当家の命綱。領土などよりも肝心じゃ。決して、わたさぬ。

経久は、にこやかに、

「これも、据え置く」

「────」

「三沢殿がそのまま治められるがよい」

──破格の申し出であった。

こちらは、戦に負けているのである。為忠の震えは大きくなっていた。

窺うように、

「……それでよろしいので？」

「ああ。ただ、三沢殿は昔、朝家の方に鉄山の利の一部を毎年幾割か納めていたと聞く。近年は京極殿に納めていたそうだな？」

たしかに鉄が生む巨富の一部を昔は朝廷、近頃は京極に納めていたが、政経が出雲を出奔して以降──彼の家には鐚一文おくっていない。つまり三沢家は領内の鉄山の収益を独り占めしていた。

「この銭を──爾今以後、尼子家に納めてくれぬか？　年に何貫納めてもらうかは昔、朝廷に納めていた鉄年貢、今の鉄山から出る鉄の量をもとに算出し、お伝えする。法外な銭をもとめて苦しめるつもりは毛頭ない。あくまでも朝家に納めていた鉄年貢をこれからは当家に納めると思ってもらえばよい」

鉄山は取らぬが、そこで上がる富の何割かを尼子家におくれと経久はもとめている。

したたかな申し出ではあったが……破格の寛大さ二つの後なので、呑んでしまう。

「……あいわかりました。よもや父も否とは申しますまい」

「よかった。承引して下さるか」

鷹揚《おうよう》にうなずいた経久は、

「三沢殿が当家に贈ると言って下さった償いの鳥目だが」

賠償金のことだ。身構える為忠に、経久は、さっぱりと、

「――要らぬ」

「………？」

またも予想を裏切られ混迷を深める三沢の跡取りに経久は言う。

「聞けば山賊や野武士が領内で大暴れし多くの村が荒れたとのこと。その鳥目、わしに払うのではなく、斯様な村や、そこに住まう領民の救済につかってくれい。そこは約束してほしい」

あれだけの策謀をこちらにかけながら、化け物のような寛大さを次々に見せつける

尼子経久という男が為忠はまるでわからなかった。――計りかねた。

……何なのじゃ、この男。何なのじゃ？　何か罠があるはず。

経久の話から――罠の悪臭を嗅ぎ取ろうとするも、見つからない。

経久はもう二つの条件――一族の子弟を月山富田城に人質に出すこと、経久が開く評定に為信、為忠親子が出ることをもとめてきたが、この時代には至極まっとうな要求であり、否とは言えない。

三沢家が予期した経久の最悪の要求、三沢親子の死など――影も形もなかった。

しまいにはいよいよ経久がわからなくなってしまった為忠は、もうあらゆる仮面も打算も取り去って本音をぶつけていた。

「尼子殿……今仰せになったこと、正直申し上げて破格の寛大さと言うべきもの。そのお言葉を信じ、我が方が貴公の軍門に降ったところで、前言を翻し、遥かに過重な要求をされる、斯様なご心胆ではありますまいか？」

「三沢殿、お疑いになるのは無理からぬことだが、この経久、今申したことに一片の偽りもない」

粛然たる声で、

「貴公が仰せになったような、前言の翻しなどもっての外である。わしは三沢殿と共に栄えたいのだ。豊かな出雲をつくるための知恵を、ご父君や貴公に、貸していただきたいのだ。そう城におられる方々にお伝え下され」

為忠は魂を半分抜かれたような顔で退出した。

経久は、為忠がいなくなると、一瞬、鋭い眼光を迸らせるも、すぐに消し、久幸、ほか重臣に、

「為忠は最後にとうとう……本音をぶつけてくれた。よい兆しだ。これで一兵も死なせず、三沢城を半ば落としたようなもの。あとはあの男がどう出るかだ」

一方、三沢家――。経久の要求を蹴るような謂《いわ》れなど毛頭なかった。

この破格の条件を蹴飛ばそうものなら、理不尽をしたのは、尼子ではなく三沢になる。三沢の名折れとなって、家中の多くが離反、国人の助太刀も一気にへるだろう。

為信は経久に――降伏せざるを得なくなっている。

すると経久はさっと軍を退いた。

初夏、三沢親子は、経久から、月山富田城に、顔を出すように、呼び出しを受けた。

三沢の家臣団は蜂の巣をつついたような騒ぎになり、

「これは経久の罠にござる！」

「殿を城におびき寄せ仕物にかけてお命をば縮めんとしておるのでござるっ」

だが尼子家中から狐親父と言われる知将、為信の老練な嗅覚は……経久は様々な罠や策をくり出す謀将だが、暗殺、闇討ちという手はつかわないと、気づいていた。為信は敵でありながら何処かで彼の青年武将を信じていた。

……しかも、経久がわしを討とうというのなら、この前の和談の時により厳しい条件を出して我が方を追い詰め、戦にもち込み、当家を滅ぼせばよかったのじゃ。それをしなかったのは寛大さを出雲に見せようとしておる、と読み解ける。降伏したわしを城におびき出し、罠にかけて――皆殺しにしようものなら、寛大さと逆の面を見せる形になり、筋が通らぬ。故に闇討ちはなかろう。

と、読むも、万一を考え、腕利きの家来を沢山つれ、三沢親子は月山富田城に乗り込んだ……。

経久は山海の珍味を取り揃え三沢親子を心からもてなしている。

経久の熱意が籠もった温かいもてなしで、冷え固まっていた三沢親子の心は徐々に打ち解けていった。

経久という男には……三沢為信ほどの冷厳なる策士の心をほぐしてしまうような圧倒的な懐の広さ、底知れぬ魅力があったのである。

この温かい宴席には陰謀の血腥さなど少しも漂っていなかった。

逆に経久が油断していたかと言えば全く違う。

経久も屈強な家来たちに守られており——三沢の者が経久を斬るなど岩山を針でつついて崩そうとするようなものだった。

宴の途中、息子の為忠以下、三沢の者たちはほんのお世辞のつもりで、宴席の屏風、高名な絵師が絵を描いたという襖、違い棚に飾られていた蒔絵の箱を褒めた。

すると経久は——嬉々《きき》として動き出し、

「なら、もっていって下され。ついでにこの壺ももってゆくとよい」

屏風を梱包《こんぽう》させ、襖をはずさせ、高価な箱や壺は薄絹につつませて、押しつけてくる。

固辞しても、

「真の価値がわかる貴殿らの許にあった方がこれらのものも幸せなのだ」

同日夜、為信は贈り物の山の横に、反省する息子と恐れ慄《おのの》く家来たちを座らせ、冷厳なる顔で、

「——うぬらに恥というものはないのか？　我らは負け戦をして、ここに来ておる。本来贈り物をせねばならぬのはどちらの方か？」

家来たちは一斉に、

「三沢家に候」

「それを……これほど頂戴して……。三沢は戦に負けて物乞いをしにいったと、諸国

人に噂されるぞ。これ以上、わしに恥の上塗りをさせるな」

「御意」

「お主ら、明日から二度と尼子殿の持ち物を褒めてはならぬ。金輪際、尼子殿の持ち物を褒めてはならぬ。褒める者がおったら、わしが承知せぬ。心得たか？」

「御意」

翌日、心が籠もった宴席の途中で経久はふと、

「そう言えば……三沢家と真木家の間には所領の諍いがあるとか……」

経久は真木家に肩入れするのではなく、あくまでも公正な裁定者として、真偽のほどを知りたいという様子で、切り出している。

三沢の方が真木より遥かに広い領土をもつが、真木は経久の叔父で、しかも尼子四執事の一人。外様《とざま》の三沢より尼子家中での序列は上である。本心からではないが、一応、尼子に臣下の礼をとった三沢、しかも昨日の贈り物攻勢の直後ということもあり
……、

「……わかりました。先祖が真木殿から取った土地、山については全て真木殿にお返ししましょう」

言うほかなかった。

広大な三沢領にとって真木から取った分など切れ端のようなものであった。

為信の言葉を聞いた経久は面を輝かせ、

「そう言うて下さるか。ありがたい。叔父御、これで三沢殿とのわだかまりは……」

丸っこい髭面に、いかにも人がよさそうな笑みを浮かべて上野介は、

「綺麗に水に流しましょう！　三沢殿、これからは共に殿をささえてゆきましょう」

経久は為信に、

「いや三沢殿のおかげでこの一件、丸くおさまった。この小太刀を進呈したい」

見事な拵《こしら》えの小太刀を恭しく受け取りながら、為信は、

「……ありがたき幸せにございます」

軽くはめられた気もするが……悪い気はしなかった。

また、ある時、あまりに旨い酒を不覚にもつい飲みすぎた為信は、厠に行くと言って席を立っている。と、茶を飲んでいた経久は、

「わしも行きましょう。連れ小便と行きましょう」

ついてきた。

二人して厠をすませ、やや足元がおぼつかなくなった老為信の手を、若き経久が取る。為信はしきりに恐縮するも経久は為信をいたわるようにささえて、

「三沢殿を見ておると……父を思い出します。不孝ばかり重ねて、ろくに孝行できなかったことが悔やまれますする」

「父御は某を恨んでおられたでしょう？」

「――ええ。恨んでおりました」

二人はカラカラと笑い合った。

と、若き狼は、老いた狐に、

「父に甘えるつもりで一つ所望してよろしいか？」

為信の酔いは――急速に冷えていた。冷厳なる思慮深さが一気にまわりはじめている。

――来たな。経久め。斯様な時を見計らって、我らに過重な要求をくり出す魂胆か！　聞こう。何を所望するつもりじゃ？

経久は、言った。

「香阿弥という乱破がおりましてな。先の戦で我が方に降った者です」

意外な切り出し方に、為信は戸惑う。

「この香阿弥から聞いたのですが、三沢殿は星阿弥なる子供の乱破をつかっておるとか」

先の戦の前夜、富田の根小屋からただ一人逃れた子供の忍者こそ――星阿弥だった。

富田鉢屋の毒矢で深手を負った星阿弥は山中に二日間隠れ、亀嵩にもどるも、その時には七手組は壊滅していた。

「この星阿弥を是非、我が家来にしたいと思いましてな、お聞き届け下さいますか？」

何だ、そんなことかと言いそうになる為信だった。

為信は忍者を武士よりも軽輩と心得ている。すぐれた侍大将を一人くれというなら、為信も迷ったかもしれぬが、乱破を一人くれという所望には、

「……もちろん、よろしゅうございますとも。どうぞおつかい下さいませ」

「そうか、聞き入れて下さるか。いや、よかった」

思いのほか軽い所望であったので為信の中に安堵が広がっている。

為信は細面を庭に向けた。

西日に照らされた庭に——途轍もなく大きな樹があった。

松である。

龍のような大きな幹を四方に広げ、緑雲と見まがう葉を生き生きとたくわえ、力強く、それでいて静かな趣に、剪定されていた。ここは里御殿で為信は知る由もないがいつか晴が眺めていた松である。

経久は、三沢家の傷をうずかせ、警戒も掻き立てるだろう山の中の大要害・山中御殿に、彼らをみちびいていない。宴はずっと、里御殿でおこなわれていた。

「……見事な松ですな」

思わず為信は呟いていた。言った傍から、あ、経久のものを褒めてしまったと思ったが、さすがに松の巨木を自分に贈るわけにもゆかぬと思い直し、

「あれほど雄渾《ゆうこん》なる松は、某の庭にはありませぬ」

経久はにこにこと、

「三沢殿は松がお好きであったな。……そうか、それほど気に入って下さったか……」

宴席からはあれほど憎み合い、疑い合っていた尼子と三沢の侍衆のにぎやかな歌声、笑い声がひびいていた。

為信は自分と家臣たちがこの尼子経久という底知れぬ深みをたたえた男に、呑み込まれてしまう気がした。

数日間にわたる歓待の後、三沢家は奥出雲に帰っている。

経久は為信が帰ってしばらくの間――里御殿の庭に立って、じっとある樹を眺めていた。

やがて小姓に、

「黒正を呼んでくれ」

黒正甚兵衛が傍らにひざまずくと、経久は微笑みを浮かべて松を仰ぎながら、

「この松をな……三沢殿が気に入って下さったのだ」

「それはようございました」

黒正は何気なく言った。

「そなた、この松を……三沢城にもっていってくれんか？」

「……え……？」

驚きが、黒正の小さな体をぶちぬいていた。黒正は自分に空いた穴をふさぐように胸に手を当てて、口をパクパクさせ、首を動かしながら巨大な松の全貌を一望し、

「……殿はこの大松を三沢殿に贈ると仰せになりますか？」

経久はにこにこと、

「よく掘り、人夫をあつめて、才覚をめぐらし、そこなわぬようにして三沢殿にとどけて参れ。鉢屋者もつれてゆくとよいだろう。傷物にするなよ」

経久は颯爽《さっそう》と立ち去り後には松に手をかけて動けなくなった黒正がのこされた。

黒正の姿は甘酸っぱい思い出のある樹に手をかけ、感傷にひたっている若者にも見えたし、歌枕に立つ松の名木に遭遇し長年の本懐を遂げてじっと佇んでいる歌人のようでもあった。

とにかく黒正は庭師、庭師に化けた鉢屋衆、人夫をあつめ、大松を掘り、根を養生し、険峻《けんしゅん》なる山が並ぶ奥出雲への運搬をはじめている。

塵塚物語はこう語る。

くるまにのせんとすれどもすぐれたる大松なればくるまにもつみやすからず。長さは十間あまりとある木なれば通路せばくして、枝はひこりたれば只めいわくするのみにてとほうをうしないて……。

(荷車に載せようとしたけれど、大変な大松だったのでなかなか車につめなかった。長さ十八メートル以上ある木なので、この木を通すには道が狭すぎ、枝葉も這うように茂っているため、ただただ困り途方に暮れて……)

黒正の許から泣きそうな顔の使いが来て、

「殿！　松が山道で突っかかってはこべませぬ。黒正殿はもどってよいかと仰せになっています」

経久は、使いに、

「馬鹿な。何でもどってよいことがあろうか。道の横に生えた木を伐って通せぬか？」

夢中で頭を振って、

「無理にござるっ。木はおろか、岩にも引っかかっております」

経久はこう言ったとつたわる。

「其儀《そのぎ》ならば是非なし。其松《そのまつ》をこまかに切てつかはすべし（そういうことならまあ仕方がない。その松を細かく切ってはこぶがよい）」

「殿は……傷物にするなと仰せになったと承りましたが？」

「仕方あるまい。松のことだから、たとえ小分けにしても、庭に挿せば何本か甦ろう。さすれば——あの見事な松が幾本にもふえ、三沢殿は喜んで下さるだろう」

黒正たちは、松を鋸でいくつかに切り、数台の牛車に分乗させ、奥出雲まではこんだ。

この不思議な一行は大きな話題を呼び、松が通り抜けてゆく村は経久の気前のよさを褒めそやしている。

為信がここに植えてくれと指図した所を掘り起こし、松の庭に月山富田城から小分けにされてはこばれた松が植えられてゆく。

鉄の王と息子たちは茫然とその光景を眺めていた。

黒正たちが帰ると、為信は息子たちをつれて、経久の古今稀な贈り物にふれながら、松の庭を歩く。西日の矢に射られながら為信は、

「……あの庭師の幾人かは、鉢屋者であったろう。あのお方は贈り物をされながら、この城を見ておられるのだ。六韜にこうある。『将、仁ならざれば、則ち三軍したしまず。将、勇ならざれば、則ち三軍鋭からず。将、智ならざれば、則ち三軍大いに疑う。将、明らかならざれば、三軍、大いに傾く。将、精緻ならざれば、則ち三軍、其の機を失う』多くの侍が仁、勇、智、明、精緻をもつ武将たり得んとして、なし遂げられぬ。わしもお主らも二つ三つもっておるくらいじゃ。尼子経久……あのお方は違う。五つ全てを体得しておられる」

為信は確固たる語調で、

「今日わかった。我ら三沢一門がどれだけ知恵をしぼっても——あのお方には勝てぬ。わしの目の黒いうちに三沢家が尼子家に牙を剥くこと断じて許さぬ。そのような真似をすれば、今度こそ滅ぼされるぞ。三刀屋や赤穴の援軍など、全く当てにならぬ。あのお方には強力な援軍があるからじゃ。わかるか?」

為忠が、小声で、

「……赤松家ですか?」

「全く違う」

為信は、きっぱりと、

「――この地の民じゃ。わしが治める奥出雲に暮らす数知れぬ者をあのお方はいつの間にか味方にしてしまわれた。あのお方のためにはげむことが、父への孝行となると心得よ」

かくして出雲国最強最大の国人・三沢家は――尼子経久に、心服した。

隠岐の三沢領を取ったことについて経久は、久幸や、勘兵衛に、

『三沢が何か企むとしたら、当家の目がとどきにくい隠岐を策源地とする。これが一つ。いま一つには――尼子が隠岐に進出する足がかりとなろう』

こう話していた。

松がとどけられた翌日、三沢領の南、馬木に向かうわずかな供をつれた若侍の姿があった。

久幸だ。

あの後、馬木に雪崩れ込んだ賊により――夏虫の安否は一時わからなくなり、久幸を大いに苦しませている。

だがすぐに馬木につかわした郎党により夏虫、その養い親、刀鍛冶の滝光、現せんら、大切な人々の無事がつたえられ久幸を安堵させた。特に滝光は夏虫としたしい娘を山に攫おうとした暴漢二人を自身が鍛えた刀で斬ったという。

三沢が降伏した今、久幸は一刻も早く夏虫と再会したかったが……真に三沢が降ったかの情報収集、その分析、そして三沢の歓待の支度などに駆け回っていたため、夏虫には文を書くのが精いっぱいで、馬木まで足をはこべなかったのである。

だが遂に三沢家が心服したという確信を得た久幸は今、三沢領を堂々と通り、馬木に向かっていた。

馬木の里では——青きみずみずしさが横溢《おういつ》していた。

山は、明るい青葉で埋め尽くされ、里は田植えで沸きかえっている。

田楽一座の陽気な音曲が聞こえ、着飾った早乙女たちが後ろ歩きしながら苗を植えてゆく。

夏虫は早乙女の中にいようか？　いや、鍛冶屋の娘だからいないかもしれないと考える。

領内巡検の時と同じように馬ではなく徒歩で馬木まで来た久幸は、笛や太鼓を奏でている人々の傍、木の下で田植えを眺めながら飲食し談笑している法体の影を二つみとめる。

一人は現せん、もう一人は金言寺の住職だ。

久幸は現せんの名を呼びながら駆けている。

息を切らして木の下に来た久幸は、僧でありながら酒を飲んでいた老いた聖に、

「現せん上人、夏虫は何処におりますか？」

現せんは茶を飲んでいた金言寺住職と目を見合わせ、深刻な面差しで、

「夏虫なら……出ていったぞ」

白い閃光《せんこう》が久幸を貫いている。体じゅうの血が、干上がりそうになった。

「つい、今しがたじゃ」

勢いがある声で、

「何処へ行ったのですっ」

「どうも……滝光と遠国に旅立つようであったな。備後の方にゆく街道に行ったぞ。あちらの方じゃ」

久幸は脱兎《だつと》のように走り出す。真木邸の門を潜るや、

「馬をかります！」

家来と共に、馬に跨り、鞭当てた。

久幸は馬を全速で疾駆させる。

田や茅葺の家が、物凄い勢いですぎさってゆく——。先頭を土埃を立てて久幸が行

き、すぐ後ろで馬走らせる郎党は替え馬を引っ張っていた。里を出る所で他の家来はおくれるも、替え馬を引いた郎党だけは山道に入ってもついてくる。

……何故だ？　何故一言も言わずに行ってしまうのだ！　そなたは……身分の違いを気にしていた。だからなのか？　それともわたしがなかなか来ぬゆえ、そなたは……そなたは、他に……。

混乱が目を晦《くら》ませ、不安の濁流が、胸底で煮えくり返る。久幸は馬上で歯を食いしばり激しく頭を振っている。

林立する杉、槙《まき》が青黒い風となって後ろにすぎ、山法師の花と葉は白と緑の光の急流となった。

険しい坂を登った所で久幸が跨った馬、ただ一人ついてきた郎党が乗った馬が、潰れた。

他の郎党は影も形もない。

「替え馬にお乗り下さいっ」

郎党が言う。

久幸は素早く馬を乗り換え、郎党と潰れた二頭をのこし、山道を疾駆する。

しばらくいくと視界の片側が青く開けた。

山道の左側で空が、開けたのだ。

細い道の右側が高く、左側が低い。高い方は杉木立がこんもりと茂り、低い方は青々と広がる空の下、遠くの山々が青く霞《かす》み、道端ではススキや笹がそよいでいる。

峠道のずっと先の方に小さな人影が二つ、ある。

「――夏虫っ！」

久幸は叫びながら馬を走らせた。

人影が――止まった。

刀鍛冶の滝光とその娘、夏虫であった。

滝光は笠をかぶり、重荷を背負い、手甲脚絆をつけた旅装束。夏虫は何の荷も背負わず小袖姿であった。

夏虫の傍まで来た久幸は馬から凄い勢いで飛び降り、

「何故、何も言わずに出ていこうとした！」

夏虫の前に立った。

夏虫（夏の薄青い蛾）と同じ色の衣を着た小柄な乙女は――茫然としていた。

久幸は一歩詰め寄り、

「何故なのだ？」

滝光が、久幸に、

「久幸様。何もお告げせずに旅立つ非礼をお許し下され。夏虫は某の見送りに来ただけなのです」

……見送り？

夏虫が夢中でうなずく。

わけがわからぬ久幸は、

「そなたは出雲を出るのではないのか？」

「あたし……お父が旅に出るというので国境まで見送りに来ただけです」

夏虫の答に混乱した久幸は、

「だがしかし……現せん上人はそなたが遠国に旅立つとたしかにおっしゃったのだ」

きょとんとした夏虫は、ぷっと吹き出し、袂を唇に当てて、

「上人様のいつもの癖です。騙したんです久幸様を！　久幸様ともあろうお方が騙されたんです」

いつも寡黙な滝光が、青空に向かって腹の底から愉快気に笑って、

「ぐわっははは！　上人様もお人が悪い！　どうして夏虫が出雲を出ましょうか。某、一人で旅に出るのです」

峠にへたり込みそうになった久幸は、

「おのれ……」

面から怒りの火炎を放ち、歯を食いしばった久幸は、一度地を踏み、現せんがいる

馬木の方を睨んでから、頭をかかえて冷静になり、

「しかし……滝光殿は何ゆえ旅立たれるのですか？」

滝光に、問うた。

刀を佩《は》けば武士に見えなくもない風格がある刀鍛冶は、

「そのことにござる。某……夏虫をそだてるため、馬木の里に腰を据えておりました。今、娘は立派にそだち、いいお人も見つけた。……某の役目は終わりました」

夏虫が口に手を当てて、うつむく。その目には涙が浮かんでいた。

滝光は微笑みを浮かべて夏虫を眺め、それから久幸に、

「故に某、己の旅にもどろうと思うのでござる」

峠の上の空で鋭い声が放たれた。

鳶だ。

羽ばたかず、ただ風に乗って大空を漂う鳶を眩し気に、羨まし気に仰いだ滝光は、

「あの鳥の翼があれば……もっと早く倅を見つけてやれるのに……」

人攫いに実子を攫われ、燃える家からひろった赤子を無事そだて上げた刀鍛冶は、今、行方知れずとなった息子をさがす旅にもどろうとしている。安全な里を出、合戦と略奪の嵐が吹き荒れる乱れた国々に、一人踏み出そうとしているのだ。

百に一つも見つかるとは思っていまい。だが、行かずにはおれぬのである。

滝光の気持ちが夏虫や久幸にひしひしとつたわった。

「お父……兄さんが見つかったら……必ず出雲に帰ってきてねっ」

泣き崩れる夏虫をささえた久幸は、

「必ずでござるぞ。滝光殿の家は出雲にしかと用意しておきます！」

「いつでも……いつでも、帰ってきて」

若い二人の言葉にただ微笑みだけで応じた滝光は深く頭を下げると、歩き出した。

一度だけ夏虫に振り返るも、あとはもう二度と振り返ろうとしなかった。

久幸と夏虫は滝光が完全に見えなくなるまで見送っている。

夏虫と共に馬木まで降りた久幸は――悪戯好きの老僧を捕まえた。

さっきの木の下に現せんと住職を見つけた久幸は大股で歩み寄り、

「現せん上人！　嘘をつくのも大概にして下され！　住職も、住職です。何故、現せん上人を止めなかったのか。年甲斐《としがい》もなく若者を騙して何が楽しいのか！」

酔うた現せんは足をもつれさせながら住職と木の周りを逃げ惑い、

「まあ、落ち着け」

「何で落ち着けようか！」

幼い苗を整然と並ばせた田の面に夏虫の手を引いて怒る久幸がうつっていた。

木の下に腰かけて、自分たちの仕事の成果を眺めながら、晴れの日の白い握り飯を頬張っていた早乙女たち、指についた白い米粒を呆《ほう》けたような顔で吸ったり、舐《ねぶ》ったりしていた裸足の童たち、百姓衆が、突如起きた騒ぎを面白がり、久幸と夏虫、現せんと住職を取りかこんだ。

しまいにはたたら場ではたらく逞しい男たち、大鍛冶、久幸と共にはたらいていた炭焼き、狩人、真木氏の兵まで何だ何だとやってくる。

現せんは杖で久幸を指し、

「――お前が悪いんじゃ！」

「わたしの何が悪いというのか」

「いつまでも夏虫をほったらかしにしおって。わしと住職はいつになったら迎えに来るのかとずっとやきもきしておったのじゃぞ。だから、お主の顔を見た時、少しからかってやろうという気持ちになったのじゃ！」

現せんが開き直ると村娘の誰かが、

「そうですよ、久幸様」

ここにいるほとんどの者が久幸、夏虫の顔見知りだった。兄と共に人生のどん底に落ち、馬木に潜み、たたら場や炭焼き小屋ではたらいた久幸の傍にいた人々だった。

早乙女が二人、この幸せ者というふうに夏虫を小突く。

「大体お主、夏虫を嫁に迎えるのに何で輿や馬もなく、とことこ歩いてきたのじゃ」

現せんの言にたたら場のがっしりした男が、

「そうですぞ、久幸様！」

「それは……夏虫を富田に迎えた後《のち》、用意万端ととのえ、然《しか》るべき儀式を……」

現せんは、言った。

「万端の用意も、堅苦しい儀式も、要らんのではないか？」

杖で木をゴンゴンと叩き、

「この木の下で、馬木の衆にかこまれて、祝言を上げればよいではないか！」

「そうじゃ、そうじゃ！」

真木氏の兵や百姓男が心から嬉し気に吠えた。

「ま、まって下さい、上人様っ」

顔を真っ赤にした夏虫は慌てて歩み出ている。

「ここには……ありません……」

よれよれの衣を着た老僧ははて何がないというふうに首をかしげる。夏虫は口ごもりながら、

「屏風が……島台も……。式三献の盃もないし、あたしはそもそも嫁入り装束を着ていません」

武士の婚礼は、白無垢をもとめるのだ。

老僧は夏虫の目を見詰めながら、ゆっくり頭を振った。

「――あるではないか」

杖が、田を、そして青き山々を指す。

「見よ。この田を。そして向こうの山々を。この美しき景物にかこまれ何でそなたは屛風など人の手が入ったものをもとめる？　島台がないなどと言ったな？」

現せんはいきなり横臥《おうが》してどんどんと大地を叩いた。

「あるではないか」

百姓の童が鼻をほじりながら、

「今いる所が、島台なんだよ！」

「左様」

すっと起き上がった現せんは、

「見よ。田から一段盛り上がっておる。我らは田という海を見下ろす島の上に、おる。いわば真の島台の上におるのであって、何で偽物の島台が要ろうか？　ああ、盃？　わしのつかっておったのがあるぞ」

汚れた盃が夏虫のすぐ前にぬっと差し出される。

「汚くて駄目？　何、つかっておらぬ盃があるとな。それでよいではないか。馳走がない？」

「ありますよ！」

早乙女たちの手で田植えを祝う馳走、白い握り飯、餅、芋茎《ずいき》と豆腐の味噌汁、漬物などがはこばれた。誰かが塩引きの鯛までもってきた。

「これだけありゃ、十分じゃ」

現せんが素っ頓狂な声を上げた。

「花嫁衣裳《いしょう》がないとかほざいた奴がいたな？」

夏虫は、嬉し泣きのような顔で、

「ほざきましたともっ」

「そなたはすでにまとっておるわ」

ニヤリと笑った現せんは杖を高々と上げ、

「見よ、あの青き空を！　瑕《きず》一つないわ。誰が、武士の家に嫁ぐには白無垢と決めたのか？　あの天の清々しい威容の前に左様な取り決め、何の意味もない。青で何の差し支えもない。そうじゃろう、住職」

「いかにも。仰せの通り」

金言寺の住職が鷹揚にうなずいた。現せんは、くるりと夏虫に体をまわし、

「そなたはあの空に近い……うん、まあ近い色の衣をまとっておる。だからよいのじゃ！　うん？　嫁入り道具がない？」

耳で筒をつくって夏虫に近づいた老僧は、

「いや、あるよ。ありますとも」

杖をどんと立て久幸たちを取りかこむ様々な生業の老若男女の方をぐるーっと手で撫でるように指していった現せんは、

「この人々の笑顔じゃ」

最後に悪戯っぽい微笑みを浮かべて久幸、夏虫を眺めながら、

「で——どうするんじゃ？」

若い二人は、同時にうなずき合っている。

刹那、馬木の里は、田植えより大きな喜びで、沸いた。早乙女たちは抱き合って喜び中には泣く者もいる。たたら場の男衆は大声で歌い、地を踏み鳴らして踊り出した。真木の兵は咆哮した。

尼子久幸と夏虫は——この日、青空に見守られ、山々と、したしんだ馬木の人々にかこまれ、祝言を挙げた。

尼子久幸はこれだけ高名な武将でありながら、如何なる家の如何なる女性を妻にしたか……不思議なことに一切つたわっていないのである。

陰徳太平記に、云う。

経久即《すなわ》ち彼の勢（三沢勢）を合せ、国中へ打って出でられける程に……遂には出雲一国靡然《びぜん》として随ふ……。

（経久はすなわち三沢勢をも自軍に合わせ、出雲国中に打って出て……遂には出雲一国は風になびくようにこれにしたがった）

引用文献とおもな参考文献

『雲陽軍實記　郷土資料シリーズ2』　島根郷土資料刊行会
『改定　史籍集覧第十冊　纂録類　塵塚物語』　近藤瓶城編　臨川書店
『陰徳太平記　上』　香川正矩　宣阿著　藝備史料研究会
『孟子　(上)(下)』　小林勝人訳注　岩波書店
『六韜』　林富士馬訳　中央公論新社
『新雲陽軍実記　戦国ロマン広瀬町シリーズ⑥』　妹尾豊三郎編著　ハーベスト出版
『塵塚物語　原本現代訳〈63〉』　鈴木昭一訳　教育社
『風雲の月山城　尼子経久』　米原正義著　人物往来社
『尼子氏関連武将事典』　島根県広瀬町観光協会（現安来市観光協会広瀬支部）　妹尾豊三郎編著　ハーベスト出版
『戦国大名尼子氏の研究』　長谷川博史著　吉川弘文館
『図説日本の城郭シリーズ⑩　尼子氏の城郭と合戦』　寺井毅著　戎光祥出版
『出雲の中世　地域と国家のはざま』　佐伯徳哉著　吉川弘文館
『尼子とその城下町　戦国ロマン広瀬町シリーズ⑤』　妹尾豊三郎編著　ハーベスト出版

『月山富田城跡考　戦国ロマン広瀬町シリーズ②』妹尾豊三郎編著　ハーベスト出版
『尼子一族と月山富田城』吉村雅雄著　原書房
『歴史群像シリーズ⑨　毛利元就　西国の雄、天下への大知略』学習研究社
『戦国の城　中　西国編　目で見る築城と戦略の全貌』西ケ谷恭弘著　伊藤展安イラストレーション　学習研究社
『歴史群像シリーズ㊲　応仁の乱　日野富子の専断と戦国への序曲』学習研究社
『戦国合戦大事典　五　岐阜県　滋賀県　福井県』戦国合戦史研究会編著　新人物往来社
『室町幕府守護職家事典【上】』今谷明　藤枝文忠編　新人物往来社
『図説　島根県の歴史』内藤正中編　河出書房新社
『たたら製鉄の歴史』角田徳幸著　吉川弘文館
『美鋼変幻【たたら製鉄と日本人】』黒滝哲哉著　日刊工業新聞社
『鉄のまほろば　山陰　たたらの里を訪ねて』山陰中央新報社
『別冊歴史読本　忍びの者132人データファイル』新人物往来社
『歴史群像シリーズ㉛　忍者と忍術　闇に潜んだ異能者の虚と実』学習研究社

ほかにも沢山の文献を参考にさせていただきました。

〔謝辞〕
本書の執筆にあたり、月山富田城についての多くの興味深いお話を聞かせて下さった安来市立歴史資料館の平原金造館長に、心から感謝いたします。

本書は文庫書下ろし作品です。

|著者| 武内 涼　1978年群馬県生まれ。早稲田大学第一文学部卒業。映画、テレビ番組の制作に携わった後、第17回日本ホラー小説大賞の最終候補作となった原稿を改稿した『忍びの森』で2011年にデビュー。'15年「妖草師」シリーズが徳間文庫大賞を受賞。'22年『阿修羅草紙』で第24回大藪春彦賞を受賞。主な著書に『秀吉を討て』『駒姫―三条河原異聞―』『敗れども負けず』『東遊記』『暗殺者、野風』『源氏の白旗 落人たちの戦』「源平妖乱」シリーズなど多数。

謀聖《ぼうせい》 尼子《あまご》経久伝《つねひさでん》 風雲《ふううん》の章《しょう》

武内《たけうち》 涼《りょう》

2022年5月13日第1刷発行
2023年7月12日第5刷発行

発行者――鈴木章一
発行所――株式会社 講談社
東京都文京区音羽2-12-21 〒112-8001
電話 出版 (03) 5395-3510
販売 (03) 5395-5817
業務 (03) 5395-3615

Printed in Japan

講談社文庫
定価はカバーに表示してあります

KODANSHA

デザイン―菊地信義
本文データ制作―講談社デジタル製作
印刷――株式会社KPSプロダクツ
製本――株式会社KPSプロダクツ

ISBN978-4-06-528010-2

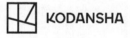

講談社文庫刊行の辞

二十一世紀の到来を目睫に望みながら、われわれはいま、人類史上かつて例を見ない巨大な転換期をむかえようとしている。

世界も、日本も、激動の予兆に対する期待とおののきを内に蔵して、未知の時代に歩み入ろうとしている。このときにあたり、創業の人野間清治の「ナショナル・エデュケイター」への志を現代に甦らせようと意図して、われわれはここに古今の文芸作品はいうまでもなく、ひろく人文・社会・自然の諸科学から東西の名著を網羅する、新しい綜合文庫の発刊を決意した。

激動の転換期はまた断絶の時代である。われわれは戦後二十五年間の出版文化のありかたへの深い反省をこめて、この断絶の時代にあえて人間的な持続を求めようとする。いたずらに浮薄な商業主義のあだ花を追い求めることなく、長期にわたって良書に生命をあたえようとつとめるところにしか、今後の出版文化の真の繁栄はあり得ないと信じるからである。

同時にわれわれはこの綜合文庫の刊行を通じて、人文・社会・自然の諸科学が、結局人間の学にほかならないことを立証しようと願っている。かつて知識とは、「汝自身を知る」ことにつきていた。現代社会の瑣末な情報の氾濫のなかから、力強い知識の源泉を掘り起し、技術文明のただなかに、生きた人間の姿を復活させること。それこそわれわれの切なる希求である。

われわれは権威に盲従せず、俗流に媚びることなく、渾然一体となって日本の「草の根」をかたちづくる若く新しい世代の人々に、心をこめてこの新しい綜合文庫をおくり届けたい。それは知識の泉であるとともに感受性のふるさとであり、もっとも有機的に組織され、社会に開かれた万人のための大学をめざしている。大方の支援と協力を衷心より切望してやまない。

一九七一年七月

野間省一

講談社文庫　目録

筒井康隆 創作の極意と掟
筒井康隆 読書の極意と掟
筒井康隆 ほか12名 名探偵登場！
都筑道夫 なめくじに聞いてみろ〈新装版〉
辻村深月 冷たい校舎の時は止まる(上)(下)
辻村深月 子どもたちは夜と遊ぶ(上)(下)
辻村深月 凍りのくじら
辻村深月 ぼくのメジャースプーン
辻村深月 スロウハイツの神様(上)(下)
辻村深月 名前探しの放課後(上)(下)
辻村深月 ロードムービー
辻村深月 ゼロ、ハチ、ゼロ、ナナ。
辻村深月 V.T.R.
辻村深月 光待つ場所へ
辻村深月 ネオカル日和
辻村深月 島はぼくらと
辻村深月 家族シアター
辻村深月 図書室で暮らしたい
辻村深月 噛みあわない会話と、ある過去について

新川直司 漫画 辻村深月 原作 コミック 冷たい校舎の時は止まる(上)(下)
津村記久子 ポトスライムの舟
津村記久子 カソウスキの行方
津村記久子 やりたいことは二度寝だけ
津村記久子 二度寝とは、遠くにありて想うもの
恒川光太郎 竜が最後に帰る場所
月村了衛 神子上典膳《みこがみてんぜん》
月村了衛 悪の五輪
辻堂魁《かい》 落暉《ゆうひ》に燃ゆる〈大岡裁き再吟味〉
辻堂魁 山桜花〈大岡裁き再吟味〉
フランソワ・デュボワ 太極拳が教えてくれた人生の宝物〈中国・武当山90日間修行の記〉
手塚マキと歌舞伎町ホスト80人 from Smappa! Group ホスト万葉集〈文庫スペシャル〉
土居良一 海翁伝
鳥羽亮 金貸し権兵衛〈鶴亀横丁の風来坊〉
鳥羽亮 提灯《ちょうちん》斬り〈鶴亀横丁の風来坊〉
鳥羽亮 お京危うし〈鶴亀横丁の風来坊〉
鳥羽亮 狙われた横丁〈鶴亀横丁の風来坊〉
東郷隆 上田信 絵 【絵解き】雑兵足軽たちの戦い〈歴史・時代小説ファン必携〉
堂場瞬一 八月からの手紙

堂場瞬一 壊れる心〈警視庁犯罪被害者支援課〉
堂場瞬一 邪心〈警視庁犯罪被害者支援課2〉
堂場瞬一 二度泣いた少女〈警視庁犯罪被害者支援課3〉
堂場瞬一 身代わりの空(上)(下)〈警視庁犯罪被害者支援課4〉
堂場瞬一 影の守護者〈警視庁犯罪被害者支援課5〉
堂場瞬一 不信の鎖〈警視庁犯罪被害者支援課6〉
堂場瞬一 空白の家族〈警視庁犯罪被害者支援課7〉
堂場瞬一 チェンジ〈警視庁犯罪被害者支援課8〉
堂場瞬一 誤《あやま》ちの絆〈警視庁総合支援課〉
堂場瞬一 傷
堂場瞬一 埋れた牙
堂場瞬一 Killers(上)(下)
堂場瞬一 虹のふもと
堂場瞬一 ネタ元
堂場瞬一 ピットフォール
堂場瞬一 ラットトラップ
堂場瞬一 焦土の刑事
堂場瞬一 動乱の刑事
堂場瞬一 沃野の刑事

長浦 京 赤刃《セキジン》
長浦 京 リボルバー・リリー
長浦 京 マーダーズ
中脇初枝 世界の果てのこどもたち
中脇初枝 神の島のこどもたち
中村ふみ 天空の翼 地上の星
中村ふみ 砂の城 風の姫
中村ふみ 月の都 海の果て
中村ふみ 雪の王 光の剣
中村ふみ 永遠《とわ》の旅人 天地の理《ことわり》
中村ふみ 大地の宝玉 黒翼《こくよく》の夢
中村ふみ 異邦の使者 南天の神々
夏原エヰジ Cocoon 〈修羅の目覚め〉
夏原エヰジ Cocoon2 〈蠱惑の焰〉
夏原エヰジ Cocoon3 〈幽世の祈り〉
夏原エヰジ Cocoon4 〈宿縁の大樹〉
夏原エヰジ Cocoon5 〈瑠璃の浄土〉
夏原エヰジ 連理の宝 〈Cocoon外伝〉
夏原エヰジ Cocoon 〈京都・不死篇―蠢《しゅん》―〉
夏原エヰジ Cocoon 〈京都・不死篇2―疼《とう》―〉
夏原エヰジ Cocoon 〈京都・不死篇3―愁《しゅう》―〉
夏原エヰジ Cocoon 〈京都・不死篇4―嗄《か》―〉
夏原エヰジ Cocoon 〈京都・不死篇5―巡《めぐる》―〉
長岡弘樹 夏の終わりの時間割
ナガノ ちいかわノート
西村京太郎 華麗なる誘拐
西村京太郎 寝台特急《メモリー・トレイン》「日本海」殺人事件
西村京太郎 十津川警部 帰郷・会津若松
西村京太郎 特急《アリバイ・トレイン》「あずさ」殺人事件
西村京太郎 十津川警部の怒り
西村京太郎 宗谷本線殺人事件
西村京太郎 奥能登に吹く殺意の風
西村京太郎 特急《スーサイド・トレイン》「北斗1号」殺人事件
西村京太郎 十津川警部 湖北の幻想
西村京太郎 九州特急「ソニックにちりん」殺人事件
西村京太郎 東京・松島殺人ルート
西村京太郎 新装版 殺しの双曲線
西村京太郎 新装版 名探偵に乾杯
西村京太郎 南伊豆殺人事件
西村京太郎 十津川警部 青い国から来た殺人者
西村京太郎 新装版 天使の傷痕
西村京太郎 新装版 D機関情報
西村京太郎 十津川警部 猫と死体はタンゴ鉄道に乗って
西村京太郎 韓国新幹線を追え
西村京太郎 北リアス線の天使
西村京太郎 十津川警部 長野新幹線の奇妙な犯罪
西村京太郎 上野駅殺人事件
西村京太郎 京都駅殺人事件
西村京太郎 沖縄から愛をこめて
西村京太郎 十津川警部「幻覚」
西村京太郎 函館駅殺人事件
西村京太郎 内房線の猫たち 〈異説里見八犬伝〉
西村京太郎 東京駅殺人事件
西村京太郎 長崎駅《ナガサキ・レディ》殺人事件
西村京太郎 十津川警部 愛と絶望の台湾新幹線
西村京太郎 西鹿児島駅殺人事件
西村京太郎 札幌駅殺人事件

西尾維新 掟上今日子の推薦文
西尾維新 掟上今日子の挑戦状
西尾維新 掟上今日子の遺言書
西尾維新 掟上今日子の退職願
西尾維新 掟上今日子の婚姻届
西尾維新 掟上今日子の家計簿
西尾維新 掟上今日子の旅行記
西尾維新 新本格魔法少女りすか
西尾維新 新本格魔法少女りすか2
西尾維新 新本格魔法少女りすか3
西尾維新 新本格魔法少女りすか4
西尾維新 人類最強の初恋
西尾維新 人類最強の純愛
西尾維新 人類最強のときめき
西尾維新 人類最強の sweetheart
西尾維新 りぽぐら！
西尾維新 悲鳴伝
西尾維新 悲痛伝
西尾維新 悲惨伝

西尾維新 悲報伝
西村賢太 どうで死ぬ身の一踊り
西村賢太 夢魔去りぬ
西村賢太 藤澤清造追影
西村賢太 瓦礫の死角
西川善文 ザ・ラストバンカー〈西川善文回顧録〉
西川 司 向日葵《ひまわり》のかっちゃん
西 加奈子 舞台
丹羽宇一郎 民主化する中国〈習近平がいま本当に考えていること〉
貫井徳郎 新装版 修羅の終わり(上)(下)
貫井徳郎 妖奇切断譜
額賀 澪 完パケ！
A・ネルソン 「ネルソンさん、あなたは人を殺しましたか?」
法月綸太郎 法月綸太郎の冒険
法月綸太郎 新装版 密閉教室
法月綸太郎 怪盗グリフィン、絶体絶命
法月綸太郎 怪盗グリフィン対ラトウィッジ機関
法月綸太郎 キングを探せ
法月綸太郎 名探偵傑作短篇集 法月綸太郎篇

法月綸太郎 新装版 頼子のために
法月綸太郎 誰《たそ》彼《がれ》〈新装版〉
法月綸太郎 法月綸太郎の消息
法月綸太郎 雪密室〈新装版〉
乃南アサ 不発弾
乃南アサ 地のはてから(上)(下)
乃南アサ チーム・オベリベリ(上)(下)
野沢 尚 破線のマリス
野沢 尚 深紅
野村克也 宮本慎也 師弟
乗代《のりしろ》雄介《ゆうすけ》 十七《じゅうしち》八《はち》より
乗代雄介 本物の読書家
乗代雄介 最高の任務
橋本 治 九十八歳になった私
原田泰治 わたしの信州
原田泰治 原田武雄 泰治が歩く〈原田泰治の物語〉
林 真理子 みんなの秘密
林 真理子 ミスキャスト
林 真理子 ミルキー

2023年6月15日現在